此書獻給在二〇二〇消逝的生命。

2020 十日談

那些發生在瘟疫大流行前的故事

DECAMERON 2020

YU CHIN MEI
俞錦梅
著

CONTENTS 目錄

自序

四歲的時候，有一天我父親帶我去一個我沒去過的地方。

記得我父親在一個高高的櫃檯旁和另一位女士攀談，然後我就跟著這一位陌生女士坐著飛機，到了一個說著不同語言的地方。出海關的時候，另一位陌生阿姨帶我回家，我接著睡在一張陌生的床上，住在一個陌生的育幼院。

我不吵不鬧不說話，就這樣毫無準備雙手空空地到了香港。

回頭看人生時，我才明白，我飄蕩的人生在四歲那年就開始了第一章。

也因爲這特殊家庭背景的恩賜，我先後在美洲、歐洲、非洲、亞洲六個國家工作十七年，這十七年的假期就在周邊國家旅行。大概十年前算到七十幾個國家後，便不再計算拜訪過的國家數目，因爲從衛星上看，地球是沒有國界的，國界只是人爲的無形高牆。

我常被問到：「這些故事是眞的嗎？」

昨夜又被一起吃晚餐的西班牙朋友追問了幾次：「那說故事的十個人，是眞的有這些人嗎？」

其實故事人物的確是有原型的，但情節與對白會在需要的時候被改寫，這也是我選擇寫小說而不是寫散文或寫遊記的原因。因爲寫小說有它自由的地方，可以把自己把朋友偷偷地埋在故事中的某個角落裡。

我有幸這二十年認識了很多有故事的人。譬如：在伊朗與伊拉克受宗教壓迫而被救出的基督徒；在文化大革命時走陸路到西歐的憤怒中國知識份子；靠移植器官發財的醫生在移民後成了基督徒而永遠活在無限地懺悔中；冷戰時在倫敦當間諜的俄羅斯人失憶後記憶停留在倫敦地鐵中永恆地遊蕩著；在東歐瓦解時出逃的共產高官第二代在金融城玩著金錢遊戲；在二戰出逃的東歐貴族第三代回到東歐成了地產開發商等等。

二〇二〇年的某一天，我睡一覺醒來好像天靈蓋被打開了，於是打開電腦開始寫這些人的故事，花了三個月寫完第一天的十個故事，繼續寫第二天的十個故事。但由於第一天的十個故事就已經累計十三萬字，因此就先行出版了，但未來會繼續寫完剩下的九十個故事。

有一種名叫綴殼螺的貝殼，白色的，沒有什麼光澤，但牠成長時會呈螺旋狀地將其他貝殼沾黏在身上，所以透過綴殼螺可以認識其他的貝殼，可以知道這貝殼曾經遇到了哪些美麗的貝殼。我想寫故事也是這樣，透過故事看到一個人，一個家庭，一個國家，一個時代背景，一個世界，一個宇宙。

常有人說我的故事很夢幻，我總是笑一笑。

亞馬遜的死藤水是眞的，多貢的泥屋和木梯是眞的，這一切對我跟小七的叮咚開門聲一樣的眞實。

我總是看著朋友說『這太夢幻』的臉，心想著：是啊，眞實與夢幻，本來就沒區別的。所以『太夢幻』跟『太眞實』其實也沒什麼不一樣，不是嗎？

原本，這十個故事是要送給我在旅途上遇到的一些人，但這些日子住在二〇二〇失去了八萬條人命的西班牙，聽到了很多傷心的故事。因此，僅將這本書，獻給去年那些無法好好說再見就離開這世界的每個靈魂！

願祂們安息後，向著光，去了一個更好的地方。

＊＊＊

也在此感謝曾在我生命最黑暗時向我伸出雙手的朋友們：每年年底替我處理保險的凱評，在非洲時替我處理台北租屋的麗雯，永遠照顧海外華語老師們的雅惠，永遠關心我的葉德明教授，開兩天車來把我接下山的亦汝和育謙，在顛簸路上抱著我的生日蛋糕兩三百公里到雨林替我慶生的瓊慧，爲我的偏鄉學生購買她人生第一套少女內衣褲的寶妹妹（我當然沒忘記妳爲我的倫敦學生演奏琵琶），踩著高跟鞋上陽明來看我的宜靜，並十分美麗地以我的家人身份出席海外服務團聚餐，到布吉納法索和哥斯大黎加來參與我的冒險之旅的景欣，到哥倫比亞來拜訪我的宜樺，在花蓮每天煮飯給我吃的靖雯，在香港和新加坡接待我的心婷和聰明，能夠理解我的奇幻之旅的玉亭，在司馬庫斯照顧我的頭目與Yuraw長老，還有在倫敦照顧我的CCM Christ Church Mayfair的每個人。當我在海外時照顧我的哥斯大黎加、布吉納法索、越南、巴拿馬等駐外使館官員與農技團，曾經在倫敦協助我度過難關的芸芸與在台北協助我的巧筠。我無法用任何語言或文字形容我此生對你們的感激。

這本書能出版歸功於城邦創意市集出版社的黃錫鉉先生與他優秀的團隊，還有替我引薦的陳文育小姐。另外由衷感謝爲我無償校對的陳榆婷老師、馬尚純老師與林穎知小姐，還有永遠給我最中肯建議的詹雅蘭小姐。還需要感謝這些日子來一直陪伴著我的「美術社留言本」裡的各位夥伴。

感謝這二十年來我聚少離多的家人們，感謝你們身體康健而讓我能夠遠行。尤其感謝承擔整個家族期望與重擔的兄長，從我有記憶就一直照顧妹妹們的大姐，在我求學路上照顧我的二姐，還有與母親同住多年的小妹。我對你們的虧欠眞的是太多了！

我知道只要列出感謝名單就一定會有被我遺漏的貴人們，所以我一直沒有寫出我的感謝。但在前夜收到朋友的書，讀著他寫的謝詞，在那瞬間突然打醒了我。生命太短暫，我應該要好好把握每次可以表達感謝的機會，而不是在意我一定會遺漏了誰。

最後，感謝所有曾經出現在我生命中的每一個人，尤其是來自世界各地的學生們，是你們的出現讓我想成爲一個更好的人。

俞錦梅　2021 Aug. 寫於 Muxia, Spain

Chapter

0

在第一個人說故事之前

BEFORE THE FIRST STORY

在全球疫情爆發後，十位網友在一個名爲「十日談」的聊天室中輪流說著故事。

人生如夢幻泡影，既然我們的人生已經是場夢了，那在夢裡的我們，還需要做夢嗎？

你是怎樣開始你的二〇二〇年的？

我的二〇二〇年是從在阿爾卑斯山上做夢開始的。

我從二〇〇七年就開始主持線上讀書會，讀書會的書友們會一個月在線上見一次，全程用英文討論。每年，我們會在年底投票選擇明年要一起讀的書，二〇一八年十二月我們投票選讀《道德經》，二〇一九年一月到十一月的線上聚會來來去去約二、三十人，幾乎都是歐洲人。十一月，我們在線上聚會快結束時，有書友建議我們十二月底在一個地方見面，一起迎接二〇二〇年第一天的日出，此時，一位奧地利書友主動提供場地。於是，我們最後約十二月三十一日在奧地利境內的阿爾卑斯山中的一棟宅子見面，一起迎接二〇二〇年。

我在除夕前一天夜裡趕到這一棟擁有十二間客房的五百年石造大宅子，原有地上三樓地下一樓，後來又加蓋了四樓。這宅子前不著村後不著店，五百公尺外僅有一個二十四小時營業的加油站和兩間專門給司機吃三餐上廁所的超商。燒得一手好菜的義大利書友跟我說這附近曾出土羅馬帝國時期的錢幣，羅馬帝國北征曾經過這裡，拿破崙東征也曾經過這裡。

除夕那天下午英格蘭書友在客廳壁爐生火，那壁爐設計很有趣，是位在客廳、中庭與餐廳之間，所以壁爐生火後可以暖三個房間，我還是第一次看到這種設計。

晚餐，我們吃著義大利書友帶來的起司，喝著法國書友帶來的紅酒，結束後書友們在奧地利書友的帶領下，在月光與星光能照進來的頂樓圍著圈圈一起呼吸、吐納、做瑜伽，等待黎明陽光升起。

《道德經》是歐洲新式嬉皮的心頭好，他們會混合佛教經書和印度瑜伽，混合吉普賽的星象學，混合拉丁美洲原住民的音樂舞蹈與藥物，他們向我顯示著人類是如何需要不停地探索宇宙與自我深層意識的連結。

新年的午餐時間，我們坐在陽台上曬著二〇二〇元旦的陽光吃飯，昨夜下的雪不及一公尺，蘇格蘭書友說：「現在沒有冬天了，去年的雪是今年的三倍厚啊！」

住在阿爾卑斯山上的這段日子，每日早中晚都有書友帶領活動：呼吸、瑜珈、冥想、靜坐、靈性色彩、宇宙能量的提升。我像是誤闖樹洞的愛麗絲，完全身在一個不屬於我的地方。

一個夜裡，我與其他書友們一起喝了法國書友調煮的印加藥水後，在法國書友的鼓聲領導下靜坐著，我閉著眼卻見到了一個沒有人類只有動物穿梭的紐約、倫敦、柏林與巴黎等世界著名大城。我睜開眼後，調勻氣息，起身離去。

我從小就有「預視」的能力，通常是在夢裡見到某些畫面後，在未來的某個時刻我會再次經歷在夢中的畫面，短則相隔數天，長則相隔數年，甚至十數年都有可能。

我不知道這些動物穿梭著的全球著名大城中的數百萬人口都過世了嗎？爲什麼都消失了？我極度苦惱，不知道是否該告訴他人，別人又憑什麼信我。我晚上再也睡不好，總是一個人滑著手機，當時武漢最大的野味批發市場還是個虛無縹緲的遠方。從蝙蝠身上轉移到人體上的病毒，每日醫院傳出的內部消息，感染的路人瞬間倒下的影片都對這世界依然無一絲影響，地球上除了極少數的亞洲政府已經開始備戰之外，在世界的其他地方，沒有任何人關心。

我鎮日眉頭深鎖，連旁人都看得出來，幾次想和書友們說我在苦惱什麼，話到嘴邊卻還是說不出來。我給他們看肺炎新聞，但每個人都只對我說：「不過就只是個嚴重一點的感冒而已，沒事的！」

一日清晨，我走入下著雪的黑森林中，閉起眼靜靜地聽著下雪的聲音，清空了思緒，只是虔誠地感謝著天地。有聲音告訴我：「與其恐懼地活著，不如好好地過每一天吧！」接著問：「如果這世界眞的要結束了，妳最想去哪裡？」

我滿懷感激地走出了黑森林，上網訂了一張到倫敦的機票，如果這世界就要結束了，我只想回到倫敦，跟倫敦好好地說再見。然後找一個安靜的地方，讀讀書，種種樹。就這樣，我離開了那些每天活在「吸收天地正氣」和「了解宇宙玄奇」的書友們。

我在離開阿爾卑斯山後，先搭火車到慕尼黑，在慕尼黑機場，我傳了簡訊給一位認真交往過的男人，問：「我會在倫敦待幾天，有沒有空見面喝一杯？」我們用喝一杯的時間報告了這十幾年來的近況，一起去了一間亞洲餐廳吃了晚餐，再前往他在泰晤士河旁的新家過了一夜。就跟大部份在這城市甦醒的人一樣，我們煮了咖啡，吃了早餐，再一起搭著淺藍色線的倫敦地鐵，在某一站擁抱說再見，昨夜只是愛過恨過後剩下的最後一點溫柔。

離開地鐵站後，我從綠園地鐵站開始向東走，走到了我最喜歡的查令十字街，最後走到了我最心愛的古董書店門前。這間書店有綠色的門框與落地窗框，大門上方用金漆寫著Quinto & Francis Edwards Booksellers。十幾年前，我總在這裡流連忘返，書店的老闆名叫愛德華，他的兒子年紀跟我差不多，我們就叫他小愛德華。

我前一日在慕尼黑機場時，買了幾包產自南美洲的咖啡豆當伴手禮，一包送給了昨夜重逢的男人，一包帶來想送給書店老闆。我推開了有點沈重的門，門撞上了銅鈴，發出了令人懷念的銅鈴聲，小愛德華坐在椅子上抬起頭往大門方向看來，一眼就認出了我，對我微笑著。

小愛德華從小就泡在書裡長大，在他的無框眼鏡後面是一雙聰明的褐色眼睛，他的身型削瘦，總穿著寬鬆洗白的舊牛仔褲，上身千篇一律地穿著一件白色長袖襯衫，冬天最多再圍上一條圍巾或加上一件毛背心。小愛德華不分季節，腳上永遠踩著一雙夾腳拖，他的褐色大捲髮從不整理，隨意地攏在耳後，若是太長了就一次剪短，他說他不會為任何與書無關的事情花時間，所以他的午餐晚餐永遠都是叫同一家外送，日復一日，年復一年。

倫敦這條舉世聞名的古董書街位在觀光核心地區，想當然地價一定是難以想像的天價，一家家小本經營的古董書店不堪沈重負荷，十幾年來慢慢地被高檔觀光餐廳取代。書店也許會搬到地價比較親切的倫敦二區三區，又也許改為線上經營。倫敦二手書街的輝煌時期已經過去，我親眼見到了它是如何緩慢地死亡，沒有什麼是天長地久的。

「妳回來買書了？」小愛德華站起來擁抱我。

「是啊！這咖啡豆是送你們的。」我把咖啡豆交給小愛德華，問：「您父親呢？」

「謝謝！」小愛德華將咖啡豆放在桌上，說：「他到北邊去競標購書了，妳今天想選什麼樣的書？」

「我想找黑死病時期的作品。」

「有特定的時間和地點嗎？」

「沒有。」

「想要文學作品還是記事性的作品？」

「都可以！」

「等我一下！」

小愛德華起身快步穿梭在這上下兩層樓的萬千書堆裡找書給我，爲愛書人找書與推薦書是小愛德華最愛做的事。古董書店的標籤與指示向來都不太清楚，但因爲買書人大多都是常客，所以其實也不太需要多做這些無謂的事。就算十多年過去，我還是記得，亞洲歷史書籍在地下室左轉右手邊第一個書櫃的中間幾排。

哪本書在哪個架上？每一本書的作者、內容與出版時間，全都在小愛德華的腦子裡。不到三十秒，小愛德華就帶著三本書回來交給我，我帶著書走到落地窗旁的綠皮銅釦長沙發坐下，先翻動最上面的一本，是紙本平裝版，約在半個世紀前出版的。

小愛德華挨著我身邊坐下，像是介紹他心愛的孩子般說：「這一本是卡繆的《鼠疫》，是英文版的初版，書況很不錯，但因爲當年賣得不錯，市面上流動的書多，所以其實價格不高。」我繼續翻開了第二本，是一本皮製燙金的精裝書，書齡大概也有一百多年。小愛德華介紹說：「這一本是薄伽丘的《十日談》，一八八六年發行了初版，它的特殊之處是在於它是第一個英文全文翻譯版，之前四位譯者都只有摘錄部份討巧的故事翻譯而已，這個翻譯者自己也寫詩，文筆不錯，所以這個版本很有收藏價值，店裡雖然有初版，但我知道妳沒有爲了增值而收藏古董書的愛好，所以我選了一個後期再版的給妳。」我忍不住摸著《十日談》的封皮，看得眼睛都發直了，小愛德華會很得意地告訴我說，他只要看著買書人看著書的眼神就知道這人是不是眞心喜歡這本書，他說他很享受買書人看到書後歡欣鼓舞的表情，那遠不是金錢可以衡量的。

我翻到了第三本，笑說：「這個日記作家我知道，我讀過這一本！」

「那你覺得這本書怎麼樣？」

「我覺得他文筆普通，但是生逢其時，他遇上了倫敦大火和倫敦大瘟疫，日日詳細記錄後出版，我覺得很有歷史考據價值。」

「那有沒有妳印象最深刻的？」

「我印象最深刻的是，倫敦政府在大瘟疫發生後馬上統一收購小麥和牛奶，每日統一由政府挨家挨戶發送，除了可以避免有心人士壟斷來哄抬物價，還可以避免市民為了每日三餐到市場買食物而造成感染，我覺得這一招很厲害。而且讓市民在自家門口懸掛有記號的白色床單來告知家中是否有人染病。所有市民在夜裡將屍體從家中抬出，統一由政府派人派推車沿街收屍。在沒有武力的控制下，每個人待在家裡，聽政府指令幾個月，我覺得真的很厲害，讓我真心佩服！」

小愛德華聽了我的書評後沒有回話，只是笑著問：「妳還在線上辦讀書會？」

「是啊！可是，你這幾年不來，少了個高人，去年的讀書會就沒什麼意思。」

「怎麼說？」

「書裡說：『知者不言，言者不知。』也許《道德經》本來就不應該被討論，倒是書裡有一句『不出戶，知天下；不闚牖，見天道。』讓我想到你跟你父親呢！」

我將這兩句的英文翻譯從手機查了出來，交給小愛德華，他說：「不出門就能知道天下事，不用開窗就能明白天地間的道理。我想我跟我父親離這第二句還差得遠呢，倒是這第一句，現在大家有網路就能知道天下事吧！妳有推薦給我的書嗎？」

「我最近想到一個故事，故事中有個人在夢中變成了一隻蝴蝶，那個蝴蝶的夢實在太真實了，所以醒來後，他不知道自己到底是由蝴蝶變成的人，還是一個在夢中變成蝴蝶的人。」

「我倒是覺得這沒啥好討論的，因爲我們永遠分不清楚眞實還夢境。」

「我倒是覺得在人類進入虛擬世界之前，應該好好思考一下。」

「這故事是從一本書出來的嗎？」

「是的，就看看你能不能有本事找到囉，——『禍兮福之所倚，福兮禍之所伏。』我最近倒是常想到這兩句。」

「爲什麼？」

「如果——我說如果，倫敦又再次有大瘟疫，你會想做什麼？」

「我應該會買很多食物、很多罐頭、很多零食、很多茶、很多糖、很多很多買得到的，把樓上的每個櫃子和冰箱都塞滿。然後每天早上開著窗放著音樂，跟我的貓一起坐在我的沙發上看書，一直到瘟疫結束。」

「聽起來是很好的計畫呢——『禍兮福之所倚，福兮禍之所伏。』這兩句話是說，所有發生的事情，好事壞事都是一起來的，像是DNA的雙股螺旋一樣，不可能就只有好事，也不可能就只有壞事。我在想，大瘟疫發生時，是有哪些好事發生了呢？」

「好事就是，我會躲在全世界最棒最安全的書店裡，你知道倫敦之前在G20會議時期發生了暴動，整條街都被砸被搶，就只有書店是沒人砸沒人搶的！」

「有，我看到新聞時眞是笑傻了。——喔！對了，你看過瘟疫時期的地圖和數據嗎？」

「這就要去地圖店問了，我想倫敦在大瘟疫前後期的地圖是一定買得到的，其他的地點我就不敢說了，畢竟畫地圖是一筆不小的政治和經濟投資，要看那地方有沒有錢才行。」

「如果大瘟疫發生，妳應該繼續辦線上讀書會，而且應該讀《十日談》。」

「那你要參加才行。」

「好啊。」

「我想我就找個鄉下地方，讀讀書，種種樹，辦個線上讀書會吧，你這裡有種樹的書嗎？」

「這就不用找書了，我誠心推薦種橄欖樹，無論是多惡劣的環境都能長，妳怎麼種都種不死的。」

「而且還無私分享給人類頂級的橄欖油呢。」

「就是，妳知道大洪水毀滅世界後，諾亞放出一隻鴿子，銜回來的就是橄欖枝，大洪水都殺不死的植物啊。」

「真是充滿了希望的樹，好讓人感動的樹呢。」

「對了，等我一下。」小愛德華起身迅速走到一個書櫃，抽了一本書交給我，說：「我想妳會喜歡這本書，是個神父寫的，書沒有什麼文學價值，他被罵得挺兇的，但是他這本紀錄黑死病的書用了很多教會的一手資料，是別人拿不到的資料，很有考據價值。妳知道他最後在哪裡工作嗎？」

「梵蒂岡？」我猜。

「他竟然是在梵蒂岡的圖書館工作。」小愛德華非常羨慕地說著。

「天啊！真是太讓人羨慕了。」我拿書遮住了自己忍不住大笑的嘴。

「我願意在裡面關著，大瘟疫來幾年就關我幾年。」

「你還可以當神父進梵蒂岡圖書館，我是個女的，就算去當修女也是沒指望了。」

我起身將三本書收進了背包裡，留了我讀過的那本在收銀機旁，再從皮夾拿出兩張五十英鎊的鈔票交給小愛德華，說：「記得幫我問候你父親。」

「妳可以打電話給他！」小愛德華解鎖了他的手機，交給我。

「我會害羞，不然你幫我拍張照寄給你父親吧。」

「好啊。」

小愛德華與我第一次在我心愛的書店外拍了一張合照，小愛德華把照片傳給我，我在照片裡笑得很開心。

「愛德華，」我這一次叫了他的名字，我深深地擁抱著他，準備說再見。

「嗯？」

「你應該上網介紹你心愛的書，你眞的很適合介紹書給那些不認識書的人。」

「我不喜歡讓自己曝露在螢幕前，讓陌生人按讚或是按愛心。」

「你不一定要露臉，只是聲音或文字介紹也好。」

小愛德華微笑著沒有說話，我們在店門口互道再見，然後我就背著小愛德華加持過的書離去，心裡覺得像是生出了力量，我走在天氣晴朗街道乾淨的倫敦，心情很好。

我接著走進了一個三層樓高的地圖店，在櫃檯詢問大瘟疫時期的地圖和橄欖樹的地圖，想不到眞的有大瘟疫時期的地圖，是後來國家公衛中心出版的。我買了本植物分佈地圖和數次大瘟疫擴散地圖，兩本書都很厚重，我的背包也放不下了。於是，我轉到牛津街上買一個登機箱放書，順便到藥房買一些口罩、手套、酒精、酒精棉、肥皂等。

我拖著行李箱一路向北走到朋友住的康登鎮，我計劃在朋友家暫住兩夜。我洗了澡，睡了一覺，再次夢到那些沒有人只有成群的動物自由穿梭的全球知名大城，譬如：被成群粉色佛朗明哥紅鶴佔領天空的孟買，被成群綠頭鴨佔領的巴黎，被或坐或站的鹿群佔領的奈良與倫敦，有海豚嬉戲著的威尼斯。我在夢裡再沒有恐懼，感覺很平靜，很美好。

隔天一大早，我在英國國家檔案館開館時拿出了我十幾年前辦的閱覽證刷卡進入，想不到不但十幾年前的地鐵卡可以用，連閱覽證都還是可以用。

大英帝國是個有分類儲存文件狂熱的帝國，連王公貴族的便條、菜單、派對邀約名單、購物收據等等都能一一分類存在檔案館。《泰晤士報》是全球第一份國際報紙，第一份報紙發行於一七八五年，這兩百多年的所有報紙不但任何人都能在線上看得到，我到了國家檔案館，還能看到當年發行的紙本版。

是的，每一天的報紙，任何人都可以免費閱讀，還不用戴手套。

我先搜尋關鍵字「西班牙大流感」，接著螢幕跳出所有與關鍵詞相關的新聞，然後我再一一記錄下日期，把日期交給服務人員，我就到一邊等待他們爲我調出的報紙就可以了。

西班牙大流感發生於一九一八年到一九二〇年之間，它是人類歷史上唯一一個有國際新聞媒體可以第一手報導的全球流行性疾病。西班牙大流感的全球死亡人數估計在五千萬到一億不等。我將報紙調出來，在得到檔案館的許可後，一一將新聞拍照存檔，其實十年前的掃描與拍照技術當然不差，但是線上叫出來的圖檔都是經過壓縮的，解析度不好，看得我眼睛都花了，我比較喜歡先花一分鐘讀過報紙後，決定要掃描部分後，再自己動手掃描。

我一直不吃不喝地工作到國家檔案館閉館，這才心滿意足地離開。

搭地鐵回家要一個小時，我用手機設定了鬧鈴後，閉上了眼睛，在我的大腦重建了一個一百年前西班牙大流感時期的倫敦：

我首先是聞到了空氣中的腐臭味，那一種代表社會失序的腐臭味，也許是街道好幾日沒人清理，也許是動物腐屍的味道。接著，是空氣的渾濁，看不見天空，沒有任何陽光，空氣霧濛濛的，夾雜了許多讓人心情低落的塵與灰。再來是我的腳下踩的地，黑色黏膩的污垢永遠夾雜在石頭縫裡，呼嘯的馬車和不時遺落的馬糞，替這空氣中的味道又添加了一筆。我眼前的人物漸漸成形，每個人臉上都掛著一個棉布製的白色口罩，雙眼空洞著，沒有流露出任何情緒。

我向右轉，走進一所興建於一八六〇年的教堂，教堂的墓園剛挖了一個還沒有人下葬的新墳。往北面看是一個死巷的盡頭，可以看見黑煙升起，那是家中有人過世後，人們會將此人的衣物、床單、被褥都扛到一處空地焚燒。焚燒的時間通常都在黃昏或是入夜後，因爲流感的大流行是在冬天，既然晚上也要燒炭取暖，不如就在夜裡燒上幾個小時，當時人們相信溫度高的地方比較不容易染病。不久後，一位神職人員戴著口罩到新墳邊等待著，兩個男人推著推車喀喀地運了幾具屍體過來。在推車停穩後，男人們奮力將屍體倒向挖好的坑洞中，幾具或大或小的屍體滾落。我可以明白，這不是對屍體不敬，而是人們沒有能力去承擔碰觸屍體後的風險。神職人員在一旁禱告過後，記錄下了名字，幾個男人便快手快腳地迅速將屍體掩埋，像是害怕屍體散發出來的致命病菌會吸進身體裡，掩埋動作越快越好。

很意外地，我沒有聽到什麼聲嘶力竭的哭吼聲，西班牙大流感緊接在第一次世界大戰之後，也許當時人們已經習慣哀痛，每日只想怎麼努力奮戰下去，哭泣已經不是人生面對這重大傷痛的選項之一，大悲無淚。

我在百年前的倫敦神遊了一段時間，最後被Apple Watch在左腕上的震動給打斷，我回到了二〇二〇年，看到這世界仍一切運作如常時，有種奇異的幸福感。走出車站後，我買了一手朋友喜歡的啤酒和巧克力，買了一些貓罐頭。我回到了朋友借我暫住兩天的家，打開了貓罐頭，朋友養的虎斑貓踩著搖著走著過來，這隻貓叫Tiger，我看牠吃著罐頭後，自己也開了罐啤酒喝。我攤開了幾張歷史地圖，接著上網查了一些房地產公司，只花了不到一個小時，我決定了將要落腳的地方。

我上網買了張機票，確定落地的時間後，再約了仲介看房子的時間。

無論二〇二〇這場瘟疫會帶走多少人，這地方都將會是我最後種樹的地方。

我在晨光中到了希斯羅機場，先飛到了T城，再搭了六個小時公車到人口稀少的小鎮，接著在一間咖啡廳等待著我的房屋仲介。

房屋仲介是一個名叫里奧的親切中年男子，天性開朗，嗓門很大。他開著車帶我穿過了麥田與葡萄田，我們連續走了四、五個小鎮，每個小鎮都應著他的邀請看了三、五間房。但我其實已經知道我要租個有前庭、後院和陽台的兩層紅磚瓦與白石牆老屋，我一直告訴他我知道房子的樣子，但他還是堅持帶我多看看多繞繞。

當我要的那棟房子出現在我面前時，我開心地嚷嚷著，請他讓我下車。里奧非常地吃驚，說：「因為這間房子狀況不是太好，沒有人會來看這一棟，所以一直沒有好好整理！你確定要租這一棟嗎？」

我笑說：「別擔心了，我會好好整理的，我要簽一年的約，我今天就先付半年租金，等半年後您再來跟我收下半年的租金。」

仲介里奧對我租這間空了十幾年的紅瓦屋感到很疑惑，但他也很開心做成了這筆交易，我請他開車載我去南邊的莫里斯小鎮買東西，他非常樂意帶我去大採購後，再送我回新家。里奧說：「通常打掃和維修都應該是房東的責任，再不然就是仲介要幫忙，才能把房子乾乾淨淨地租出去，今天把房子租給妳，我覺得非常不好意思。如果住了一段時間妳不喜歡，我可以另外換棟房子給妳。」

「我需要冰箱，我可以自己付費，但是我需要一個大冰箱。」

我們一起在網路上找到冰箱的規格後，我親愛的仲介幫我打電話給一百公里外的電器行，問他們今天或明天有沒有可能幫我們把冰箱與洗衣機送到我家，他們說隔天中午前會到。接著我們又打電話給油漆行，再打電話給賣床墊的家具行。這些都是里奧多年一起搭配的生意夥伴，里奧甚至幫我安排了一位幫我整理院子、除草、檢查所有管線的水電師傅，一位幫我打掃整理的婦人，他們明天會一起過來整理我的房子。

雖然離晚餐還有段時間，但仲介里奧堅持請我在小鎮吃晚餐。用餐時間，里奧指著地圖告訴我附近哪裡有誰家做起司、哪裡有人家做麵包、哪裡有誰家種葡萄。還有方圓五十里的三、五個小鎮，總共只有這一家咖啡廳有賣晚餐，其他的賣完中餐就關門了。咖啡廳樓上還開著小旅店，隔壁就是這裡唯一的一間小超商，同一條街上還有唯一一間郵局。我們吃完了晚餐，他帶著我去買腳踏車，他告訴我這邊沒有腳踏車店，但他知道誰家車庫有沒在用的腳踏車可以賣我。

這個小鎮大概有直的三條街，橫的五條街，約有一百戶人家，周邊的幾個更小的小鎮，幾乎都是三、五戶人家，我要住的那一個小鎮，也是十戶九空，加我總共只有六棟房子有住著人。

里奧開車載著我回到我住的地方，把所有東西都扛進屋後，他帶著幾瓶紅酒，陪我去附近走走，跟其他幾位獨居老人聊天。我們遇到了兩男一女，都高齡八十幾了，身體都十分健康，看到我們帶著紅酒去拜訪都熱情得不得了。

我們最後一起去了老奶奶家喝酒聊天，老奶奶叫索非亞，她重複一直問我爲什麼要搬到這裡，我笑笑說：「想住住不一樣的國家、不一樣的地方，認識不一樣的人啊！」

他們問著我的工作，我最後騙他們說我是畫家，搬到這裡是因爲這裡太美了。

我其實是靠電腦賺錢的，從來沒有老闆，也從來沒有辦公室。十幾年前，我用點小聰明讓朋友的網站在搜尋引擎的關鍵字搜尋結果排名上升到第一頁，畢竟大家搜尋後都只會看第一頁，因而收到朋友給我一筆不小感謝金額，我那時才發現我竟然可以以此維生。有一陣子，我專門替人將一些不想要被看到的網路照片或網路新聞或網路文章堵住，十多年來各式各樣的新問題一直找上門，我覺得也挺有趣的。

他們四人皆阻止我回去住那沒整理過的房子，衆人盛情難卻之下，我答應了暫住在索非亞家中到新家的主臥室和浴室整理好爲止。索非亞因爲我答應留在她家過夜而開心不已，里奧也放心地開車離開了，我也是累了一整天了。我最後蓋著老奶奶親手織的百納被，一夜無夢到天亮。

經過兩天與十多人一起整理新家後，我終於正式搬進了新家。我請里奧與所有人到我家吃飯，包括索非亞和另外兩位八十幾歲的老爺爺，他們是一對兄弟，比較高的叫安翰，比較矮的叫克里斯，他們平常就是照顧牛隻，每週有幾天將收到二十五公升的牛乳簡單加工後製成起司，然後到處分送，或是到市集去換點東西回來。我們的小鎮另外還有一對八十幾歲的兄妹，現在到親戚家拜訪，平常就一起照顧這裡的葡萄和橄欖樹。他們解釋過後我才知道索非亞其實和他們也有親戚關係，而且雖然年紀差不多但其實長了他們一輩，算是他們阿姨。

爲了這頓晚餐，我前一夜在索非亞家烤了很多麵包，午餐前餐館送來我預購的一鍋義大利麵醬料，冰箱庫存了六種起司，生菜沙拉，烤小黃瓜，永遠百搭的燻鮭魚，冷凍庫的冰淇淋，索非亞的檸檬派。當然，還有配主餐的紅酒與鮮榨柳橙汁，也沒忘了配甜點的咖啡與茶。

想起在幾天前還在阿爾卑斯山上虛無地討論著生命的意義，但對我而言，能與大家開心地坐在一起吃這頓飯，在這片刻，我們是有連結的一家人，這就是生命的意義了。

美好的晚餐結束後，我在門口與每個幫助過我的人擁抱後道再見，目送他們在月光下一一離去。我將所有碗盤堆在洗碗槽後，到二樓浴室扭開了浴缸的水龍頭放水，浴室四面對開的大木窗是昨日才塗上的白漆，窗外有個陽台，正對著一大片葡萄園，窗旁是一個有點歷史的曲線型白色浴缸。昨日我花了半天時間才將浴室和浴缸裡裡外外刷乾淨，水流很小，要花十幾分鐘才能讓浴缸裝滿水。射進窗內的陽光大概在下午四、五點最舒適，但現在則是滿天星光燦爛，我拿了《地圖的歷史》泡在水裡讀著，這種平裝新書弄髒了泡水了我也不心疼，浴缸旁邊有一個高腳茶几，我放了一杯自己調的血腥瑪莉。

也許是因爲深夜網路品質好，造成我習慣在夜裡工作，我泡完澡後裹著一條大毛巾就在書桌前開始工作。我先在一個加密平台開了一間加密的聊天室，我將聊天室的名字取爲「Decameron」，中文翻譯就是「十日談」。《十日談》這本鼎鼎大名的著作是薄伽丘在十四世紀所作，背景是在瘟疫蔓延的十四世紀的佛羅倫斯，由七女三男組成的十個年輕人在一間屋子避難，並輪流講著故事。

我邀請了小愛德華加入聊天室後，便拿起了他幫我選的《十日談》開始閱讀，這本書神奇的地方是可以從一百個故事中的任何一個開始讀起。我很迷戀這種有百年歷史的精裝書，透過它我可以感受到當初手工縫製的印刷工人如何專心一意地縫著這本書，他是如何選了一張牛皮來將這本書包起來，我迷戀著這種連結。

我們透過文字與另一個時空產生連結，與另一個人的意念產生共鳴，我們都是如此渴望著，在這種情懷之下，我們才透過網路組成讀書俱樂部。

我租的紅磚屋有將近兩百年的歷史，屋瓦是淺橘色的，選這地方是因爲該地又熱又乾，可以阻斷與我糾纏多年的濕疹和香港腳。小鎮有個石造的古渠，河水是從庇里牛斯山下來的，冰涼甜美，所以就算沒自來水用了都沒有關係。

我改變了生活習慣，每天早起赤腳澆花種菜，中午在通風的大廳裡畫著大壁畫，我先算好牆面的長度和高度後，再算出我要畫的最佳面積，高必須是十八的倍數，寬必須是三十六的倍數，高與寬的比例必須是一比二。

算好我要的壁畫大小後，我跑去跟索非亞買了十幾綑不一樣顏色的毛線，她不收錢我只好拿出一瓶紅酒跟他換毛線。我先剪出三十六條和我的畫同高的毛線，接著將毛線底部捆上石頭，在牆面上算好距離後，再一根根貼上我的毛線大軍，接著利用地心引力和炭筆來畫出三十六條經線。

是的，我得到房東許可，我要在我大廳的牆上畫一整面的地圖，越清楚越好。

我計畫用炭筆畫出經緯線，然後仿衛星空照圖，那是沒有人爲國界的空照圖，地球眞實的樣子。我計畫慢慢地著色，畫上那些我拜訪過的山川河流，然後在晚上睡覺前用便利貼貼上當天感染新冠狀肺炎的病人數和死亡數。我有幾個月的時間可以慢慢畫，慢慢地看著這病毒如何擴散到全球。

我二十四小時開著《十日談》聊天室，小愛德華在第二天加入聊天室，我跟他報告我的讀書進度，他對我那一面地圖牆很有興趣，很努力說服我不要畫衛星空照圖，他希望我仿製美第奇家族在十六世紀繪製全球地圖的地圖室，所有全球局部地圖是一張張畫在紙上後再裱褙掛起來。

一直到第七天才有第三個人進入《十日談》聊天室，那時我正一邊喝著檸檬汁一邊在捲要用來貼在牆上當緯線的毛線。當我戴在手上的Apple Watch出現那個藍色小方框告訴我有人進入我的聊天室後，我興奮地從大廳跑回我放在二樓的筆電前。

「你好，我叫馬力歐！就是那個踢烏龜撞磚頭和救公主的馬力歐。」他進入聊天室後的第一句話就讓我笑了出來。

他告訴我他是個義大利人，說來也應該是義大利人，畢竟《十日談》這本書是義大利文學作品。馬力歐在一艘郵輪上打工，那郵輪也不知是哪間公司賣給義大利郵輪公司的二手郵輪，每次簽約上船就是半年，船上包吃包住，所以半年後下船可以一次領不少錢，是義大利高中畢業生想要存錢的首選，畢竟每艘郵輪的餐廳和咖啡廳都很歡迎身強體壯的義大利少男少女來做披薩和煮咖啡。他告訴我他每日就是在餐廳輪兩班，唯一任務，就是確定二十四小時都要有東西給客人吃。

馬力歐拍了幾張照片傳到聊天室，我馬上替馬力歐開了一個相冊，馬力歐告訴我在船上大家都不敢提起那個病毒的故事，因爲船上的中國和日本老夫婦不少，是他們主要的收入來源。咳嗽發燒這種小事也就是跟船醫拿退燒藥吃吃就算解決了，要是眞的要聯絡陸地靠岸或是停航，那等著他們的就是解決不完的客訴和法律賠償問題。他們一開始還懷疑是食物中毒，長官對著他們這些廚房小伙子訓誡了不少次。每天船長跟在地面上的長官連線開會也一直沒有結果，因爲船上的醫檢設備非常簡陋，需要把檢體送到一個願意幫忙檢測的大型醫院才可以。但時間拖越久，就越沒有任何港口願意讓這艘郵輪停靠。慢慢地，越來越多人因爲發燒在船艙休息了，東西也吃不下去，感謝上帝，還沒有人在船上過世。

他們這些身強體壯二十歲不到的小伙子每天準備的食物越來越少，其實還覺得挺悠閒的。後來大廚給他們一些新菜單，大概不外乎是熬雞湯，煮白粥，烤些新鮮好入口的白土司。馬力歐說：「其實熬雞湯跟熬義大利高湯沒什麼兩樣。」最新近況是，他們推著餐車將雞湯白粥麵包放在生病的客人房門口，還有一壺熱水和一些巧克力棒等補充品。

「船雖然不能靠岸，倒是船醫想辦法讓人送來很多的生理食鹽水與酒精過來，我們將一個冷藏蛋糕櫃消毒乾淨後，將生理食鹽水堆到裡面冷藏好。」他說：「一位病人平均大概要燒個一週，一旦，只要體溫超過三十九度，醫生馬上就讓病人吊點滴，病人馬上就舒服多了。我們雖然是艘二手小郵輪，但好歹也三四百人。船長和船醫先後也燒了兩週，他們覺得這樣挺好的，有了抗體再去照顧別人就不用顧忌了，所以後來發過燒的員工都派到第一線去照顧發燒中的病人。」

大概從病毒成爲國際新聞的第二週第三週開始，許多客人就開始各自聯絡大使館，聯絡所有可以用到的關係，希望可以返家。但船上依然有一半的客人希望可以繼續剩下的航程，但最糟糕的是沒有港口可以停，就算繼續航程也只是在海上飄蕩而已。

馬力歐服務的郵輪整整在某個港口的外海又停了兩個星期，終於，每位客人都下了船再各自想辦法回家，但船長必須接受的條件是：員工們不能下船。

這些靠不了岸的員工就跟船長找個無風無浪的地方日久天長地待著，他們將船上百分之九十的船艙都關起來，員工搬到舒適的商務艙和頭等艙住著，每日打牌、打球、健身、游泳等等，反正食物和淡水足夠他們幾十個員工吃半年一年的。船上幾乎七成員工都已經發過燒了，沒發燒的那三成也都已經有抗體了，根本沒有人在怕。因爲油價狂跌，石油比水還便宜，所以船長開了幾天船去加油時，整個海面滿是大大小小來加油的船，大家還交換了一些物資，拿新鮮蔬果和剛捕撈的漁獲換一些紅酒與起司啥的，畢竟郵輪招待的是客人所以物資最爲豐富，但小船的人個個都是捕撈高手，於是大家就各取所需，你來我往地聊起天來，有些人帶著酒到大大小小的船上去散散心，完全不在意什麼病毒的。

「我本來想在郵輪打工一年然後去念大學。」馬力歐在聊天室告訴我。

「現在呢？」

「我想去旅行，妳呢？」

「我想買地，好好種樹，好好種菜！」我笑說。

「爲什麼妳的聊天室叫做Decameron？」

「因爲我朋友介紹了這本書給我，我以前都是這樣開個聊天室，找對這本書有興趣的陌生人一起讀書。」

「就像讀書會一樣。」

「是，但你來了以後，我發現我完全不在意你願不願意一起讀書，我其實更想要知道世界各地的人現在怎樣了！」

出於對全球疫情的好奇，小愛德華約了在巴黎當醫生的皮耶與在《經濟學人》寫專欄的珍進入聊天室，接著皮耶約了在無國界醫師組織的安妮和在歐盟工作的慕薩進入聊天室，接著是在美國外交部工作的艾瑪也被慕薩邀請進入聊天室，然後是在大學語言中心教書的凱莉進入聊天室，最後一位是我邀請的國際駭客西恩。

西恩替我們搜集了很多資料，包括在去年十月至十一月，某個出產疫苗的公司股票就開始不尋常地狂漲，年底中國就發生疫情了，到底是不是有人爲操作爲了賺疫苗的錢而刻意散播病毒製造疫情，眞相永遠無法得知。我們讀著各大研究室搜集來的新聞，各種陰謀論開始在蔓延。終於，在美國首屈一指研究型大學的教授卽將在抑制病毒上有重大突破了，三十七歲的年輕教授就在研究室被人槍殺。

三月，義大利的每一間醫院都被肺炎病人擠爆，三月中下旬，歐洲和美國先後全國封城，在幾個月前看到的所有畫面一一重現在我的眼前。

無能爲力與無限哀傷的情緒在聊天室蔓延著，讓聊天室安靜了好一段時間，直到一天馬力歐上傳了很多他做美食的影片。

「我們來說故事吧！」馬力歐說著。

「什麼意思？」我問。

「我們阻止不了疫情在世界各地蔓延，但我們可以跟《十日談》這本書寫的一樣，開始說故事啊！」

「好啊！我喜歡，爲了避免不必要的感染，我與病人溝通後將所有的刀都延期了，我現在每天只能待在家裡，不如我們來說故事吧！」在巴黎當胸腔外科醫師的皮耶首先附和說，其他的人也開始支持這個想法。

最後，我們十人決定盛裝打扮，張羅著美酒美食，我們在鏡頭前同時開酒來慶祝我們故事的開始。

我們一切遵照著《十日談》的規則，每天輪一位國王或王后來主持，在書裡，他們編織了一頂王冠，在晚禱時交給被指定爲隔天的國王或王后。

我們推舉原先在大學語言中心當老師的凱莉當第一天的王后，她在三月的第二週因爲大學決定停課，要求所有國際學生都上飛機返家，凱莉因此失業。

美麗的凱莉隆重地穿了寶石綠的晚宴服，戴了一頂小孩遊戲戴的塑膠王冠，在鏡頭前微笑著。

在《十日談》的第一天，王后說的是：

在這特別的第一天，我允許大家各自講述一個心愛的故事，不限題目。

然後，故事，開始了。

Chapter 1

第一個故事

THE FIRST STORY

在那個沒有手機的年代，每次轉身離開都是萬水千山，
每次說再見也可能是再也不見。

「謝謝大家推選我當第一天的『王后』，這是在我工作多年的語言中心關掉後，所發生的最美好的事了，謝謝大家對我的關心和支持。」凱莉含著眼淚說著，我們所有人在鏡頭前拍著手。「我現在指派第一個講故事的人是：在《經濟學人》寫故事的珍，我相信你一定有很多故事可以說！」

「我？」珍清了清喉嚨說：「喔，我親愛的王后，被您指派為第一個說故事的人是我的榮幸。我是一個很愛旅行的人，因為工作的關係，我去了非常多的國家，但我最難忘的旅行其實還是我在唸書前去南美洲旅行的經驗。不如，我就說一個南美洲的故事吧，希望我的故事能讓王后與在座的各位開心。」

我故事的女主角叫灣灣，她是一個有點傻、有點怪的女孩，故事發生在二〇一〇年的一月，灣灣正在秘魯當背包客，她飛到利馬機場後，直接揹著背包到另外一家航空公司櫃台，沒頭沒腦地問他們：「最快的國內班機是飛去哪裡？」

「Arequipa.」他們說。

Arequipa是一座位於秘魯南方的大城，灣灣請他們直接開一張機票給她，於是她揹著輕巧的五公斤背包從國際航班接了秘魯國內航班。

灣灣總共在這個秘魯第二大城睡了兩夜，它眞的很漂亮，不愧被聯合國選爲世界遺產，建築很有特色，東西很好吃，警察對灣灣很友善，但灣灣跟絕大多數去秘魯的觀光客都一樣，只想著要去看印加遺跡和的的喀喀湖。於是灣灣在第三天一早就搭了六個小時的長途巴士去三百公里外的Puno，這城位在的的喀喀湖西邊，海拔將近四千公尺。也許是連續三天奔波在交通工具上，沒有吃好睡好，灣灣人還沒在地面上站好，高山症就發作了，她火速找了間最靠近車站的小旅店入住，四肢無力地躺在床上，一直不停地大口喘著氣。此時一位賣兩天一夜湖泊航程的小弟從公車站牌就一路跟著灣灣，一直煩著她，連她進房間都不放過。灣灣說她身體不適，明天再說，他一直死活不肯離開灣灣的房間，而她卻連罵人的力氣都沒有。最後灣灣花了二十美金買了一個別人花七美金就有的兩天一夜的的喀喀湖行程。

隔天一早，灣灣一直在想要不要去旅行社延一天，但他們告訴她旅行社還沒開門，而船就要開走了，爲了二十塊美金，灣灣拖著萬分疲憊的身體和一群歐美人士在渡輪口等船，旅客裡有來自美國的一家人，是一對父母帶著一雙兒女花兩年環遊世界，這兒子還沒變音，身材瘦小，戴著眼鏡，一直不停地在說話，那個尖銳的聲線讓灣灣耳朵很不舒服，很想叫他閉嘴。然後是三個身材高壯的英國男人，站著跟山一樣，擋住了視線擋了陽光，每個都揹了一個二十幾公斤的大背包，笨手笨腳的，其中一個穿藍色短袖上衣的傢伙，背包上肩時沒看到灣灣站在他身後，他的背包下緣狠狠地撞在她腦袋上，灣灣整個人跌坐在地上，眼冒金星，這傢伙竟然完全不知道他撞到了人！

灣灣千辛萬苦地上船後，也許是因爲裹著大衣溫度適宜，也許只是因爲身體太過疲憊，她就在船艙內的地板上枕著她的背包睡著了，直到船艙的玻璃折射陽光燒痛了她的頭皮，她尖叫一聲醒來後揉著她被燒傷的頭皮，就半側躺在船艙內看著書。灣灣看著每位背包客都環坐在窗邊，有一對牽著手看書的法國年輕情侶，還有那個撞到她的英國仔正把他整個背包都翻出來，最後看他從背包翻出一副桌遊後，再把所有看起來很像垃圾的行李塞回去。那位不停說話的美國小男孩，正和一對面容慈祥和藹的加拿大老夫婦聊天，這讓灣灣一直深信變老其實是件好事情。

船第一次停靠在一個蘆葦浮島上，所有觀光客很理所當然地到處拍照，購買當地居民的手工製商品，灣灣看到那個撞了她的英國仔很享受在島上跳躍並感受整個小島隨著他而上下搖晃，她忍不住替他拍了一張低頭看著雙腳的跳躍姿勢。黃昏時，船停在山頂不知是月亮廟還是太陽廟的小島，她不停地喘著走在整船觀光客的最後面，每個經過她的人都不停地替灣灣加油，她突然開始明白，原來不停地替個永遠考最後一名的人加油是件多麼殘忍的事。等灣灣終於爬到了神廟，已經只剩下天上的月亮了，連神廟周圍的數十個小販們都拋棄了她，身材矮短的她們各揹著一個大包袱在月光下健步如飛，這時一個戴著牛仔帽的男人剪影出現在灣灣眼前，用著德語口音的英文溫柔地安慰她說：

「其實也沒什麼好看的，是吧！」

灣灣帶著一種不甘心的心情請他用閃光燈幫她拍一張背景全黑的「到此一遊照」，心想：「老娘還是來過了！」

隨後，灣灣與這男人一起在月光下走下山，他告訴灣灣他是柏林人，他是從柏林飛到阿根廷當背包客，然後再從阿根廷進秘魯的。灣灣很興奮，不停地問著他：「你是在東柏林還是西柏林長大的？」、「柏林圍牆倒下的時候，你幾歲？」

他告訴灣灣說：「我在東柏林念到高中，柏林圍牆倒下後，我是第一批進入西柏林念大學的學生。」灣灣像是挖到寶中頭獎一樣，她這麼辛苦地念了二戰史，大學畢業時去搶獎學金的報告寫的還是一九八九年前後的柏林，但這一切都比不上今天終於遇上一個從東柏林走出來的大活人。他告訴灣灣他念書時的紅色小領結還在抽屜裡，家裡還有很多東柏林時期留下的東西，因爲他沒什麼物質慾望，所以並沒有想要買新的來更替，他告訴灣灣他家連新的收音機和電視機都沒買。

等他們下山走到集合地時，所有觀光客已經被過夜的小屋主人各自領走了，只剩下兩位當地人和船主在等他們。有位穿著傳統服飾的秘魯女人拿了手電筒給灣灣，她於是跟著秘魯女人來到一間屋子，整個屋內只有一個非常暗的燈泡，秘魯女人端了一碗冷飯菜給灣灣，她完全吃不下，裹著身子一邊抖著一邊喘著，不知道是因爲實在太冷了，還是因爲她的高山症又發作了，灣灣就這樣睡睡醒醒地熬到了天亮。

隔天早上，灣灣回到了船上，她在二、三十個觀光客身上掃了兩圈，認不出在月光下跟自己聊天的柏林男人，有點失望，她總不能一個個問吧！等船載所有人回到岸邊，每個人各自背包上肩魚貫走下船時，兩位女性背包客跟灣灣說他們在城裡訂了房間，灣灣決定跟他們一起搭計程車進城，也許她們的小旅店還有床位。灣灣坐在計程車後方右座，正要關上門時，一個穿著藍色長袖襯衫和卡其色長褲的男人探頭問著：

「可不可以跟你們一起分攤車錢進城？」

「上車！」前面的阿根廷妹子先回答了。

「你是哪裡人？」灣灣問他。

「柏林人！」他笑著說。

「眞的嗎？我昨天晚上也跟一個柏林人聊天！你是在東柏林還是西柏林長大的？」

「東柏林。」

「眞的太巧了，哈哈，那個人也是東柏林長大的！」男人抿著嘴角笑著，灣灣恍然大悟地笑著拍了他的左肩興奮地大叫著：「是你！」

「是我！」他微笑看著灣灣因爲失而復得地大笑著。

「我是昨天跟你聊天的那個人！」灣灣很認眞地跟他介紹自己。

「我知道，全船就你一個亞洲人，實在太好認了！」

「眞的嗎？」灣灣右手揉著她的腦袋，「我頭皮好痛喔！天氣這麼冷，我的頭皮卻被火燒了一個洞！」

「我當時就在想，妳什麼時候會被燙醒？妳的頭髮究竟會不會燒起來？」

「你也在船艙裡？」

「嗯！不過我跟其他二、三十個人一樣坐在椅子上，沒像妳這麼厲害可以躺在地板上睡。」

「我覺得那個可以連續講十個小時的小男孩才厲害！」

「這倒是。」他微笑說。

小旅店到了，另外兩位已經訂房的背包妹子們先下車去問還有沒有床位給灣灣，不久後，她們回來說還剩一間房間，所以灣灣拎著背包跟柏林男人說再見了。

「這裡轉角口有個廣場，如果妳希望的話，我們七點在那邊見，一起吃晚餐！」柏林男誠摯地說著。

「我不知道，我身體很不舒服，很冷很累，昨天又沒睡！」

「我在那裡等妳，希望妳可以過來！」

「嗯！再見！」灣灣帶著點遺憾地說。

在那個沒有手機的年代，每次轉身離開都是萬水千山，每次說再見也可能是再也不見。

十分鐘後，灣灣已經睡死在溫暖的床上，果然多花一點錢是值得的，現在不喘也不冷了，灣灣相信經過五個晚上，她的骨髓一定正努力製造著紅血球來抵抗這萬惡的稀薄氧氣。

隔天，灣灣再度成爲一個活跳跳的人，很開心地前往車站，打算搭八個小時的長途巴士到庫斯科，迎接她的印加之旅。

灣灣充滿精神地和同住在小旅店的三、四位阿根廷和法國背包客走到車站時，她遠遠地看到柏林男已經站在車站了，灣灣超級開心地衝過去跟他打招呼，但他的臉有點悶悶地說：

「妳昨天沒有來！」

「我太累了，馬上就睡著了，而且，我天黑就不出門的，因爲我是路痴，兩條街都能迷路。」

柏林男笑了，灣灣第一次在正常的光線下看著他，他頭髮是捲捲的淡金色，衣服超級乾淨整齊，他竟然將襯衫整齊地紮進褲子裡，灣灣傻笑著，因爲她在這天寒地凍的十月，已經四、五天沒洗澡了。

背包客們買了車票後魚貫上車，阿根廷長腿妹看了灣灣一眼，非常有深意地媚笑著，灣灣走到巴士後門右邊第一個靠窗位置坐下，柏林男在她的左邊坐下，他們像是久別重逢般聊了八個小時，等長途巴士到了庫斯科時，他們卻覺得只講了八分鐘。

他告訴灣灣他第一次旅行是去越南，這次去阿根廷是第二次旅行，他說他一直不太敢一個人出國旅行，但是去了才發現其實沒什麼好怕的！

「選越南是因爲是共產國家嗎？」灣灣問，但他解釋不出什麼理由。然後他接著跟灣灣抱怨美國觀光客竟然不知道越戰是美國跟越南打的，竟然還花錢在以前美國殺人的地方打靶，一次一美金。

「眞好！」灣灣笑了。

「妳說什麼？」柏林男皺著眉頭。

「我是說這地球上還有人在意，還有人會因爲這種愚蠢行爲生氣，讓我覺得眞好！」柏林男生氣的表情瞬間消失，變得很不好意思的靦腆樣。

他們交換護照看著，他翻著灣灣那本發霉的軟軟爛爛的護照，滿滿的章子，灣灣看著他那小心翼翼收在腰上乾淨挺拔的護照，完全跟一本新的一樣。

「妳需要常用這本護照啊！」柏林男意有所指地說。

「還好啦！」灣灣很得意地笑著，通常這是一種稱讚。

「我們邦交國多，很多地方不用簽證也不用蓋章。」柏林男有深意地說。

「原來你在欺負我！算了！」灣灣把那本當年不管去哪裡都要想辦法買簽證的護照收回來！

「妳知道全船上只有我們兩個是一個人來旅行的嗎？」

「不知道，不過眞巧，這兩天一直碰到你呢！」灣灣笑說。

柏林男直直地看著灣灣笑，問：「妳怎麼可以這麼聰明又同時這麼笨呢？」

灣灣好像聽懂了什麼，問他：「你怎麼會這麼剛好到車站去？」

「我在車站等了兩個小時了，其實我是想搭早上五點的車。」

灣灣本來想問他：所以你是在車站等我嗎？一開始你就在月亮廟等我嗎？在我的計程車離開前故意搭上我的車？然後一直在廣場上等我吃晚餐？灣灣看著他卻一個問題都問不出口。

他告訴灣灣他的家族在二戰時的傷痛，但這傷痛卻是不能說的，所以他那些沈默的祖父祖母們，帶著沉沉地二戰羞恥感離開了這世界。

「沒有人會想要回憶怎麼殺人的。」他說：「我們生來就是個不重要的人！德國就是個不重要的國家！」

「你怎麼會這樣說？從來沒有人會覺得德國不重要的，你知道我很小的時候看奧運，東德出了很多很棒的體操選手，你知道我小時候看到柏林圍牆倒塌的時候，我們大家都在電視機前面哭呢，那是我對國際新聞第一個印象，就是柏林圍牆倒了，大家很快樂很開心，然後你們和平統一了，我覺得好了不起喔！你知道全世界男人都想買德國車，德國怎麼可能是個不重要的國家呢？」

「我覺得把自己國家看得太重要太了不起是件非常可怕的事情，你看看美國現在是什麼樣子。」

「你眞的對美國很不滿啊，他們的確浪費太多資源了，但是美國人還是挺善良的。」

「他們這種善良是很可怕的，因爲他們太無知了！」

「你怕美國那些無知的愛國者會變成二戰時期的德國人？那你怎麼不去教書呢？你可以寫書啊？幹嘛在大學當一個工程師？」

「嗯——其實我跟電腦比較好，我不太會跟人打交道。倒是妳打算以後做什麼？」

「我還眞的不知道，等我結束兩年的背包人生再說吧，現在不想去想它！」灣灣接著問：

「你有沒有想過退休後要住在哪裡？」

「我很喜歡柏林，我想我會留在柏林吧。——你知道德國有很多樹很多公園很多湖泊嗎？」

「當然知道你們有很多樹啊。——每年吃呢，黑森林蛋糕啊！——你們那個湖泊不是還開了個很有名的會議嘛？」灣灣心裡想著，怎麼又提到哀傷的歷史，可是談柏林要不碰到讓人傷心的歷史，還眞的蠻難的。

途中，有一對母女扛著一隻烤好的小乳豬上公車，柏林男點了一份來一起吃，實在太好吃了，灣灣又點一份。灣灣看著這媽媽拿著刀子在搖晃的車子上剁著豬肉，一直想著她怎麼不會剁到手呢？眞是太厲害了！小女孩穿梭著一一收錢找錢，等沒有人要買了後，她們也就下公車了。

到了庫斯科後，所有人一一下車，阿根廷女孩媚笑著用西文說了一句：「談戀愛喔！」柏林男不會西班牙文，但灣灣卻聽得懂的，她上車前很雀躍的心情，突然不舒服起來。這一群背包客，越聚越多，連同昨夜的小旅店和公車上一起搭車的背包客，加起來大概七、八個一起去找小旅店歇腳。

灣灣最後跟阿根廷女孩住在一間，柏林男跟其他男孩們住一間，灣灣和柏林男趁天還沒黑在庫斯科走了一圈，聊著切格拉瓦，聊著列寧和哈維爾，聊著歐盟，聊著聯合國，聊著柏林圍牆的前世今生。

灣灣迫不及待地希望在隔天搭火車到 Aguas Calientes 再上馬丘比丘去看遺跡，但柏林男告訴她其實這裡周圍有很多好看的遺跡，他約灣灣隔天一起去看。

「但我只想去看馬丘比丘！」灣灣說。

「那早上六點？」柏林男說。

在隔天早上六點，大雨滂沱，兩人留下了所有夥伴，一起離開了小旅店。

灣灣開心地搭上公車，前往Ollantaytambo 遺跡晃蕩，然後與柏林男在長長的買車票隊伍排隊，她後面排了一個巴西人，他們開始天南地北的聊起來，柏林男面露微笑地安靜著，接著後面遠遠地走來了一個背包客。

「是這裡嗎？」他說話帶著濃濃的英國腔。

「不然呢？」灣灣笑說。

「你怎麼知道我問什麼？」

「還有可能是問什麼?有沒有賣炸魚和薯條嗎？」灣灣哈哈大笑著。

英國男人抿著嘴笑著，柏林男只是看著灣灣到處閒聊的本事，大雨一點都無法破壞灣灣的好心情。

所有背包客們在大雨中繼續天南地北地聊著，在那個沒有智慧型手機的年代，每個背包客手上都會捏著一本爛爛的背包生存手冊，最大宗的是Lonely Planet，第二大的大概就是Footprint，但書不可能每天更新，通常三、五年才有一個新版，所以所有背包客需要更新的訊息都是這樣從無止盡的閒聊中口耳相傳來的。所有背包客都是完全自由地移動著，可以隨時結夥一起找旅店，也可以隨時拆夥一個人上路。

旅程中很容易失去對時間的感覺，灣灣已經忘了到底是在大雨中等了多久才買到了前往Aguas Calientes的火車票，只記得上火車時好像已經是黃昏了。

灣灣那天晚上和柏林男與倫敦男三個人找了一個小旅店過夜，雖然大雨打在小旅店的屋頂上，叮叮咚咚，但三人依舊準備在明天破曉前到馬丘比丘上看日出，柏林男晚上想一個人留在小旅店裡，所以灣灣和倫敦男一起去吃路邊攤，秘魯的玉米種類非常多，又大又好吃，灣灣告訴路邊攤的老人：

「我在亞洲吃的玉米經過基因改良，所以小小黃黃甜甜的，不像這裡的玉米多樣化，我最喜歡這種大大顆的，非常粗壯，非常健康，吃幾顆就飽了。」

「妳有沒有想過如果它爆成爆米花會有多大顆？」倫敦男湊熱鬧地問灣灣。

「這樣看電影時，一隻手掌只能抓個三、五顆吃啊！」灣灣看著自己小小的手掌說。

倫敦男捏著灣灣的手掌，神奇地笑說：「妳的手怎麼這麼小？還肉肉的跟個嬰兒一樣！」她沒好氣地斜眼看著倫敦男，他接著說：「我喜歡看妳跟當地人說西班牙語，因爲妳總是很開心，也讓他們很開心，他們都把妳當自己人看。」

他們接著跑去泡溫泉，倫敦男走在灣灣後面，被追著要一塊美金的入場費，他指著灣灣的背影問著：「爲啥前面那女人不用付錢？」看門的看著灣灣的背影，跟他解釋：「因爲她是當地人！」

倫敦男告訴灣灣其實他有想過從山背爬上馬丘比丘，這樣可以省下二十五美金的門票錢。

「別這樣好嘛！人家秘魯人也是要吃飯的！」灣灣沒好氣說。

「我打算趕在明天太陽升起前爬到山頂看日出！」

「我打算在日晷旁邊看日出，──你明天下山後要幹嘛？」

「喔！我打算走下山，然後再沿著山背走到另外一個叫Santa Teresa的小鎮。妳呢？」

「嗯！不知道，我是玩一天算一天，不太安排的，反正來秘魯就爲了看的的喀喀湖和馬丘比丘，既然都看過了，其他的也就不重要了！」。

「我想去亞馬遜那一塊區域看看。」倫敦男說。

「可惜我沒空去那裡，我只有兩個多星期，就要飛回洛杉磯了。」

隔天清晨五點，一支忠誠的諾基亞手機叫大家起床，大雨神奇地已經停了，灣灣和倫敦男跟柏林男一起去搭接駁車，等灣灣走到最後一排時，已經有個嘴唇慘白還乾裂得厲害的葡萄牙男坐在窗邊對灣灣笑一笑，他說他走印加古道過來，昨天爬到馬丘比丘時已經沒力氣攻頂了，於是四個人一起付入場費後，他們去攻頂，灣灣在空空曠曠的遺跡上散步著。

終於，灣灣爬上了塊巨石，坐在沒有觀光客的馬丘比丘上看到了日出，天空上的烏雲先是出現了破口，金黃的陽光從東方某座山背上穿過雲團的破口射出，山群圍繞在金黃色的光暈中。天凍，灣灣對手掌哈著氣，搓著手，揉著臉。太陽的一角從山頭露出，金黃色的光線透過了雲層，成了一束束的金黃光線，打在馬丘比丘山稜的上半邊，灣灣從巨石上跳了下來，開心地又哭又笑，不停地高舉雙手繞著圈圈，灣灣知道當她人生走到盡頭，她眼前的跑馬燈會有她一個人在馬丘比丘看日出的這一幕。

灣灣趕在觀光客湧進的八、九點前拍了幾張照片，然後撤退到入口處買了幾根昂貴的薯條吃。她遠遠地看到倫敦男走過來，送了他一根昂貴的薯條。他一邊吃著薯條一邊笑灣灣蠢：

「就你們這些觀光客會在景點買東西吃。」

「你不知道我們這些蠢蛋養活了很多人嗎？」

「你們養活的這些是有權有勢的大公司，妳覺得一個凡人可以在這裡開店嗎？所以我都到小攤販買東西，我養活的才是真正需要幫助的小店家！」倫敦男爭辯。

兩個人爬上了高處坐了下來，俯瞰著整個遺跡。

「爲什麼他們要千辛萬苦扛著石頭到這邊建城啊？」灣灣納悶地問。

「你看著這蜿蜒河谷，這個位置易守難攻，而且可以看很遠，他們要衝下山要攻擊船隻很容易的，運送貨運一定要通過這峽口。」

「你是看什麼書說的？」

「我很聰明，什麼都知道呢！」

灣灣沒好氣地哼了一聲說：「屁勒！——對了，你有見到柏林男嗎？」

「一開始要登頂時，他是跟在我後面，後來我腳程比較快，再回頭就沒看到他了！」

「嗯，——他這兩天都不太跟我說話呢。」灣灣納悶著。

「我一開始還以爲你們是一對呢！」倫敦男笑說。

「我跟他是在的的喀喀湖認識的，之前他話還蠻多的。」

「嗯！每個人跟妳在一起，話都會變多的，妳這麼好笑。──倒是妳爲什麼都用城市稱呼我們啊？」

「這還不簡單，因爲我不但記不住名字，還發不出那些音啊！英文名字還算好記，但那些土耳其文、波蘭文、德文我哪裡有本事記住啊！」灣灣笑了，接著說：「而且我一直用城市稱呼一個人後，我去倫敦玩耍時，就會想起『啊！這就是那個我在秘魯認識的倫敦男長大的地方呢！』我對那個城市就會產生一種熟悉的感覺。」

灣灣和倫敦男坐在三千公尺高的馬丘比丘上有一搭沒一搭地聊著，直到看著南方的雲層又厚又重，半邊天都下著大雨。

「我覺得那邊的雲好像要飄過來了。」灣灣指著天空說。

「沒錯，等一下就要下雨了，我們最好趕在下雨前下山。」

「嗯。」

灣灣跟倫敦男一起切了兩千多公尺下山趕回小旅店後，就和幾個觀光客被大雨困在小旅店裡了。柏林男先是在馬丘比丘的入口處避雨，但大雨不停，柏林男最後也只能在大雨中下山，趕在天黑前回到了小旅店。

柏林男在房間裡將一身濕掉的衣物換了下來，梳洗整理好後，在臥室牆上橫拉上了一條線，然後再將濕了的衣物一一掛上。

「你倒是不管在怎樣狼狽的狀況下，都有能力看起來很乾淨呢。」灣灣笑說。

「謝謝。」柏林男被稱讚著，倒是靦腆了起來。

「我也可以掛嗎？」灣灣指著她掛在床頭的鮮黃色防雨風衣撒嬌問著，柏林男拍了她的頭後，伸手將灣灣的風衣掛起。「謝謝。」灣灣說。

那日，每日載送觀光客的火車沒有送觀光客進小鎮，才傳出火車軌道已經被沖毀的消息，由於火車是唯一的對外交通方式，馬丘比丘和Aguas Calientes頓時成了孤島，一些心急的觀光客開始吵著要打電話給大使館，灣灣此時穿起了她的鮮黃色防雨風衣，將背包懷抱在胸前，在大雨中將Aguas Calientes小鎮走了一圈。

夜裏，電力也停了，灣灣從背包翻出了她下午去買的蠟燭和打火機，她將蠟燭的底部燒軟後，將蠟燭插進了啤酒瓶，接著在在臥室窗口擺了一根蠟燭，另一根蠟燭擺在浴室臉盆邊。

「妳還買了什麼？」倫敦男問著。

「我買了很多瓶水和罐頭，我的國家常發生地震和颱風，我已經很習慣了。我是眞心不喜歡瓶裝水，但也沒辦法了！」灣灣說。

「鐵路是短時間修不好了，這村子沒大到可以停飛機，他們只能派直升機來把我們接出去了！」倫敦男雙手枕在頭下，看著天花板說著。

柏林男說：「直升機一趟只能載十來個人，這裡觀光客加村民有兩千人，要來回載兩百趟！」

「其實我在想，我們可以繞過山背走到另外一個小鎮，我們不一定要等直升機來接我們到Ollantaytambo疏散，我們可以往北走，到另外一個小鎮再搭公車到庫斯科。」倫敦男說。

「你怎麼能確定那裡有公車？」柏林男問。

「因爲那裡河道很寬，這裡會被沖毀是因爲這裡河道太狹窄了，山上冰河沒了，山頂光禿禿的也沒有樹，才下幾天大雨，土一被刷下來這河道就撐不住了！」倫敦男回答。

「所以其實道路應該是沒被大雨沖壞的，被沖壞的是河道附近的屋子和鐵路，這情況以後應該還會一直反覆發生吧！」灣灣說。

「是啊，妳有沒有看到那些慌張的背包客？」柏林男說。

「一直拿錢和護照出來晃的那幾個嗎？你們有沒有看到他們一直逼問無辜的導遊和旅店老

闆？」灣灣大笑說。

「還有一個一直拿藥物出來晃，說再不離開，藥就要吃完了！」倫敦男笑說。

「直升機能載的重量有限，但我又不想把背包丟在這裡！」柏林男皺著眉頭說。

「我的背包是沒差啦！就兩件破衣服和兩本破書而已！」灣灣略帶得意地說。

倫敦男對著柏林男說：「不如你跟我往北邊走到另外一個村落，這樣就不用放棄你的背包了！」

「我們先看看明天的情況再說吧！倒是如果所有觀光客都疏散到Ollantaytambo，幾千個人在那邊不知道吃什麼喝什麼？公車也不是一下就能疏散所有人到庫斯科！」

「其實，就兩天沒吃沒喝也沒差吧！」灣灣笑說，她從背包拿出了一瓶水給柏林男一瓶水給倫敦男，說：「切記，大雨後的水就不要再亂喝了。」

「謝謝。」柏林男說。

在雷聲大作伸手不見五指的黑夜裡，三個人各自躺在單人床上休息著。原本三張單人床是貼著三面牆，後來柏林男的床因爲貼著對外窗，窗外的雨水滲了進來，於是柏林男把床推了過來，和倫敦男的單人床併在一起。

也不知睡到了幾點，灣灣翻身時卻發現床已經濕了一半，從床上坐起，才發現滲進的雨水已經蓋過腳掌了。灣灣從口袋掏出了打火機，點了蠟燭，搖醒了床靠得較近的柏林男。

「水進來了！」灣灣無助地說。

三人將背包與鞋子都先移到床上，再將灣灣的床推到屋頂不會滴進雨水的位置，柏林男去找了把掃把將房間內地板的水掃出門。灣灣穿上了鮮黃色防雨風衣，拉緊了帽子小繩，然後倒在自己床上。

「妳睡我的床吧！我的床還是乾的！」倫敦男低聲地說。

「不用了！我穿雨衣，不怕屋子裡下雨！」灣灣弓著身子，把臉埋胸口悶悶地說。

「我有個單人帳篷，需要的話我可以幫你架起來！」倫敦男半帶著戲謔的口吻說著，灣灣忍不住苦笑起來。

「不早說，那我們就在馬丘比丘上搭帳篷了！可以看到打雷一閃一閃的，拍起照片不知多漂亮啊！」灣灣哼了一聲，說：「被關在這邊，泡在水裡不講，也看不到整個遺蹟在閃電下會有多漂亮，煩死了！——現在幾點啊？」

「還有三小時才天亮，雨聲已經比較小了，我猜這雨就要停了，妳再躺一下吧！」

「沒法睡啊！」灣灣說。

「你怕黑嗎？」倫敦男問著。

「不是，我可能吹了風淋了雨，有點發燒，頭疼得厲害！」灣灣吸了吸鼻子，說：「其實我在的的喀喀湖身子就不太舒服了，頭疼流鼻水的……」

「我有止痛藥，要不要吃？」倫敦男摸了摸灣灣的額頭說。

「然後我生理期又來了，浴室又黑又濕又冷的，衣服又髒又臭，我連洗澡洗衣服都沒辦法。」總是開開心心的灣灣竟然忍不住哭了。

「我煮杯熱茶給你喝？」倫敦男從背包找出了爐子。

「你可以幫我煮點熱水倒進臉盆裡嗎？我想拿熱毛巾擦擦身體。」

「這有什麼難的？」倫敦男笑說：「妳拿幾顆雞蛋來，我把雞蛋煮熱，妳放在口袋裡，或是拿毛巾包著放在衣服裡，很暖的。然後剩下的熱水我倒在臉盆裡給你擦一擦！」灣灣又倒在床上，像隻曲著身子的毛毛蟲一樣，吸著鼻水哭著。

天剛亮，三人就被外面衆人的咆哮聲吵醒，他們穿上了衣服後走到外面，看到一夜之間，大水沖走了一整排建築的地基，好幾間旅店都成了傾斜的危樓，很多背包客都坐在外面焦躁地討論著要如何離開此地。

慶幸天空已經放晴了，灣灣與倫敦男、柏林男三人揹著背包一起找個無人的高處坐下來看好戲。八點不到，天空中出現一架直升機徘徊著，地面上幾百個觀光客拿著護照揮舞著推擠著，裡面還有不少當地婦人抱著嬰兒加入了競爭的行列，兩、三個穿著軍裝的秘魯人試圖控制場面，但一直被焦躁的眾人咆哮著辱罵著。

流著鼻水聲音沙啞的灣灣指著人群說：「就那個傢伙把我的腦袋撞壞了，穿藍色短袖，金頭髮很高壯的那個，他跟兩個男性朋友來的，他們三個是英國人。」

「他兩個朋友坐在旁邊抽煙，有沒有看到？在屋簷下面。」柏林男對灣灣說。

「有呢，他們跟兩個法國人一起抽煙。」灣灣笑說。

「我跟那兩個法國人是一起搭車到庫斯科的。」倫敦男笑說。

「那個四個人的美國家庭妳有看到嗎？」

「他們有兩個小孩，應該會很快上飛機吧。」灣灣笑說：「你們沒要去跟大家擠嗎？好歹你們是拿歐洲護照。」

「你知道鐵達尼上都是給女人跟小孩先上船的，我這種好手好腳的年輕男人只能在旁邊游泳而已。」倫敦男起了爐，煮了六顆水煮蛋和六根短玉米。

柏林男罕見地拿出了他的單眼開始拍這群發狂的人，說：「灣灣，妳知道嗎？人類總是可以讓我感到很吃驚，也不過是下了幾天的雨，對外的火車軌道沒了，但這不代表人不能走過去。這裡平日養著上千個觀光客，表示還有得吃喝，也不至於斷糧，這些人到底是在怕什麼？」

灣灣拿起了筆記本開始記錄著。

倫敦男湊過身問著：「寫什麼？」

「我要記錄每趟直升機落地與起飛時間，還有每趟上直升機的人數，還有下面群聚的人數。你今天有什麼計畫？」灣灣問。

「今天，我想在這邊看好戲就可以了，但我明天早上想再爬一次馬丘比丘。」

柏林男說：「對啊！都沒人了，可以拍出很棒的照片。」

「我覺得我好像看到世界末日的畫面，每個人拿著錢拿著護照抱著嬰兒，就希望可以上飛船，就希望可以離開地球。」灣灣笑說。

「其實外星人是要來馬丘比丘接人類的，沒想到千里迢迢來了，一個人都沒有！」倫敦男一邊微笑說著，一邊倒了一杯茶給灣灣，說：「妳感冒了，多喝點熱茶。」

「那我們三個應該去迎接千里迢迢而來的外星人才是，說不定我的感冒病毒可以殺死他們。」灣灣笑說。

「我在想如果大家都走光光了，我們可以大搖大擺地走進餐廳吃不用錢的。」倫敦男笑說。

「我不想爲了上直升機而放棄我的背包，我在想我們過兩天一起往北邊走，你覺得怎麼樣？」柏林男對倫敦男說。

「我人生第一次看到這場景，沒想到電影演的世界末日的場景是眞的。」灣灣看著下面數百人驚慌失恐，互相推擠的畫面說著。

「那我們就在一起過世界末日吧！」倫敦男摟著灣灣的肩笑說。

「對啊！——能跟兩個帥哥過，一個會掃地會曬衣服，一個會煮三餐，我何德何能啊！」

灣灣右手拍著倫敦男的背得意笑著，下巴揚了揚。

柏林男把相機交給灣灣，灣灣閉起左眼，用右眼貼著看小視窗，然後右手托著機身，左手轉動鏡頭，將那些急著要上直升機的人們臉上的表情看得一清二楚。灣灣微笑看著，將相機還給柏林男後，伸出左臂輕輕地摟了柏林男一下，說：「眞高興跟你們在一起，不然我就要跟著那群揮著錢揮著護照的特權階級在一起了。——但，說實話，直升機其實我是蠻想坐的，可以從這麼高的地方看馬丘比丘也是蠻過癮的。但是你們不想上去，那我就陪你們留在這裡吧。」

「既然妳想看，那我們最後三個撤退吧，從直升機上看看馬丘比丘也是蠻值得的。」柏林男說。

「我們可以最後三個上去，塞了錢或食物或禮物給他們，應該會讓我們帶背包上去吧。」倫敦男說。

「要放棄背包呢！」灣灣笑說。

「又或是我們把背包交給可以信任的人，留下郵資，請他們幫我們寄回歐洲？」柏林男說。

「又或是我們把背包藏起來，十年後回來找背包？」灣灣說話帶著嚴重的鼻音。

「聽起來不錯，我喜歡十年後回來這個想法。」倫敦男說。

「那就是二〇二〇年的一月，我們再一起回來。」柏林男說。

灣灣興奮地喊著：「你們看！登機了登機了，是老背包客，白種人！哈哈！你看得出來他剛剛手上一直在揮的護照嗎？」

「其實妳感冒生病了，他們說不定會讓妳先登機呢！」倫敦男說。

「才不要呢！我要在這裡看好戲！一年有幾十萬人來馬丘比丘，你說有幾個人可以看到空空蕩蕩的馬丘比丘？有幾個人可以看到上千個被丟棄的背包和上千個爭著上直升機的人？怎麼可以錯過呢？」灣灣笑說。

灣灣微笑地看著眼前不太真實的直升機在原地升空，她全身上下透著一種奇異的歡樂情緒，好像眼前這數百人是在另外一個時空中掙扎著，而灣灣他們三人靜靜地在另外一個時空中說笑著。

兩天後的倫敦報紙寫著：馬丘比丘大水，估計有兩千位觀光客被困，第一天救出了一千一百三十七位觀光客，第二日計畫還要再接出六百位。

女王凱莉聽完了珍的故事，在螢幕前輕輕地拍著手說：「謝謝你，我很喜歡這個故事，但不知道他們在二〇二〇年有沒有回到馬丘比丘？」

「親愛的女王，很抱歉在下並不知道他們有沒有回到馬丘比丘，不過他們如果二、三月才去，可能現在還被困在那裡呢！」珍笑說。

Chapter

2

第二個故事

THE SECOND STORY

在人鬼可以通婚的世界裡，
你我相愛卻無法結合！

女王凱莉在螢幕前說著：「剛剛我請了一位美麗動人的女孩爲我們說故事，現在我想請一位英俊瀟灑的男孩來爲我們說一個故事。慕薩，可以請你爲我們說一個故事嗎？」

「我嗎？我雖然不英俊瀟灑，但我不能拒絕我親愛的女王陛下的任何請求。」慕薩笑說。

「我還沒正式跟各位自我介紹過，我叫慕薩，從小就住過很多個國家，擁有三個國籍，所以也很難解釋我到底是哪國人。我畢業以後就一直在歐盟當研究員寫報告，按照原先計劃，我現在應該是在法蘭克福開會報告的。但今年三月以後，歐盟所有研討會與出版計畫延期，現在所有歐盟對這個莫名其妙的病毒也完全無任何對策，所有國家都是自己決定是否開放邊界，自己想辦法購買醫療設備與用品，所以大家也不用再問我了。我目前住在一個英國鄉下的小房子，每天看著羊走來走去，歐盟的研究員薪水照領，我跟老闆說我每日分析數據寫研究報告，那完全都是騙人的，我現在就是每天上網找人聊天，想知道世界各地的人現在怎麼樣了。」慕薩端起了他的馬克杯，喝了一口茶繼續說：「幾年前，我在開研討會時住在一間飯店裡，外面很冷，我帶著我的筆電到咖啡廳坐著，只因爲那邊熱咖啡可以一直續杯，我對著我的筆電，改著我隔天要報告的無聊投影片，我巧遇了一位老朋友，他跟我說了一個故事，我想今天就說給你們聽。」

這故事發生在二〇〇八年的倫敦，男主角叫做阿凱爾Akil，原意是聰明與智慧，女主角叫做茉莉。茉莉與阿凱爾是在大學圖書館一樓大廳的沙發上認識的，茉莉當時坐著看書等人，不久後阿凱爾神色不安地在茉莉對面坐下來。

阿凱爾坐下前將斜背的一個年代久遠銅釦皮質側背包轉到身前，因爲身型修長，所以彎腰坐下時，他的深黑色大捲髮在茉莉眼前晃了一下，茉莉抬頭看了他一眼。他有漂亮的棕色皮膚和俊美的五官，活像從電影《埃及王子》裡走出來的王子。

阿凱爾發現茉莉在看他，茉莉自知唐突所以很尷尬地笑了笑。

「對不起，我只是很好奇你是哪裡來的。」茉莉對自己不禮貌關注道歉。

「妳覺得呢？」阿凱爾的英文口音是英國百年老牌寄宿學校才有的口音。

「我本來覺得你應該是中東或是北非的血統，但是你的英文口音是道地的英國寄宿學校才有的。」阿凱爾微笑著，身子好奇地往前靠向了茉莉，茉莉繼續說：「你知道那些武裝團體的頭子都是像你一樣，風度翩翩，受良好的英式高等教育，有著中東血統。」

「妳說得沒錯，說不定我是恐怖份子呢！」阿凱爾俏皮地說著。

「你的皮膚稍微白了一點，是因爲倫敦的太陽不夠大，還是你有混到其他族裔，我就看不出來了！」

「妳在這裡做什麼？」

「我在等朋友，晚上要一起去看表演，你呢？」

「我來找一些資料。」

「沒找到？」

「怎麼說？」

「大部份的人坐下來的時候都是很開心的，因爲可以休息一下，再準備等一下要去哪裡，但你坐下來的時候卻是一臉無奈和沮喪。」阿凱爾笑一笑，轉著自己手上的新戒指。茉莉問：「我可以看一下你的戒指嗎？」阿凱爾二話不說把一枚銀質戒指摘下交給茉莉，茉莉雙手接過撫摸著。

「有什麼想法？」阿凱爾問。

「你是埃及混血？我第一次看到把阿努比斯和荷魯斯打成戒指戴著的。」

「朋友送我的生日禮物。我剛剛在想，我好像又太焦慮了，體重又輕了，戒指都鬆了！」

茉莉的手機傳來簡訊聲，茉莉看了一眼，是朋友傳來要放她鴿子的簡訊。

「朋友不能來了？」阿凱爾問。

茉莉問：「你晚上有計畫嗎？要不要跟我去看戲？」

「什麼戲？」

「說了就不好玩了，但我跟你保證一定是你沒看過的，你願意冒個險去嗎？」

那天的戲碼是白先勇先生改編的崑曲《牡丹亭》，分成上中下三場，演兩輪六場。這場青春版的《牡丹亭》在二〇〇七年十月在北京試演，剛好趕上了好時機，因爲二〇〇八年八月北京奧運開幕，這《牡丹亭》是趕在奧運前兩個月，在六月倫敦舉行首演，中英文化交流順勢而爲，進入前所未有的頻繁。

茉莉帶著阿凱爾去看的是第一場，位置很不錯，在第十排中間靠左的位置，如果位置再前面一點，要抬頭兼顧舞台左右方的英文翻譯，脖子就會很不舒服了！六場是九千張票，總是有些人需要花錢捧場買個一、兩百張票，幾千歐元對他們來說眞的是小錢，而茉莉這些窮留學生什麼都沒有、就是有看戲的時間。所以這票是別人送給別人，也不知轉了幾手，最後某個別人又送給茉莉的。送票一定要送一對，所以茉莉就帶著今天剛認識的阿凱爾去看戲了。

Sadler's Wells Theatre 距離他們大學不到四公里，大概隔三、四個地鐵站，所以他們很理所當然地就走到劇場。倫敦走路很舒服，加上地鐵費用昂貴，所以茉莉每天走個十公里都很尋常。

「所以你爸爸是劍橋大學的教授，被借調到『世界銀行』服務，你媽媽是劍橋大學的教授，被借調到『國際貨幣組織』服務。很右派很白領很精英的一對夫妻典範啊！一個專門放款給弱小國家好開發他們的天然資源，好讓他們債台高築；另一個專門接手破產國家，大家分一分這國家有的好東西。接著，你長大後到左派學校念個水資源去抵抗你爸媽。」茉莉笑說。

「他們離婚了，所以不能算是一對夫妻了！」

「我不懂，你爸爸在開羅長大，然後到劍橋大學念書、結婚。但是你爸爸一直不是穆斯林，但你卻是穆斯林。」

「是的，是我自己的選擇。」

「你也自己學了阿拉伯語，一直回開羅研究當地的自然資源，最後選了水資源。」

「是的。」

「可惜了！」

「爲什麼？」

「因爲我覺得地球眞正的水資源衝突會發生在北極和喜馬拉雅山。」

「怎麼說？」

「北極的航空權和航權是可以大家分享的，但是淡水資源卻是不可能分給每個人的，從今天的地理位置來看，北極屬於北歐加拿大美國俄羅斯，但是這公平嗎？這是只屬於他們的北極嗎？你覺得中國和日本會放棄淡水嗎？你覺得北極的淡水是屬於所有地球人的淡水嗎？喜馬拉雅山控制了整個亞洲和中東的淡水，全部在中國手上，中國只要不停地在上游蓋水庫，整個印度，整個東南亞馬上就沒水了，你想要活路就要拿東西和中國換。歐美國家一天到晚在跟中國吵西藏人權問題，但現在連達賴喇嘛都明講了，西藏問題是自然資源問題，其實就是水資源問題。」

阿凱爾大笑，忍不住伸出雙手摟著茉莉，茉莉也跟著笑了。因爲阿凱爾身上脂肪比例極少，所以笑起來眼角折起來都是深深的紋路。

看戲前兩個人其實對等一下要看什麼戲都不知道，看完戲後阿凱爾興奮開心地跑去握著白先勇先生的手，告訴他：「我有多麼喜歡這戲！」白先勇先生看起來很滿足，但是沒跟他說什麼，沒有人知道白先生是否聽得懂阿凱爾在說什麼，阿凱爾只是不停地謝謝他把這齣戲帶到倫敦來。

兩人看完戲，阿凱爾請茉莉去間埃及餐廳吃點東西，茉莉從背包拿出了疊資料唸著：「這位白先生的爹是大將軍，而他是華文世界最重要的同志作家，他的《孽子》是台灣最重要的同志作品。白家原來跟你一樣，也是穆斯林，但後來白先生選擇了皈依佛教。」

「這資料哪裡來的？」阿凱爾微笑問著。

「送我票的朋友給我的，她交代我等看完戲再讀。上面寫著，白先生在四十年前發表這樣的作品，他真的很勇敢！」茉莉說。

「妳喜歡這齣戲嗎？」阿凱爾問。

「我覺得這部戲真的太扯了，你知道這部戲寫在明朝，明朝的女人很少有好下場，這杜麗娘是生在有錢的漢人家庭，十歲不到就要裹小腳，一生大門不出二門不邁，因爲做夢夢到個男人，想著這男人想著想著就死了。這是多大的醜聞？後面的復活和相愛，那才眞是做夢。你敢娶一個死而復活的女人當妻子嗎？一具會說話的屍體，會跟你說我每天都夢到你的屍體？你還不趕快逃命去！明朝有本《明史》，裡面有個《列女傳》，簡直是悲慘女性人生的總結。你要是喜歡，學校圖書館有，我翻譯給你聽。」

「好啊！我要聽！」阿凱爾說。

「你這麼欣賞《牡丹亭》這種被禁的淫穢戲曲，那穆斯林的世界呢？」

「在英國跟在埃及不一樣。」

「我想也是，這跟受什麼教育有關係，跟DNA來自哪裡倒是無關的。我今天在學校圖書館遇到一個阿富汗女孩，不會用電腦，還是我從頭教的。爲了教她用滑鼠，我的手很自然地蓋著她的手，嚇壞了她，害得我趕緊跟她道歉。」茉莉說著。

茉莉和阿凱爾約了隔週一起去看第二場，那天他要在英語測驗中心打工，茉莉去接他下班。茉莉看阿凱爾穿著西裝打著領帶，人模人樣地從語言中心走出來，眞是快把茉莉笑死了。茉莉問他怎麼會跑來工作，阿凱爾說中心缺人唸英文稿，所以到處找人去對著電腦錄音唸稿子，煩都快煩死他了。

「誰叫你唸寄宿學校，一口漂亮的英文腔。」茉莉笑他。

「那些對白都超蠢的，到底是誰那樣講話？」

「有付錢給你就好了，你管那麼多。——我們先找個地方吃飯再走過去吧，還有三、四個小時呢！」

他們找了一間埃及餐廳坐下後，點了米布丁與烤肉串，茉莉等不及把印好的資料從背包翻出來。

「我把你要的《列女傳》印出來了，你選吧，看你要聽哪一個。」

「我又不會中文。」阿凱爾翻動著幾張他看不懂的天書。

「但你有手指頭啊，為了避免你說我作弊，你點哪一個我就翻譯哪一個給你聽。」

於是，阿凱爾笑著指了一個故事。

姚孝女，餘姚人，適吳氏。母出汲，虎銜之去，女追掣虎尾，虎欲前，女掣益力，尾遂脫，虎負痛躍去。負母還，藥之獲愈，奉其母二十年。後成化間，武康有蔡孝女，隨母入山采藥。虎攫其母，女折樹枝格鬥三百餘步。虎舍其母，傷女，血歕丈許，竹葉為赤，女亦獲全。後招遠有孝女，不知其姓。父採石南山，為蟒所吞。女哭之，願見父屍同死。俄頃大雷電擊蟒墮女前，腹裂見父屍。女負土掩埋，觸石而死。

「有個女的，她老爸姓姚，但她沒有名字喔！她老媽出門去打水，被老虎咬走了，女兒就去追著老虎打，老虎後來被打痛了，跑走了。女兒於是背著老媽回家，上了藥，身體康復，這女兒繼續照顧老媽二十年。後來有個姓蔡的女兒，老媽也被老虎抓走了，女兒折了樹枝去打架，老虎不咬媽媽了，改咬女兒，噴得到處都是血，後來女兒應該沒死吧！最後一個最慘，不知道姓什麼，老爸被蟒蛇給吃了，女兒哭著說要跟爸爸一起死，希望看到爸爸屍體，突然一陣雷打下來，劈死了蟒蛇，女兒將爸爸埋葬後，一頭撞石頭死掉。下一篇——」阿凱爾眉眼笑開了，指了另外一個故事，茉莉繼續接著說：

梁氏，大城尹之路妻。嫁歲餘，夫乏食出遊山海關，賣熟食為生。又娶馬氏，生子二，十餘年不通問。氏事翁姑，艱苦無怨言。夫客死，氏徒步行乞，迎夫喪，往返二千里，迄扶柩攜後妻二子以歸，里人嘆異。

「有個老爸姓梁的女人，嫁給一個傢伙，一年後這傢伙跑到山海關賣吃的，娶了另外一個爸爸姓馬的女人，生了兩個孩子，十幾年也沒有來點消息。這姓梁的女人照顧這男人的爸爸媽媽，非常辛苦，從不抱怨。沒想到這男人後來死在外面了，這女人一路當乞丐，走了兩千多里，帶著裝著老公屍體的棺材和老公外面娶的女人與兩個孩子回家，村子的人都嚇壞了！那時候的里跟現在不一樣，大概是一半吧，一千多公里。」茉莉抬起臉看著阿凱爾，問：「還想聽其他明朝時期悲慘的女人的故事嗎？」

「我覺得很有趣，這故事都在鄉下發生的，但是我們看的戲劇卻是讀書人和上流社會的故事。」

「是啊，你有沒有想過莎士比亞和珍奧斯丁裡面那些追求愛的女人都是上流社會的，然後被燒死的女巫基本上都在鄉下？」

「妳覺得爲什麼？」

「因爲女人一家人窮到沒飯吃的時候，女人就剩下名節和貞操可以利用，嫁人來換飯吃，妳要是連貞操都沒有，全家只能活活餓死。但女人要是有錢有勢，你大可以跟伊麗莎白女王一樣拒絕嫁人，或是家裡有點錢，餓不死的話，你可以跟珍奧斯丁一樣，每天在家裡幻想愛情故事卻不嫁人。」

「那男人怎麼辦？」

「窮的話就行乞或是當童工，或是把自己賣了當奴隸，或是當強盜當小偷。明朝最慘，很多小男孩窮到被閹割到京城要去當太監換口飯吃都沒門路，最後在京城當男妓。有個叫利瑪竇的傳教士剛到京城看到這一段都嚇傻了。我這學期修了《明史》，很有趣，但也是難死了。——你說一些你兒時的事吧，我想聽。」

「我小時候很慘，跟一群沒良心的王公貴族住在學校好幾年，爸媽長年不在，到處飛來飛去地工作。有一年我長得特別快，褲子越穿越短越穿越緊，偏偏那時候又流行寬鬆的褲子。」

「你爸媽離婚後，你週末都是回誰家？」

「其實回誰家也沒差，反正都沒人，他們在倫敦都有幾棟房子，有些都還沒裝潢，擺在那邊好幾年，都是雜草。」

「其實，你可以跟爸媽談一下，給你一間房子去整理，這樣會有家的感覺，不是嗎？我覺得動手整理屋子，整理花圃的感覺很棒的。」

「妳會來幫忙嗎？」

「可以啊！」

「我修了《明史》才知道，這國家有人鬼聯姻的傳統，我同學跟我說就算是現在，偶爾還是會有人鬼聯姻的事發生，也從來沒人阻止。但是，同學跟我說，在他的國家，男人卻不能跟男人結婚，女人也不能跟女人結婚，你不覺得很荒謬嗎？」

說。

「英國現在同性伴侶在法律上已經和異性伴侶沒有不一樣了，需要時間改變的。」阿凱爾

「但是英國國教還是不同意的，你知道我們大學有幾個從穆斯林國家逃出來的性別難民嗎？我遇過一位從西非拿了獎學金來念書的外交官，親口告訴我，如果他兒子是男同志，他會親手打死他，或是他女兒要是未婚就跟別人發生性行爲而懷孕，他也會親手殺了她！我不明白，到底是哪裡來的深仇大恨？我不懂！我們的身體從來就不是自己的，是不是？」茉莉說得有些情緒化，她向來不喜歡這種大團圓的戲曲。

「我相信，我們的愛是我們自己的！」阿凱爾微笑說。

「也許，身體有性別之分，但我相信靈魂是沒有分性別的。你可以接受一個住在男人身體裡的靈魂嗎？」茉莉問。

「沒辦法吧！」阿凱爾說。

「就算他再愛你也沒辦法嗎？」

「嗯——」

茉莉與阿凱爾後來成爲偶爾交換論文報告互相給意見的朋友，偶爾繼續在穆斯林的餐廳吃

飯，茉莉喜歡上埃及餐廳的炸蔬菜丸子，阿凱爾經過就會給茉莉買幾個吃。

在茉莉的建議下，阿凱爾和父親聯繫，跟父親要了一間連地板都沒有的兩層樓房來裝潢。條件是：阿凱爾必須自己出資。

茉莉拿到了地址後，買了一包葡萄和幾瓶果汁坐地鐵去看阿凱爾。那是一棟在倫敦高檔住宅區的其中一棟兩層樓的房子。屋子是很經典的紅屋白窗，前庭後院，二樓是三間帶著浴室的房間，一樓右側是外推出半圓形的客廳，左側有餐廳、廚房和一間有衛浴主臥房。茉莉看到房子門口有一個小型滾水泥筒，大門沒關，茉莉直接走進正在施工的客廳仔細看了看後，再走進一樓主臥室。阿凱爾正在重鋪一樓主臥室的木頭地板，茉莉見了一格格木板壓在下面的銅管線才知道，原來英國房子的管線都是鋪在木頭地板下面的。

阿凱爾上身穿著深藍色的工作服，下面是一件破舊的黑色運動褲，瘦弱的阿凱爾很努力地和完全不熟悉的木工在奮鬥著。茉莉蹲在一旁看著他認眞地工作，笑嘻嘻地替他拍了幾張照。

不久後，阿凱爾上樓梳洗，他撥了茉莉的手機，要茉莉上樓。

茉莉順著旋轉手扶梯走到二樓，向右轉後直走到底，茉莉看到阿凱爾從浴室走出來，幾乎全裸著身子，只圍了一條快掛不住的大毛巾，茉莉著實嚇了一跳，只是默默地安靜地在角落站著。

阿凱爾的休息的房間裡連張床都沒有，只有一張床墊與一張中東地毯，地毯上疊著幾件衣物和一落落圖書館借回來的書。

茉莉跪坐在地毯上怯生生地說：「有件事要告訴你。」

「我一定要聽嗎？」

「我從來就沒談過戀愛，男人女人都沒有。」

「我想，妳也許應該離開了。」阿凱爾冷冷地跟茉莉說。

茉莉沒有移動也沒有說話，阿凱爾又重複了一次：「我身體不舒服，我想，妳眞的應該離開了。」他在床墊上躺下來，拉了棉被背對著茉莉把自己裹起來，茉莉靠了過去問他：「你哪裡不舒服，需不需要我去買什麼東西給你？」

「沒關係，我可以打電話請朋友幫我買雞湯送過來，妳可以先走了。」

從那天以後，阿凱爾就不回茉莉的簡訊了，但是半年後阿凱爾在除夕那天打了電話給茉莉，在電話旁邊用茉莉的語言大叫：「新年快樂！」

茉莉很開心，開心到流下了眼淚。好像阿凱爾可以原諒茉莉那天受到驚嚇的表情，茉莉可以想像那天阿凱爾裸著身子有多尷尬。茉莉相信阿凱爾能明白，茉莉也是很喜歡他的，茉莉完全沒有要羞辱他的意思。

又過了兩年，二〇一〇年，茉莉在一間大學當講師，收到一封阿凱爾的電子郵件，大概就是說他們要募手機等電子產品和物資，打算從倫敦開車隊到巴黎，再一路南下到突尼西亞參與「茉莉花革命」，從突尼西亞再一路往東，將這革命，帶到整個中東。

「妳知道嗎？我一看到突尼西亞這革命叫『茉莉花革命』，我就決定參加了！」

茉莉在電腦螢幕上看到這一句眼淚就止不住了。

茉莉回了信給阿凱爾，在信上說了茉莉自己的故事。茉莉從小就是比較瘦小而且女性化的男孩，她到倫敦唸書後，就一直做女孩的打扮，也從來沒人過問，這是茉莉人生中最幸福快樂的一段日子。

茉莉決定拿英國公民，因爲在英國只要見過兩位醫生，開了證明，就算不開刀，英國法律也可以讓身體上擁有男性生殖器官的茉莉選擇當一個女性英國公民。

由於茉莉沒有和任何人有過親密關係，所以動手術這件事其實一直沒有排進茉莉的人生裡，茱莉每天穿著女性的服裝走在路上，每天走進女性廁所，這樣茱莉就很滿意了。一直到茱莉看到阿凱爾半裸著的身體，茱莉想觸摸阿凱爾卻不敢，茱莉完全不知道應該怎麼辦，如果茱莉有一個女性的美麗的身體，茱莉一定大方地走上前去，擁抱著阿凱爾，撥弄著他捲捲的黑髮，磨蹭著他臉頰上的短鬍髭。

茱莉陸陸續續收到三、四封阿凱爾寄來的電子郵件，裡面是一些「阿拉伯之春」革命現場的血腥照片，茱莉只開了一張照片就不敢看下去。茱莉非常憂心，不知道他是不是還活著。

同年，茱莉爲了旅行方便，穿了男裝，她花了三個星期從湄公河的下游一路往上游走，水位已經逐年下降了兩到三公尺，而且還在不停的在下降中。茱莉在寮國和柬埔寨遇到不少來找當地同性年輕伴侶的歐美老男人一起旅遊，茱莉有時和他們在餐廳在旅店相逢，看著塗著口紅的年輕亞洲男性，心知肚明這是怎樣的性交易，但也不知道該不該聊天。最後一日，茱莉在胡志明的小旅店落腳，穿回女裝，她五點早起等著計程車來載她去機場，一位打扮妖嬈的變性人踩著一雙紅色高跟鞋摳摳摳地從房間走到大廳，茱莉面帶微笑地欣賞著美麗的她，她走出大廳後到隔壁攤販買了三份越南特有的短法式麵包做的三明治和越南咖啡。她搖曳著帶了三份早餐回到飯店，一份交給飯店大廳小弟後，拎著另外兩份就走進房間了。

茉莉不知道爲什麼，一直沒有動心起念要做變性手術，她覺得自己是個無性別的人，既不會想要成爲鍛鍊肌肉的男性，也不會想要成爲塗口紅穿高跟鞋的女性，茉莉只知道自己有個渴望愛的靈魂。

二〇二〇年，湄公河見底，泰國和越南這兩個大米倉開始在國際發聲，懇請世界關注中國在湄公河上游建水壩攔截水資源的現況，估計再半年馬上就要爆發糧食短缺了。茉莉與阿凱爾當年說的一切都發生了，茉莉再次Google了阿凱爾的名字，知道了他唸完了他的博士學位，先是在歐盟接一些研究計畫，接著繼續在第三世界做一些水資源研究。

茉莉終於有勇氣點開了他的Skype帳號，看到他在教堂婚禮中穿得一身英挺的西裝，她心中讚嘆著，阿凱爾眞是個從各種角度看都美麗的男人。

茉莉的手指滑過阿凱爾的照片，他終於還是選擇屈服了這個體制，在阿拉伯世界鬧完革命後又回到了人生的正軌上，在教堂中完成他不相信的宗教與男女結合的儀式。茉莉百年如一日般的單身，仍然沒談過戀愛，只是偶而會夢到阿凱爾漂亮單薄的身體，他笑起來臉上深深的紋路。茉莉心中仍然覺得非常遺憾，也許當年應該帶著女性服裝下擁有男性生殖器的身體，與阿凱爾在地板上瘋狂做愛的。

也許愛眞的可以超越一切，包括這個裝著靈魂的臭皮囊。

兩人認識的第一夜，同去看《牡丹亭》的時候，茉莉坐在阿凱爾的左邊，對著耳邊輕聲笑說：「你知道嗎？《牡丹亭》這故事在諷刺我們，人鬼可以相愛、可以復活、可以結婚，但你我卻不行！」

阿凱爾笑著在茉莉的耳邊輕聲說：「我們當然可以相愛，而且，我說不定有一天會跟不是穆斯林的女性在教堂結婚喔！」

茉莉看著阿凱爾有深意的笑了笑，那一夜，茉莉第一次做夢夢到阿凱爾，兩人非男非女的美麗身體在夢裡面交纏著，像是一段不停旋轉著的DNA，周圍圍繞著萬紫千紅的牡丹，一種永遠都在盛開求歡的花朵。

茉莉告訴阿凱爾說：「我相信我們都是千世萬世而來的靈魂破片，你中有我，我中有你。」阿凱爾笑說：「也許不只是靈魂，我們的身體也是千世萬世累積來的破片，存在DNA裡，妳的身體是妳的，但也不是妳的。」

Chapter

3

第三個故事

THE THIRD STORY

〔馬利〕

那些靈在被標價賣出的木雕裡哀傷地哭泣著，
因為再也沒有人對著祂們祈禱和跳舞了！

美麗的凱莉女王在前一個故事結束後，請大家休息十分鐘。幾位網友各自離去，也許上洗手間，也許帶著各種飲料與食物再回到電腦前。最有趣的是我們親愛的義大利馬力歐先生把平板帶到廚房，坐在螢幕前微笑包著義大利餃子。同時，凱莉女王爲每個角色與說故事的人設計大概十公分高的小人偶，選線配色，接著一邊聽著故事一邊快速地移動著鉤針，讓每個故事都有它專屬的大頭娃娃。

當所有人都回到鏡頭前後，凱莉女王宣布下一位說故事的人是在巴黎的皮耶。

帶著皇冠的美麗女王開口說：「我在中學的時候讀了《雙城記》，我非常喜歡這本書，深深地被感動著。這本書的主角是一個放棄繼承家產的法國貴族，他跑到了倫敦當法語老師，也是因爲這樣我當時就決定要當一名法語老師，而我也眞的很喜歡我的工作。因爲慕薩剛剛說的故事發生在倫敦，而倫敦與巴黎向來是最美麗的《雙城記》，所以我決定下一個說故事的人是來自巴黎的皮耶！」美麗的凱莉女王將紅酒杯舉起後繼續說：「It was the best of times. It was the worst of times. 二〇二〇年，這是最好的時代，這是最糟的時代。」

大家舉起酒杯或茶杯，各自唸著《雙城記》這句經典名言後各自喝著。

「謝謝女王這麼喜歡法文，我也很喜歡法文。不過很抱歉我沒讀過《雙城記》，但我推薦大家想了解法國大革命，除了《雙城記》之外還可以讀《悲慘世界》。」一頭金髮的皮耶淘氣地笑著。

「我叫皮耶，我爸媽都是醫生，所以我也當了醫生，聽起來還眞是一個蠻無聊的理由。現在疫情在法國非常地嚴重，我因爲是胸腔外科醫生，所以幾乎所有可以往後延遲的刀，全部都往後延了，沒有人知道要延到什麼時候。法國政府和醫院都沒有料想到這疫情這麼嚴重。我現在每天在家彈鋼琴，我很喜歡彈鋼琴，如果不當醫生，我很想當一名鋼琴家。我從小就喜歡聖誕節，因爲我會在聖誕節彈琴給所有家人聽，一直在念大學之前，我都會在教會彈琴，雖然我從來不相信上帝。」皮耶笑了笑，一手拿著平板，一手端了一杯紅酒走到鋼琴前坐下，他將平板架在適當的地方，彈了一段給大家聽，繼續說：「我還很喜歡滑雪！可惜現在哪裡都不能去了！所有滑雪勝地都成了疫情的重災區！」

皮耶長得有點像小王子，金色頭髮亂亂地飄著，他說話有種法式的直接與驕傲，他並不想掩飾他的出身與嗜好都代表著一種階級。由於法國有完整的健保制度，所以在法國當醫生日子雖然過得很好，但畢竟是領法國社會保險局發的薪水，跟美國那種當醫生當到年收入上億的富豪階級還是相去甚遠。

「我在念醫學系的時候，與一位念藝術系的朋友到西非去服務了半年，他叫維多。我非常喜歡維多，也非常喜歡西非，所以想要說一個與維多和西非有關的故事。」皮耶輕鬆地彈了一段音樂後，就開始了他的故事。

這故事發生在二〇〇六年，男主角叫做維多，他是個藝術研究所博士班的學生，他與三、四位同學拿著國家的教育津貼在巴黎市中心租了一層舒服的房子。維多鎮日穿梭在每個大、小型畫展與拍賣場合，他穿梭在每個落魄子孫要拍賣祖先家中收藏的宅邸，維多最大的願望是能靠著對畫的敏感度，找到一幅還沒被人挖掘到的名畫，然後一戰成名。

我認識維多是因爲我們同時報了一個到西非服務的團隊，我報名的原因是因爲我想要搜集西非流行疾病的一手資料，而維多是想要去看馬利多貢區的木製藝術品。我們每週四的晚上要一起上兩個小時的課，爲期三個月。我們因爲住得近，所以課程結束就一起吃飯喝酒，維多大我七、八歲，見過很多世面，所以我常常聽他說故事。

因爲維多拿著藝術研究所的學生證，所以進入巴黎各大知名博物館都是不用付費也不用排隊的，如果維多哪天想要找個女人上床，他的習慣是在晚上七點走進博物館尋找共渡一夜春宵的對象。

「爲什麼是七點呢？」我問過維多。

維多的回答是：「因爲那時團體的觀光客都離開去吃晚餐了，博物館的人很少，通常在博物館留到最後的，都是一些捨不得離開的年輕單身還受過藝術教育的女性。因爲有伴侶的都早就出去吃飯散步接吻談戀愛了，大部份的男人不會想在博物館多花時間的。」

「然後呢？」我問維多。

「然後，我會鎖定一個單身看畫的女人，站在她的身後，不經意地喃喃自語地說著畫的故事，如果她轉過臉看著我，眼睛閃著光般地對我微笑著，那一秒就可以決定一切了！」

「從來沒失手嗎？」我問維多，維多驕傲地微笑著。

維多告訴我那些女人們裝得很想要知道藝術品的事，但其實她們來巴黎是想要談戀愛的，不然她們不會很刻意地穿著不舒服的高跟鞋來逛博物館。維多說他盡責地扮演一個非常浪漫的巴黎單身男人，帶給世界各地的單身女性一夜的歡愉。

「我的流程如下：站在蒙娜麗莎前凝結了時空後，在塞納河畔的星光下散步，走到餐廳吃生蠔、喝紅酒，在可以見到巴黎鐵塔的頂樓公寓與迷人的巴黎男人盡性地做愛，在床上享受著被巴黎男人取悅的感覺。這美好的浪漫的一夜，足夠讓許多女人在枯燥無味的一生後，在生命盡頭回味著巴黎的這一夜。」維多這樣地對我說著，讓我爲維多如此爲巴黎男人這身份盡心盡力而感動著。

二〇〇六年的夏天，我和維多結束了巴黎的集訓後，終於在六月出發前往西非了。我們在撒哈拉沙漠南緣從事醫療保健與藝術教育服務的活動八週，結束後我們一起到多貢區去旅行。

旅行的第一夜，我們在一個小旅店遇到一個單槍匹馬來旅行的女孩，她個子很小，頭髮短短的有點像男孩子。我們彼此自我介紹了一下，這時我才發現她的法文還蠻不錯的，她說她叫星星，因爲她相信星星與我們之間是有連結的。星星手上拿著一本Marcel Griaule 的書，我跟她借了那本書來翻翻。這位作家是位有名的法國人類學家，一生最大的研究貢獻就是在這個多貢區。

我翻了星星帶來的書才知道：多貢區最讓人困惑的就是他們對天狼星的了解比當時擁有最好的天文設備的歐洲人還多，他們知道天狼伴星的存在，而這顆白矮星不但是肉眼看不到，就算給你天文望遠鏡，你也是看不到的。神奇的是，多貢人知道天狼伴星在軌道上的運轉週期是五十年。於是，我們在一個沒有抽水馬桶的地方，討論多貢區究竟是不是有外星人拜訪過。

晚上，小旅店吃晚餐時間，我們三個合桌吃飯，有當地小姑娘帶著一盤編織手環和項鍊來找我們兜售，與我們同桌的星星將她不戴任何首飾的雙手給小姑娘看，她說她從來不在身上穿戴任何首飾，她爲了洗澡省事，在出發到西非前還剃了個大光頭。

我與維多最後都買了一兩個手環戴在手上，我問星星：「美嗎？」

星星笑笑說：「米開朗基羅的雕塑是美，達文西的畫是美，磅礡的撒哈拉是美，賣東西給我們的小女孩是美，但我對這種掛幾天就會變成垃圾的東西沒興趣，但如果她需要錢吃飯，我會直接請她與我們一起吃晚餐！」

「我覺得這小小的手環也有小小的美，可以在手上掛幾天，也有幾天小小的美！」維多試圖爭辯。

「也許對你而言吧。但我覺得，非常有可能，手環一點都不重要，重要的是你們付錢買手環她才有晚餐吃。既然這樣，那何必裝模作樣呢？生命太短暫，短到我沒時間假裝。你們其實花錢買的是愛，跟美一點關係都沒有。」星星說。

「你覺得『愛』跟『美』沒有關係嗎？」維多問星星。

「你知道美國法律界有句名言：有錢人和漂亮的人是不用坐牢的。一個人長得美不美跟對這世界有沒有愛是毫無關係的，但是我們習慣原諒那些長得漂亮的小孩，讓他們可以爲所欲爲，我們習慣對美麗的男人和女人無止盡地付出，誤以爲那就是愛！」

「但，我覺得追求美麗的事物是人的天性。」維多說。

「可是，我覺得最美的事物就是完全不求回報的付出，像太陽的光向整個宇宙發射一樣，美是一種行爲，跟接受的對象是無關的。」星星解釋。

「你覺得沒有任何計算其實也是一種計算，如果一個人在付出時就已經感到快樂，那也是一種計算。譬如：你在爲一位美麗的男人或是女人服務，看到這麼美麗的人，你就快樂一整天，看似沒有得到，但其實也是一種得到。」我也加入了爭辯的戰場。

「嚴格來說，其實我們的大腦在我們做任何事之前，都已經計算過了，只是我們不知道而已。所以我剛剛說『沒有計算』，其實的確是不對的。」星星說。

「你說的是潛意識嗎？」維多問。

「不是，潛意識是另外一件事，你考試時有沒有一種經驗是『我知道這答案』只是一時想不起來，或是『我知道這答案是錯的』但是我一時說不出來是哪裡不對，這是因爲大腦比你先知道了答案，只是你的大腦還沒告訴你這答案是怎麼來的，我們所有學習都是這樣。事實上，你左腦知道的事，你的右腦不會知道，除非你的左腦通過胼胝體將事情告訴你的右腦。」星星說。

「醫學系的，她說的是眞的嗎？」維多轉頭問我這個念醫學系的。

「我還沒修到神經科學，但應該沒錯！」

「我是念神經科學研究所的，你不信可以回到巴黎再去查！」星星笑著說。

隔天早上我們吃早餐的時候，那位小平頭姑娘星星在天剛亮就已經離開了。過兩天，我們又在一個小城的小旅店的簽名本子見到星星前一天入住的簽名，維多開玩笑地問小旅店的服務生：「那個小光頭姑娘住在哪一間？」

小旅店說：「她住在屋頂！」

維多因此放棄了房間，也請小旅店讓我跟他睡在屋頂。也許是因爲這裡完全沒有光害，我們裹在睡袋裡，躺在小旅店的屋頂才知道這夜裡的星星多到很嚇人，星星們好像會說話一樣，如此安靜也如此喧囂。

我們第二次見到星星，是在多貢區的正式起點。

多貢區位在西非的馬利、布吉納法索和尼日三國的交界，這三個國家無論在教育、醫療、水資源、貧窮等等評比中永遠都在搶全球最後三名。多貢區以直立斷崖上數以百計的泥塑屋子和木雕品與精美的面具聞名於世，所以這也是我們這趟西非旅程的重頭戲。

星星的法文雖然不錯，但是爲了可以完全聽得懂這地方的風俗民情，她在山腳下找了一位英文領隊，沒想到那英文領隊一看到我們三個重逢後，就決定把這星星跟他買的行程轉賣給我們的領隊，這沒良心的領隊打算回到山下再去找新客人。星星當然不願意，因爲我們的領隊只會說法文，還帶著嚴重的口音，讓星星難以理解，這樣星星千里迢迢來這一趟就功虧一簣了。

我們看著星星一個人付了超過我們兩倍的導遊費用卻即將被放鴿子，心中很不捨。最後，維多告訴那沒良心的導遊說：「如果星星不是一對一的，她就不用付你這麼多錢，既然等一下星星會跟我們在一起，星星至少應該跟我們兩個付一樣的錢，你應該退她錢！」

吞下去的錢，哪裡還有吐出來的，星星的英文領隊這就丟下星星跑了。

吃晚餐時，村裡幾個男人打聽到星星是單身，都跑來跟她搭訕，希望能在這幾天把到星星後，讓星星帶他們離開這個窮苦的地方。

他們通常都會先在星星身邊坐下，然後伸出手要摟著星星或是摸著星星的大腿說話。接著，星星就會用法文喊著：「不要碰我！」然後這幾個當地男人會一副油嘴滑舌地說著：「交個朋友嘛！我們是朋友！」接著星星用法文大叫說：「我跟你不是朋友！我們不是朋——

友——!」

法文導遊面對這些無賴的男人們也只能聳聳肩，我後來跟維多很有默契地讓星星永遠坐在我們中間，替她隔開那些要來騷擾她的蒼蠅們，其實我們都蠻同情星星的。我們後來爬上了泥屋的屋頂，綁起了蚊帳，裹在睡袋看著天上的星星聊天。我希望星星不要爲這些人生氣，但星星的反應卻完全出乎我意料之外，她竟然替他們說話：「其實，你們不需要這樣巴著一個女人，是因爲你們是來自巴黎的男人，如果你們被困在這地方，或是我被困在這地方，一天只能賺一美金，今天就會是我去帶團，然後拋棄觀光客去賺更多錢了。我假裝很生氣是因爲如果我不這樣，他們會一直以爲他們有希望，接下來幾天就一直煩著我。」

那天晚上，星星教我們看獵戶座。傳說中，多貢區有獵戶座的外星人來訪，教會他們所有和獵戶座有關的知識，而這窮困的國家在十四世紀還曾經是人類歷史上最有錢的呢。

如夢幻泡影，再多的錢也是什麼都留不下的。

隔天早上，一位開著福特Escape五門五人座四輪傳動休旅車的奧地利男人到了我們這個小村子。這位奧地利男人叫做卡爾，他長得又高又壯，一身的精品，像是從天而降的天神一樣。他隨行帶著一位司機與一位翻譯，隨身帶著一個醫療用手提小冰箱，場面還眞的是大。吃晚餐的時候，我們才知道他的小冰箱裡面是用來放啤酒和火腿的。也許是來自奧地利的卡爾會說英文，也許是星星對非洲藝術品與歷史的喜好，讓卡爾三番五次有意無意在星星面前炫耀他對非洲藝術品的知識，誰都看得出來他對嬌小的星星挺有好感的。

我現在想起來，我倒覺得卡爾刻意親近星星還有另外一種可能性。我當年在念醫學系時，常感覺年長的男人很喜歡在我面前張揚，尤其是我身邊有年輕女孩的時候。他們也許是想證明自己可以跟年輕男人較量，或是只想單純讓我知道念醫學系當醫生也沒什麼了不起。現在想起來覺得是挺好笑的！

晚上我們四人一起吃晚餐的時候，奧地利來的卡爾請他的司機告訴每個村裡的男人：「明天願意戴一個面具來給他過目的，一個人一個面具發一塊美金現金。」

「現在不是他們的面具節，你爲什麼要這樣做？」星星皺著眉問著。

卡爾笑著摸摸星星的頭說：「你不想看他們的面具嗎？」

多貢人在族人去世的時候會戴上面具跳舞，而多貢區最重要的節慶叫做Sigui，是六十年才會跳一次，上一次Sigui開始跳是一九六七年，整整跳了六年，跳到一九七三年才結束，而下一回Sigui會在二〇二七年開始跳。

神明抵不過美金，從早上開始，陸陸續續有些男人戴上面具出現在我們泥塑的小旅店，他們會排成一列，等卡爾一一拍照。卡爾拍完照後，這些戴著神明木製面具的多貢男人就會一一跟卡爾的助手領一塊美金。慢慢地，有些多貢男人會穿了一整身爲神明跳舞的行頭出現，到吃午飯時間左右，多貢男人戴上的面具越來越華麗精美，越來越誇張，越來越高，越來越重，越來越大，甚至開始有年輕男人爬上山壁將收藏好的面具取下後帶來。

我和維多與小平頭姑娘星星三人簡直是看傻了眼，我們也一起圍著這些面具拍照討論。說實話，其實我還蠻感謝這位財大氣粗的卡爾先生，要不是他，我們也見不到這麼精彩的木雕製品。

卡爾先生開始買下一些面具，通常都是多付五塊十塊美金的低價把那些動物雕像的面具留下來，那些拿了現金的多貢男人們就開始回去挖更多的好面具出來。

「你覺得他是拿回歐洲賣的嗎？」我問維多。

「如果是我，我不會帶回去賣，我會帶回去請人照樣複製五個十個，然後再拿複製品去賣，這裡的面具全部都是原創，獨一無二，拿去賣太可惜了！」維多說。

「這位卡爾先生把神明附身的面具買回去，以後多貢區的神明要住在哪裡？」星星神情嚴肅地問著。

「既然是神明，應該哪裡都能住吧！」沒有信仰的我笑了笑說。

這位震動了貧窮多貢區的卡爾先生總共待了四天三夜，這幾天我們在小鎮親眼見到那些流動的小額美金是如何改變了當地的生活。譬如：當地男人開始跑到平常只有觀光客吃飯喝酒的小餐廳大方點餐，許多羊隻在這三天被胃口大開的當地人宰殺，在每週的市集裡，當地女人開始買了一些鮮豔的布匹與廉價的塑膠首飾。

最後一天是重頭戲，很多人把家裡的門窗拆下，讓驢和牛拖到我們下榻的小旅店讓這位卡爾先生過目，每天來排隊的人從天亮到天黑，十二個小時沒停過。

卡爾先生總共選了十來個面具，還選了幾個雕製精美的木窗、木門和木梯帶走，我們站在旁邊，看著他將嶄新的四輪傳動五門休旅車的後座幾張椅子躺平，然後先後將大小不一的面具小心翼翼地搬進車子綁好，再將木門和木梯牢牢地綁在車頂，他和司機坐在前座，他瘦小的助理就陪著木門木梯坐在車頂上。

卡爾先生臨走前給了我們一人一張名片，他的藝廊在維也納、巴黎、哥本哈根都有分店，他說歡迎我們有空去看看。

卡爾先生走了，我們也即將結束我們在多貢區的旅程。

「藝廊和博物館就是這些擁有神力木雕像的監獄！」星星含著眼淚說著。

又過了幾天，星星要搭車去南邊繼續她在西非的旅程，我與維多計劃花幾天在尼日河上閒晃，再搭車回南邊的城市搭飛機回巴黎。說再見前，星星畫了地圖給我們，邀請我們去她家找她，她會煮頓好吃的請我們。這時我們才知道星星在美國學校附近租了間房子，專門研究西非的神祇，她說多貢區的面具靈力很高，還遠勝過貝南這個巫毒發源地的神明。

我們在一週後拿著地圖找到星星家，她整整煮了十道菜請我們吃，我們兩隻豬真的把菜通通吃得一乾二淨。

那天晚上我們住在星星租來的豪宅裡，聊起了我們見到的那位奧地利男人卡爾，也聊起了多貢區的天狼星傳說。我們拿起了各自的數位相機，掃著我們這段行程的照片，我有張照片是在清晨時的床上拍的，一臉做愛後睡醒的萌樣，星星大笑著說：「我沒想到你們跟這兩位法國姑娘睡了，我在跨國長途巴士上有遇到她們，你看我也有和她們的合照！」小平頭姑娘在數位相機裡找出了照片給我們看。

「你要我們的服務的話，我們也會服務你的，你可以選一個！」我說。

「其實選兩個也可以啦！」維多笑說。

「不用了！」星星笑著說。

東西都吃完了後，我們一邊唱歌一邊喝酒，我們把星星家裡所有能喝的都喝完後也只能去休息了。夜裏，蚊子聲音惱人，維多起床找防蚊液，星星被維多的聲音吵醒，維多解釋說他在找防蚊液。於是，星星赤著腳半裸著身子翻箱倒櫃地幫維多找防蚊液，在那片刻，維多突然覺得星星十分性感美麗。

我常在想，我們愛上一個人的時候，好像都是一個畫面或是一個動作，然後那個動作就像是一組密碼，那密碼就打開了一個人的心。譬如：我認識一個男人告訴我他愛上一個女孩子，是因爲她梳頭髮的樣子，我還有一個朋友說她愛上一個男人是因爲他在她面前捲袖子的樣子。

星星翻出了防蚊液交給維多後又回房裡，她爬進了她的蚊帳，維多站在星星的房門口，問她：「需要我替妳做些什麼嗎？」

「不用了，謝謝。」星星說。

我和維多在隔天上了飛機，回到了沒有時差但有將近三十度溫差的巴黎。

回到巴黎後，我發現維多對夜裏去博物館裡找女人過夜失去了興趣，也對那些研究多時的油畫和當一名藝術偵探失去了興趣。維多開始每天晃到擠滿非洲移民小區看看摸摸那些非洲木雕藝術品。幾個月後，維多開始跟幾位女孩約會，再後來開始跟同一位女孩上床。

又過了幾個月，星星路過巴黎，會在巴黎過兩夜。我們三人約了一起吃晚餐，維多那天剛好轉賣了一張畫，賺了不少錢，他很開心請星星吃頓好吃的，他挑了一間挺高檔道地的餐廳，裡面坐的都是穿著端莊的法國人。我看著維多眉飛色舞地點著生蠔與紅酒的樣子，我那時才明白：原來，維多喜歡星星啊！

星星的法文進步神速，頭髮長了不少，皮膚依然曬得黑亮，但我和維多原本曬得古銅色的皮膚卻已經白回來了，我們曬金的髮色也深了不少。星星告訴我這是她第一次吃生蠔，我們胃口非常好，吃得不亦樂乎。

本來，我跟維多說過讓星星住我家的，因爲我家空房間不少，而維多租的房子還有兩個室友在，但當我發現維多喜歡星星後，我告訴星星我家有客人來，要請維多接待星星了。維多很開心地跑到餐廳外面打電話，請他室友今天不要回家，我們配合得天衣無縫。

星星那夜睡在維多室友的房裡，隔天早上，維多帶著星星去逛奧塞美術館，星星站在羅丹的地獄門前好一陣子。整個下午，他們就在塞納河邊或是塞納河上遊蕩著。晚上，維多帶著星星一起到我女友跳現代舞的小咖啡館看表演，那天晚上一下星星喝多了，在咖啡館門口吐了幾口。

我突然想起我們一起在西非那棟手塗的泥屋屋頂裹著睡袋睡覺時說過的話。當時星星問我：「皮耶，你愛你女友嗎？」

「我是不相信愛的，但我相信快樂地在一起這件事。」我認眞地回答星星。

「如果你女友很愛你呢？」

「那我會替她覺得很遺憾。」

「那你愛過人嗎？」星星問。

「我覺得我們活著最重要就是要愛自己，其他都是其次的。」我回答。

「那星星妳呢？」維多問。

「我覺得我們活著最重要的是要愛這宇宙。」

「星星，妳喜歡這裡嗎？」維多問。

「我喜歡這裡，這裡的神明很溫柔，跟貝南的神明比起來親切多了！」星星說。

「這裡的神明是怎麼樣的呢？」維多問。

「這裡的神明是千百年前祖先留下的一股意念，因爲撒哈拉南緣這方圓百里除了幾棵零星的樹木之外，沒有任何可以存放意念的地方。這些祖先知道，總有一天，這些樹都會被貪婪的人們砍盡，所以他們指導了這些居民如何製作木製面具，然後這些神明告訴他們的子民，神明留下的意念就留在木製的面具裡，平日這些面具就埋在山崖上，等待特殊的日子到來，子民戴著祖先留下的面具跳舞，這時神明就會與他們同在，神與人跨越了時空而成爲一體。」

「聽起來很美！」維多說。

「我可以只選擇美麗的女性神明嗎？」我問星星。

「意念是沒有性別之分的，也沒有時空的差距。」星星像是夢囈般地說著：「我們現在看著天狼星，天狼星也在看著這裡呢，多貢區這裡有他們的足跡，他們很懷念這裡呢！」那夜裡，星星的聲音慢慢地消失在小泥屋的屋頂，無神論的我與法國天主教教育裡長大的維多看著滿天的星星，又針對信仰聊了一陣子才睡。

維多早起準備爲星星做頓豐盛的早餐，星星安靜地站在廚房的一角捧著黑咖啡看著優雅移動著的維多與霸佔洗手台的虎斑貓，星星罕見地拿出了單眼相機替維多的貓拍了幾張照片。

星星和維多就定位後，早餐正式開動，兩人微笑地享受著巴黎美好的天氣。星星說想把維多家裡所有的起司都吃過一輪，於是維多將所有起司都切一小塊放在木製的起司盤上，星星一邊笑著一邊撕著麵包配著起司吃著，給了所有起司評價。

星星吃著起司，愼重地說：「離開巴黎前，我想再去一個地方！」

「想去哪裡？」維多問，星星拿出了卡爾留下的那張名片。

維多與星星照著名片上的地圖找到了那間專賣非洲藝術品的藝廊，裡面的每件物品標價從四位數到七位數不等，維多與星星看得眼花繚亂，隨便一件都超過維多這個窮學生好幾年的開銷。

星星站在一個木梯前面，那是我們住了三天的小泥屋的木梯，因爲當地夏天溽熱難眠，所以很多背包客會睡在小泥屋的屋頂，這個木梯就是讓我們上下屋頂用的。

幾個月前，我們在屋頂上鋪了睡袋，在滿夜的星星陪伴下睡去。隔天早上，我們被太陽曬醒，星星的鏡頭因爲昨夜拍銀河沒有收起來，鏡頭裡都是霧氣，星星慌張了起來，千里迢迢來這裡，要是不能拍照，損失可就大了，還好多貢區白天夠熱也夠乾，沒多久星星鏡頭裡的霧氣就消失了。

也不過幾個月，恍如隔世，我看著星星雙手摸著那木梯，我們所有共有的回憶翻湧而上，一切是如此地不眞實。嬌小的星星翻了一下木梯上標的價格，八千歐元。星星神傷地走出了那間店後，開始大哭了起來，維多也不知道怎麼辦才好，只能讓她在巴黎街頭一直哭。維多安靜地陪著星星走了幾個小時，一直走到她要去搭車的火車站。

「維多，你知道嗎？那些木雕品是有靈的。」星星悠悠地說著。

「嗯！」

「那些靈在被標價賣出的木雕裡哀傷地哭泣著，因爲再也沒有人對著它們祈禱和跳舞了！」

「嗯！」星星的法文是進步得很快，但維多其實不太確定她在說什麼，只能附和著。

「那些靈居住的木雕品被帶走後，那片土地就沒有祖靈的保護了！那些祖靈只能在這些有錢人家裡擺著裝飾的木雕裡哭泣著！而那片沒有祖靈保護的土地只能繼續貧瘠下去！」星星一邊說一邊哀傷地哭著，維多繼續傻傻地看著她哭。最後，維多只能在巴黎街頭抱著星星，任由她哭濕維多藍色襯衫的右肩。那天夜裡，維多送星星上了去慕尼黑的夜班火車，我們三人從此就沒再聚過了。偶爾，我會從臉書上知道星星在哪裡工作，我們都有臉書帳號，但維多不想用臉書。維多告訴我：「我只想活在屬於我自己的巴黎的現在。」

皮耶說完了故事後，慢慢地吸了最後一口菸，接著捻熄了菸頭。他轉身坐在鋼琴前，閉著眼睛彈了一段莫札特的《小星星變奏曲》。這首節奏輕快的曲子，好像是在天上閃著的小星星都叮叮咚咚地發出了歡快的聲音，而天空中最亮的那顆就是天狼星，也許藏在華麗的第一變奏，也許藏在雄壯的第七變奏裡面，也許藏在和聲豐滿的第十變奏裡。

Chapter 4

第四個故事

THE FOURTH STORY

你再也不是沒有家的鬼魂了，
只要我還守著你，你就是活著。

美麗的凱莉女王問著大家：「我好喜歡皮耶彈的《小星星》啊！我知道今日的規定是讓每個人說一個心愛的故事，但我還是忍不住想問問大家，有沒有人可以爲我說一個與鋼琴有關的故事呢？」

此時，小愛德華開口說話了：「親愛的女王，希望我有這榮幸，爲您說一個與鋼琴有關的故事。」

美麗的凱莉女王開心地指定小愛德華成爲下一位說故事的人。

小愛德華推了推他的無框眼鏡說：「我叫小愛德華，我在家傳的古董書店工作，輪到我是第四代了。因爲我爸爸還在古董書店工作，他的名字是愛德華，爲了有所區分，所以從我踏進古董書店的那一天起，我就一直被稱做小愛德華。」

爲了替世界各地的愛書友找書，小愛德華習慣帶著筆電走來走去，走到哪裡就將筆電擱在一落書上，因爲整個店裡到處都是一落落一疊疊的古董書，所以小愛德華從來不愁沒地方擱筆電，他調整筆電的高度就是加減幾本書。

小愛德華坐在我熟悉的那張皮沙發上，沙發旁有個維多利亞時期的小茶几，小茶几上有個穿著保暖小毛衣的骨瓷茶壺和一個不是很對稱的廣口馬克杯。小愛德華喝了一口茶後，接著說：「其實就跟流行服飾一樣，古董書店常有一段時間會流行某種類型的書，譬如：鐵達尼號電影大賣，那陣子就常有人來找鐵達尼號生存者的書信和傳記，而與船難有關的書或是前後時期背景的書就會流動得很快。對我而言，最有趣的客人是在事情發生前就來找書的客人，譬如：二〇〇三年美國攻打伊拉克後，就開始有人來搜集關於中東的書籍，但我遇到一位客人卻是在中東成為戰火前就開始搜集所有阿拉伯語世界的相關書籍。我很清楚地記得那時我還在學校念中學，因為祖父與父親都不想要回覆客人寫來的電子郵件，所以客人寄來的電子郵件就一直都是我在回覆，而保羅就是第一位和我建立信任與關係的客人。他的習慣是先在我們這存一筆錢後，只要我們這裡有與中東相關的書籍進來，我就拍照寄給他，他決定要了後，書就不上架，特地為他留著。等書存到一定數量後，我會幫保羅打包，將書與收據寄到他指定的地方。他是一位十分優雅十分迷人的客人，也彈得一手好鋼琴，我想我會如此願意接手這間古董書店，也是受他的影響。我和保羅書信往來大概十年後，有一天，有位叫做賈桂琳的客人到我店裡來取保羅訂的書，我因此跟賈桂琳也成了朋友，我今天想說的故事就是保羅與賈桂琳的故事。」

故事發生在二〇一二年的倫敦，賈桂琳和一位正在準備畢業考的物理系朋友在大學嘈雜的地下小酒吧喝啤酒。小酒吧擠滿了人，這時一位穿著天空藍細格襯衫和一件毛背心的男人走進來，他頭髮梳得整齊還戴著無邊眼鏡，右手端著一杯剛買的啤酒在找位子，賈桂琳與他四目相交淺淺地微笑點頭後，將身子往左邊挪一下，好讓他在賈桂琳的右手邊坐下來。男人坐下來後，與賈桂琳互相舉杯，啜了幾口。

「保羅。」男人側臉在賈桂琳右耳講了自己的名字。

「賈桂琳。」賈桂琳笑嘻嘻地靠在對方左耳，問：「你念什麼的？」

「阿拉伯文。」

「有趣，前陣子我們這邊語言中心才訓練一批外交官，阿拉伯文密集班。」

保羅推了推眼鏡說：「我沒在這邊上課，只是來找些資料。」

此時，物理系的朋友要先告辭了，三個人站起來擁抱道再見後，賈桂琳再次往左挪了一點再坐下來，保羅終於可以完全坐進半圓弧的小沙發。

「我朋友是伊朗混英國的，他爸是基督徒，當宗教難民逃進英國後就留在英國念大學，工作娶妻生子，他倒是什麼阿拉伯文都不會講，也很不喜歡聽到中東的事情，大概因爲這樣就先走了吧。」

「我完全能明白，我們可能都用某種方式在逃離父母與血統吧。」保羅說。

「你們教授有沒有對『維基解密』披露的阿富汗和伊拉克戰爭的文件討論過？我想知道，你們學阿拉伯文的，對那幾十萬份資料的看法是什麼？」

「其實，那些資料很零碎，幾十萬份，根本不可能花時間慢慢看，資料需要整理出脈絡後改用大衆能理解的方式出書或是報社出刊才有影響力和攻擊力，我覺得『維基解密』是太心急了！」

「那教授怎麼說？」

「美國在阿富汗和伊拉克的戰爭，本來就都是明眼人看得出來的事，今天文件被偷走了，被公開了，其實講的都是我們已經能推測出來的事情。英國不過是去站在旁邊看人打架而已，英美的軍隊能力差太遠，我覺得美國其實根本不需要英國的軍隊。」保羅喝了一口啤酒，轉過臉問賈桂琳：「你念什麼的？」

「國際關係，不過我念書前對阿拉伯世界眞的是一無所知，我是到了這裡念書才認識一些中東來的同學，開始關心中東。之前遇到幾個中東來的難民學生，我們每個星期見面吃飯，主要是替他們解決生活上和課業上的問題，這兩年的『阿拉伯之春』讓很多阿拉伯同學都很激動。」

「替他們解決什麼樣問題？」

「學校替我安排的輔導對象都是一些中東來的女孩子，她們的問題通常都是一些觀念上或是生活上的。譬如：剛到歐洲的時候，她們看到男女裸露雙臂或雙腿都很不舒服，看到男女接吻撫摸也很不舒服，我就聽她們吐吐苦水。後來我也陪她們去買內衣內褲，陪她們去看牙醫，陪她們買衛生棉、衛生棉條，教她們怎麼用，陪她們寫英文作業，教她們用電腦查資料。通常過了半年，這些女孩會交到一些穆斯林女性好友，也就不再需要找我幫忙了！」

「有人付妳錢嗎？」

「有啊！英國政府撥預算到各學校，學校再找輔導員，有付錢的！」

保羅從口袋摸出一包菸，在賈桂琳耳邊低聲講了句：「我想出去抽根菸！」

賈桂琳靠著保羅的左耳說：「我先去買兩杯，再一起出去抽吧，這裡講話很不舒服，嗓子都喊啞了！」

他們一人端著兩杯酒，單肩揹著背包走到花圃旁坐了下來，保羅點了一根菸給賈桂琳，她長長地吸了一口後，再緩緩地將菸從胸口中吐了出來，菸在黑暗中一明一滅。

「你是牛津還是劍橋的學生？」賈桂琳問。

「我在牛津念博士班。」保羅吐著菸圈說。

「我看不出來你混血混哪裡的，但一定有混到亞洲就是了！」

「我媽是英國人，我爸是亞洲人，但我沒見過就是了，他在我出生前就離開了。」

「跟媽媽親嗎？」

「我有記憶就被丟在寄宿學校了，寒暑假跟外公外婆在一起，我媽幾十年來爲了追求靈性成長，一直在不同的國家搬來搬去的，一下佛教一下印度教，還曾經信過回教。這幾年好像搬到西班牙了，跟著一群利用亞馬遜藥物賺錢的人在一起，說是追求靈性成長。」

「你有參加球隊？划船隊？合唱團？還是學什麼樂器？」

「我是彈鋼琴的，參加了大大小小的比賽，畢業時拿到全額獎學金，但我這輩子都不想再彈鋼琴了，所以我一畢業就整理了一個背包，一路往東走，走了幾年，走到了中東就留下來了！」保羅說到鋼琴時，賈桂琳捧起了保羅修長的手指，輕輕地摸著手指因爲練琴而粗大變形的指關節。

「所以，你看過伊拉克和敍利亞在戰爭前的樣子？」賈桂琳問的時候，忍不住提高了聲量，而保羅的手雖然不再練琴了，但是指尖的老繭卻還是在的。

「看過，很漂亮的，我的阿拉伯文就是在敍利亞學的！」保羅仰臉喝光了啤酒。

「你什麼時候回來的？」

「伊拉克打了兩年後就回來了。」保羅說。

「然後開始在牛津念書，一路念到博士，你也拿了政府給你的獎學金？」

「嗯！」

賈桂琳從背包抽出了最近寫的一份《中東氣候與敍利亞農地問題報告》，裡面討論到由於氣候變遷而造成農地顆粒無收，當地因糧食不足加上高失業率，進而引爆了阿拉伯之春與敍利亞內戰的關係。賈桂琳整個月的心血與報告遞給了保羅，保羅修長右手食指與中指夾著菸，左手拿著賈桂琳的三張報告讀著，需要翻頁的時候，他會先把菸叼在嘴上再翻頁。

保羅讀完了以後把報告還給賈桂琳，低頭輕輕摟了她一下，在她額頭上留了個吻，當作報告的評價。保羅的聲音溫柔低沈卻很有說服力，他輕輕地在賈桂琳的耳邊說著：「無論妳想知道什麼，妳想關心什麼，都是徒勞無功的，因爲這世界的操作不在我們的手上。等到戰爭打完了，那些軍火商和石油商都賺飽了後，同一批人就會重新投資這些國家，重新再賺一筆。戰爭也需要天時地利人和，各種條件都要遇得上才行，而中東，只是剛好都遇上了而已。」

聽到保羅消極地這樣說，賈桂琳默默地收起了報告，賈桂琳靠在保羅身上聞著他身上的味道，一種既禮貌也得體的淡雅香味，保羅又點了一根菸給賈桂琳。

「可以講一件政府讓你去做的事嗎？不是很機密的事。」賈桂琳問。

「其實政府通常就是讓我去把人接出來，我也沒做什麼。」

「你回敍利亞接人？」

「嗯，我還因爲這樣跟敍利亞女人結婚，好把他們全家接出來。」

「你去過阿勒坡嗎？」

「嗯，去過，我回去把一個教授接出來。」

「教授是研究什麼的？」

「教授是研究『古阿拉米語』的，本來伊拉克還有幾個老教授和部落還繼續使用這語言。使用這語言的村民大半都是手無寸鐵的農民，他們都是沒有改信伊斯蘭也沒受教育的人，打仗後炸死了一大半。現在敍利亞內戰，如果這教授沒救出來，很多珍貴的古籍可能就再沒有人會解讀了。」

「有幾個同學在這兩週爲了抗議『阿勒坡空襲』，在學校大廳放了巨型照片海報，請同學與教授們簽名，他們還找我一起去發明信片。你有看到嗎？」

「有啊！我沒簽名就是了！」保羅說。

「你是不是覺得我們做的事都很蠢？」賈桂琳吸了最後一口菸後，捻熄了菸。

保羅笑著摸了摸賈桂琳的頭，抽了一口菸說：「蠢是不會，但我覺得非常無用倒是眞的，我希望妳每一天好好地過，早上喝杯茶，晚上喝杯啤酒，陪那些中東同學說說話，給他們一點支持，關心他們在這裡的生活，這樣就好了。遠方幾百萬難民的生活，那不是妳能幫忙的。」

阿勒坡是敍利亞的政府軍和反抗軍的交戰處，這幾個月，賈桂琳的同學們每天在學校激動地讀著報紙討論著敍利亞的戰火，辦講座，搜集簽名，派明信片，募款，辦阿勒坡被轟炸前後的攝影展。現在，賈桂琳眼前卻有個從阿勒坡回來的人就坐在她身邊，抽著菸喝著啤酒輕描淡寫地，要賈桂琳什麼都別管。

二〇一〇年底，阿拉伯之春從北非燒到中東，有些政權被推翻，有些發生零星的戰火，但只有敍利亞不幸地成美國、土耳其、俄羅斯的戰場，敍利亞難民的數字一直飆升到三、四百萬。

晚上十一點，幾杯啤酒下肚後，兩人決定去散散步。保羅仿著英式紳士，將左手彎著，賈桂琳伸出右手挽著保羅的左手肘處，兩人並肩走在無人的街上。

賈桂琳傻笑地說：「你好厲害喔，跟你比起來，我簡直活得像個垃圾！」

「其實，我只是個想死的人而已，也沒什麼。」

「你沒有牽掛的人？」賈桂琳說。

「沒有，我不會有家庭，更不會有小孩。」

「技術上來說，你結婚了，是有家庭的人。」

「我若死了，政府應該會給他們一筆錢吧，也是挺好的。」

「我希望有一天，你可以再彈鋼琴，音樂可以安撫我們的靈魂的。」

「我很小的時候，有一次彈著蕭邦的《練習曲》，曲子很短，彈完的時候我看到下面有好幾個老師哭了，可是我卻不能明白他們在哭什麼。」

賈桂琳拿出手機搜尋，點了蕭邦的《練習曲作品十第三號》，鋼琴聲從手機流瀉出來。

「這音質還眞是差！」保羅熄了菸頭，將菸頭收進菸盒裡。

「你是說他彈得差嗎？」賈桂琳笑問。

「我是說這喇叭品質很差！所以我從不會拿手機聽音樂，或是戴耳機聽什麼mp3，眞是太痛苦了！」保羅對音樂似乎挑剔得很。

「你的音樂在腦子裡，在血液裡，是我們這些俗人缺乏想像力，只好戴著耳機聽音樂！不過，我倒是明白你說的，沒辦法體會他們在哭什麼。我小時候有一次和老師同學們去山裡露營，晚上烤火講故事，我講著講著好多人都哭了，我卻不明白他們在哭什麼。」

「我從來沒有露營過。」保羅說。

「怎麼可能？寄宿學校活動這麼多，英國家庭寒暑假不是都要去渡假的？」

「我外公外婆在我小時候身體就很不好了，家裡一切都有傭人在打點，我每天就只是彈琴或是讀書讀報紙給他們聽，又或是用著打字機幫他們寫信。我身體從小就瘦弱，所以也常常沒去學校，刻意避開很多活動。我每年級都算準我可以請假的天數，一定想辦法請到最多天。」

「好像每個年級都有個這樣的同學，像鬼魂一樣的同學，大家聚在一起聊天時，還會想不起他的名字和樣子。」

「像鬼魂一樣，這個形容詞我喜歡。」他點了一支新的菸，接著說：「我回來念大學的時候，直接跳了修阿拉伯文四，所以跟同學也搭不上話，安靜得很習慣很享受呢。」

「所以我今天不但能跟你喝酒，還能抽你的菸，聽你說話，眞是我無上的榮幸啊。」

「嗯，因爲我喜歡妳，妳的靈魂很乾淨，會發亮的那種乾淨。」

「我也喜歡你，你的眼睛很漂亮，有很多秘密的那種漂亮。」

「妳要是見過我見過的世界，知道我是什麼樣的人，妳就不可能喜歡我的！」

「什麼意思？」

「妳想過嗎？我爲什麼有能力可以進出戰亂中的世界，那是因爲我可以見到士兵強暴女性而置之不理，我可以知道是哪幾個掮客正在難民營裡買一些漂亮少女要運到西方世界當妓女而視而不見。如果我沒有這種能力，我根本不可能完成使命，把人接回英國，還站在這裡跟妳說話。」

「你眞的看過？」賈桂琳捏著保羅的手，呼吸急促了起來。

「嗯！不但看過，還當沒事一樣走過去！我不是你想像中的什麼很厲害很偉大的人，相反的，每個在戰火裡活下來的人，都是把靈魂捏碎丟在一旁，才能活下來的。我相信你那些拿中東難民身份的朋友也都看過甚至做過很多很殘忍的事，只是誰都不講而已。」

「那你的靈魂，現在安好嗎？」賈桂琳伸出右手摸著保羅那張非常乾淨、似笑非笑的臉。

「我就是一個鬼魂，從小就是，我根本就沒想要活著，所以才能做這些事，我想幫助一些人，幫助一些很想活下來的人，我想讓那些值得活下來的人好好活下來！」

「那是什麼樣的人？」

「有一次，外面轟炸得很厲害，我在教授房間裡請教授盡快打包，我們要帶他走。教授眼睛裡都是光芒，笑咪咪地告訴我：『我活得很好，你走吧！』我著急地告訴教授，如果他死在這裡，那很多古籍再也沒人知道怎麼讀了，教授握著我的手告訴我：『那也是那些古籍的命，沒人會讀也就是那些書的時間到了！』在那瞬間，教授那雙粗糙的手流出一種很溫暖很平安的感覺，一路流進了我的心裡。我感覺教授和那間房子像是會發光一樣，我再聽不見外面轟炸的聲音，戰爭像是變得很遙遠，教授在的那個房間裡，時間也像是停止了一樣。」

「後來呢？」

「我告訴教授，可是我想學，但這世界卻沒有人可以教我了。我們可以暫時替教授保管這些古籍，等戰火停了，我們再重新回來建大學。教授繼續緊握著我的手，微笑說：『希望你回去後能忘記在這裡看到的殘酷戰火，原諒別人也原諒自己，要好好地活下去！』教授讓我把他女兒和幾大箱的古籍從大學帶出來，他說如果他活下來，我們就會再相逢。他把他奉獻一生的古籍和古籍翻拍的膠卷交給他女兒，請我們帶回英國，再建立數位化資料庫。」

「是你後來結婚的那位嗎？」

「她只是我的其中一段婚姻，一切都只是文件需要而已。教授一生沒有結婚，那女孩是另外一位過世教授的女兒，我們替她重新做了身份，才能順利把她接出來。」

保羅一邊說著教授的故事，一邊帶著賈桂琳走在淩晨時分安靜無聲的牛津街，保羅帶著賈桂琳往南轉入一個小巷子，兩人最後站在一棟平凡無奇的三層樓高的紅磚屋前。

「你猜這裡以前誰住過？」保羅問賈桂琳。

「猜不出來。」

保羅哼起了《哈利路亞》的旋律，賈桂琳看他哼的五音不全，忍不住大笑了起來，笑聲迴盪在空盪盪的石頭路上。

「韓德爾聽到應該還是請你回去彈琴吧。」賈桂琳笑說。

「兩、三年前的春天，我那位情深義重的鋼琴老師把我叫到這裡來見一面，他說今年是韓德爾逝世兩百五十週年，韓德爾過世的日子在四月的復活節，整個四月整個倫敦都是韓德爾的音樂活動，老師拿了琴譜給我，希望我能再給鋼琴一次機會。」

「你那時離開鋼琴都十幾年了吧，鋼琴老師還放不下你啊。」

「是啊！他說當老師的生命有限，他一生能指點的學生不多，我的離開讓他很遺憾，我雖然對鋼琴對韓德爾沒啥情感，但是我對鋼琴老師卻是很感激的。」

兩人並肩坐在韓德爾以前住過的房子前，賈桂琳又把手機拿出來隨機播放韓德爾的曲子，雖然手機的音質依然很差，但這次保羅卻沒再抱怨了。

「我每次聽著這些以宗教爲名的神劇，或是看著以宗教爲名的華麗教堂，我總覺得你們這些歐洲人都把宗教複雜化了，耶穌一生簡單，哪裡有這麼華麗，神也不需要這些東西。」

「你覺得神需要什麼？」保羅點又點了一支菸，問賈桂琳。

「神需要我們相愛吧，需要我們愛自己，愛那些愛我們的人，更愛那些不愛我們的人。」

「你知道中東那些穆斯林國家以前都是基督教國家嗎？」

「知道啊，在耶穌出現以前，他們還是佛教國家。」

「宗教和愛國主義和民族主義一樣，都是上面用來操控人的藉口而已，沒有什麼好說的。」保羅不屑地說著。

「但我相信神是存在的。」賈桂琳堅定地說著。

「爲什麼？」

「就像我相信愛是存在的一樣，有時候聽到一段美麗的音樂，看到一片美麗的風景，心底會忍不住的湧上一種感動，覺得自己和天地融合在一起。」

保羅聽到了一段鋼琴小品後，將菸叼在嘴上，拿起了賈桂琳的手機微笑地說：「這一段有點意思。」

「怎麼說？」

「這一段是後人改過的，變慢了，妳先聽完這一段，我等一下再放一段原版的給你聽。」

兩人坐在韓德爾兩百多年前住的屋外，聽著從賈桂琳手機傳來的韓德爾所作的一段兩三分鐘的鋼琴曲（Suite No. 7, g minor, HWV 432），沒學過鋼琴的賈桂琳看著保羅美麗的藍眼睛像是發現新大陸一樣閃爍著，賈桂琳知道他對鋼琴的緣分還沒有結束。

「妳覺得這兩段有什麼不一樣？」保羅問。

「我覺得放慢的那一段像是在每個音符之間裡放了很多故事，很多感情，我喜歡慢的那一段。」

「妳形容得眞好，我都不能像妳說得這樣好！」保羅稱讚著。

賈桂琳把後人改編放慢的韓德爾鋼琴小品重新放了很多遍，保羅輕輕地摸著賈桂琳的十根手指，在指節和指腹反覆摸了很久，輕浮又性感地笑了笑。

「你笑什麼？」

「我剛想起我小時候到處跟陌生人比賽的時候，玩過一種遊戲，就是我們把眼睛矇起來，摸著對方的雙手，猜一下對方是學什麼樂器的。」

「猜出來了嗎？」

「我如果猜出來，可以請妳陪我睡覺嗎？」

「你如果沒猜出來，我也可以陪你睡。」

「妳就這樣爽快答應，也不需要再考慮一下？」

「你如果要我明天跟你去結婚，我也會答應的。」賈桂琳在保羅臉頰上親了一下，說：「然後你就再也不是沒有家的鬼魂了，只要我還守著你，你就是活著。」

保羅看賈桂琳這麼大方，先是靦腆地低頭笑了一下，推了推眼鏡後解釋說：「我很久沒有好好地安穩地睡一覺了，通常都要喝個五杯十杯才能睡著，我想請妳今晚陪我睡一個晚上。」

賈桂琳看了一下手錶，說：「快兩點了，我們現在就去找地方睡覺，這樣你可以睡久一點。」賈桂琳起身拍了拍褲子。

兩人在附近找了一間四層樓高的四顆星飯店入住。

賈桂琳坐在一邊看著保羅脫下衣服的方式，他將外套和上衣長褲都用衣架掛好後收進衣櫃，脫下手錶和眼鏡整齊放在床頭櫃上，設定好鬧鐘。接著，他洗臉刷牙後穿著內褲躺進了棉被裡，他說他喜歡飯店裡的棉被扎緊在床墊下，讓他可以被棉被和床單緊緊裹著，他說這是他在念寄宿中學前就養成的習慣，因爲家裡有女傭每天晚上會替他將棉被收緊，他每晚躺在床上看著女傭彎著身子替他將棉被兩側從上而下一一收緊，那是他每天和人最親近的時候。

賈桂琳在保羅入睡後，一個人坐在浴缸裡面泡著，心裏想著他說的那位可以讓斗室發光讓砲火暫停的教授，還有被轟炸著的阿勒坡，思緒很亂。她將身子擦乾後，穿好了衣服，躺在保羅身邊，只是保羅在棉被裡，賈桂琳在棉被外。

賈桂琳就這樣看著保羅安穩睡覺的美麗側臉，一直到天亮。

七點，賈桂琳留了自己的電話號碼在保羅的手機裡，揹著背包到飯店餐廳入口處拿了四份不同立場的報紙，吃著一整套的英式早餐，然後沿著昨夜的路走回學校。八點時賈桂琳就在交誼廳的沙發橫躺著，等著十點的課和要交上的報告。

中午，保羅傳來簡訊：「謝謝，拉大提琴的小姐。」

賈桂琳笑得花枝亂顫，回了簡訊：「好好活著，彈鋼琴的先生。」

賈桂琳的日子一如往常地繼續著，她邀請了她所協助的難民女孩到學校現身說法，告訴所有人她的家鄉究竟發生了什麼事，並且教我們如何與她們溝通，目前她們最需要的是什麼樣的協助。

賈桂琳仍繼續做著那些保羅覺得徒勞無功的事情，包括：在海德公園發傳單，請人連署停火協議，寫信給各國領袖，設計一連串的演講宣傳海報，設計讓人一看就能明白的明信片。

也不知道多久以後的某一天，就當保羅已經存在於賈桂琳某個喝醉酒的幻想和真實發生過的記憶之間的時候，保羅就又回來了！

那天，賈桂琳在某個小酒吧寫著她的論文，酒吧電視裡播著BBC的新聞，突然有鋼琴聲音傳來，賈桂琳因此抬起頭看著電視，是一個人在敍利亞戰火灰燼中彈著鋼琴，是他，是保羅在彈著韓德爾的那兩分多鐘的曲子。

賈桂琳淚如雨下，酒吧老闆主動幫賈桂琳把電視的聲音轉到最大，整個嘈雜的酒吧突然安靜下來，那兩分多鐘像是進入了永恆一樣，在每個音符之間放進了兩人那一夜說過的話，抽過的煙，喝過的酒，走過的路。

一支手機錄著保羅彈琴的身影，錄著他彈琴的雙手。保羅閉著眼睛彈著，像是去了很遠的遠方一樣，那個遠方沒有戰火。他微笑彈著，像是這個宇宙只剩下他與他的琴，再沒有任何宗教，再沒有任何難民，再沒有任何需要拯救的語言，再沒有任何戰火，再沒有眼淚，只有乾乾淨淨的靈魂。這乾淨的靈魂由琴聲串連著，成了一階階的梯，賈桂琳與保羅在階梯上走著，也許一前一後走著，也許結伴走著，不需要言語，不需要對望，兩人知道自己的位置，就像每個音知道自己的位置。

鋼琴的魔力在音與音之間出現，他身後的那些廢墟突然都消失了，越來越多人從被轟炸過的傾圮的廢墟之中走出來，圍著那架鋼琴，圍著他。

「妳認識他？」酒吧老闆倒了一杯酒給賈桂琳。

「是，他彈的是韓德爾，他說韓德爾的音樂是給神的，是給宇宙的，不屬於我們的，而他只是替天地演奏的工匠而已。」

「他去那裡做什麼？」

「他去那裡用乾乾淨淨的琴聲，洗淨所有的血腥，安慰每個受傷的靈魂，我猜。」

「等他回倫敦，他來我酒吧，我請他喝一杯。」

「好的，我會告訴他。」

賈桂琳傳了簡訊給保羅：「我聽到了，很美，靈魂很乾淨的那種美。」保羅卽刻回了一個笑臉，賈桂琳甜甜地笑了，繼續打著：「酒吧老闆說要請你喝一杯。」

賈桂琳替酒吧老闆拍了一張照片傳給保羅。

「幫我謝謝他，我們倫敦酒吧見。」

小愛德華的故事結束了，皮耶彈了韓德爾的曲子爲這故事做了結尾。幾個網友離開螢幕前去上洗手間或是找些吃的，而我則把筆電帶到了陽台的小桌上讓大家都能看到我窗外的葡萄園風景，後來好幾人也帶著筆電到了陽台，與其他人交換陽台的風景。

美麗的凱莉女王說：「我下一個想要點一個我還不認識的朋友說故事。」

大家猜了一會，最後凱莉女王說：「神秘的西恩，可以請你爲我說一個故事嗎？」

Chapter

5

第五個故事

THE FIFTH STORY

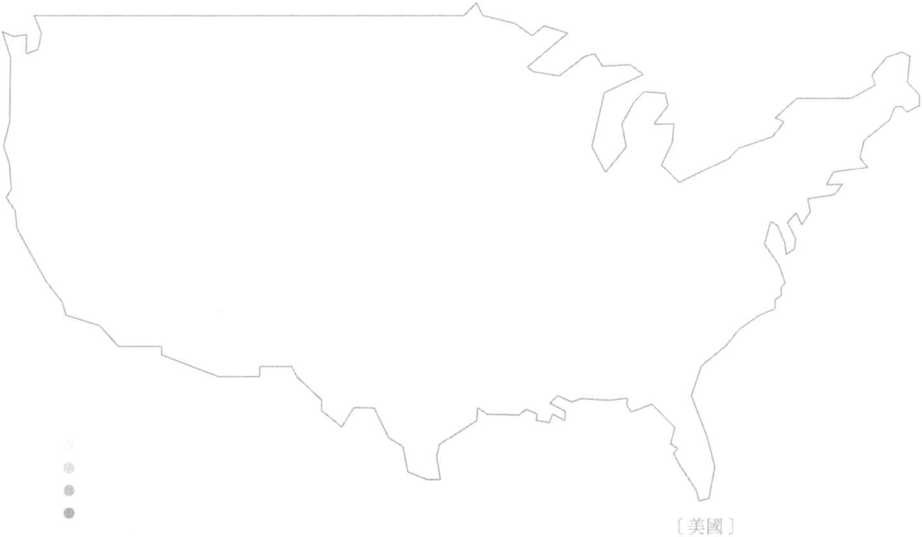

〔美國〕

家鄉就是最遙遠的異鄉，
一個永遠回不去的地方。

西恩有著一頭黑色的大捲長髮，有時隨意披著，有時隨意盤著綁著，他的皮膚白皙，眉毛濃而深。西恩這個名字可男可女，所以如果西恩不說話，其實看不出西恩是男孩還是女孩。這聊天室的十人，有兩個人是我邀請加進來的，一個是古董書店的小老闆小愛德華，一個就是漂泊四方的西恩。

我與西恩是在二〇一六年夏天在Reddit上認識的，我當時在上面問了一個線上遊戲的設定問題，西恩馬上就回覆我，接著我因爲要設定一台印表機的無線功能，也是西恩幫我解決，後來我幾乎有任何電腦問題或是需要在網路上找任何資料，都是請西恩幫忙。大概一年後，我因爲工作合約結束，需要關掉一個工作用信箱，因此我必須將信箱內數千封信搬到Google的信箱裡，西恩教了我半天，但我實在太蠢了，於是我將帳號密碼交給西恩，請西恩幫我完成這件事。不到十分鐘，西恩簡簡單單就完成我奮鬥了幾天幾夜的大工程，西恩回簡訊告訴我：「妳可以換密碼了。」

「爲什麼要換密碼？我又沒有秘密。」我問。

「每個人都有秘密的。」西恩說。

「也許吧，但是我的秘密又不在電腦裡，也不在信箱裡或是雲端上。」

「那妳很幸福啊。」

「爲什麼？」我繼續問。

「因爲別人偷不走妳的秘密。」西恩回。

接下來的兩、三年，我與西恩成了在網路上下西洋棋的朋友，但我後來才知道，西恩習慣一次開三個電腦螢幕，同時和三到五人一起下棋。西恩告訴我，新手下棋要想，下得慢，因此大家都不喜歡跟新手下棋，或大部份棋手都是把新手痛宰一頓後，對方什麼都沒學到就敗亡了。西恩是佛心來著，通常留一盤棋給和他同等級數的人來下，另外開三、四個螢幕跟新手下棋，而我就是那個新手。

西恩如果等不到同等級數的棋友出現，他通常都在網路上回答網友各種與電腦硬軟體有關的問題，譬如：有些人會截圖將自己寫的程式上傳，請高人指點到底問題在哪裡。西恩說，對他而言，這就像你要在一群虎斑貓裡面找一隻德國牧羊犬一樣不費力。有人寫了程式，就會需要有人去測試看這程式哪裡有問題，西恩說這就好像有人做了一個木製的水桶，你需要裝水去看一下會不會漏水，西恩就是去檢查哪裡有漏水的那個人。

西恩從來沒工作過，但我一直覺得他是我遇過最有用的工具人，而且他十分樂於當工具人。「反正閒著也是閒著。」西恩說。

我這次邀請西恩進入聊天室，其實是因爲只有西恩可以快速而有效地幫我們找到重要資料，譬如：西恩曾經在二月時，幫我們把歐美幾個大城醫院急診室外的監視器影像叫出來，還幫我們寫程式計算這些急診室湧入的病人數。西恩曾告訴我們，如果我們想要駭入醫生的手機去看到醫院裡面的狀況，他也是做得到的。看到西恩淡淡地說著，我們都相信西恩的本事，雖然想知道大醫院的現況，但我們實在不想做這麼過分的事。

計算湧進急診室的人數和打電話叫救護車報案的人數，還是西恩告訴我們的，我們可以定位每通打電話求救的人，計算目前每個城市的感染狀況。

我們心裡對攔截與定位求救電話感到不安，西恩倒是坦然地很，他說這也不是什麼機密，我們要是不安，大可以把這些數據都做出來後放在網路上，誰要就拿去用。不久後，紐約時報倒是眞拿地圖去用了！

沒有人知道西恩人在哪裡，我們只知道他身後背景昏暗，我們知道他在聊天室一整個月卻幾乎沒說過幾句話，他總是安安靜靜地抽著他的大麻煙，安安靜靜地在其它視窗連線下著他的西洋棋，又或是安安靜靜地看著他的巨人隊打棒球。

「大家好，我不太說話，其實是因爲我很害羞。」西恩在鏡頭前點了根捲菸抽著，慢慢地，大家在鏡頭前都安靜下來，看著一臉迷茫的西恩。

「我爺爺奶奶很有錢，我爸爸媽媽也很有錢，但我不想跟他們一樣一輩子都在賺錢，我偶爾吹吹長號消遣。等他們都死了，我就回去把他們留給我的一切都賣掉後，再把他們的錢捐出去，沒有人應該擁有這麼多錢。」大麻菸不離手的西恩，總是處在一種迷離的狀態中，但他半開半闔的眼睛裡有著一種難以言喻的倔強。

「你今天想說什麼故事？」美麗的凱莉女王問。

「我還眞不知道要說什麼故事呢。」西恩說。

「不如，你說說你的爺爺奶奶與爸爸媽媽如何？」美麗的凱莉女王建議著。

「會有人想聽嗎？怕你們覺得很無聊。」西恩問。

「我想聽，我這種窮人家長大的小孩，想知道有錢人家的小孩是怎麼長大的。」從義大利來的馬力歐說話了，其他的網友也紛紛附和著，說想要聽故事。

「那我就說說我自己的故事好了，」西恩拿了一顆蘋果，在蘋果的肚子上挖了個洞，一邊塞著菸絲一邊說著：

「我的外婆是個德裔猶太人，在二戰期間成了猶太難民兒童，坐船到了美國後被安排給一對英國清教徒夫妻收養。我的外婆長大後與一位俄裔猶太男人結婚，生下了我的媽媽。我的媽媽雖然是百分之百的歐洲裔猶太人，但是家裡其實挺開放的，我媽媽只學過一點點的希伯來文，在我們家除了光明節之外，也不過其他猶太節日，也很少吃猶太食物。我割過包皮是因爲我是在美國出生長大的，這跟我有一半猶太血統並沒有關係。」西恩講到這邊，像是想起了什麼自顧自地笑了起來。「但我的這一半猶太血統其實還有一些好處是我長大才能體會，因爲我媽媽的歐洲猶太裔身份，我拿到了德國護照，當然如果我想拿以色列國籍也是沒問題的。我的外祖父母去世得早，我還來不及認識他們，但因爲他們留在我身上的血液，讓我免費在以色列與柏林住了一陣子。」

大家靜靜地聽著西恩說著，有人開始在螢幕旁邊點起了小蠟燭，蠟燭越點越多，開始有人就把房間的大燈關掉，點著一堆小蠟燭聽故事。西恩看著大家學著猶太人在光明節點蠟燭，心裡覺得溫暖但又覺得這畫面有點好笑，繼續接著說：「我的半個猶太血統給了我一個沒在用的中間名，叫約書亞。約書亞是那個承接摩西使命，帶著猶太人走進迦南地的人。我還有一個自己都不會寫的中文名字，名字的意思是：要有所作爲。我有一個中國爺爺，他今年就一百歲了，我還有一個日本奶奶，身體也很健康。我今天想要說的是他們與我一個小表姐的故事！」

西恩跑去拿了兩瓶啤酒，然後將一瓶倒過來扣在一瓶的瓶蓋上，西恩輕輕一拉就把下面那瓶啤酒的瓶蓋打開，幾個網友開始拍起手來，等待西恩繼續說故事！

我的爺爺是上海人，十歲就被派到東京當學徒，學做西裝。原來家族給爺爺的人生計畫是：學成後回到上海開拓家族的西裝生意，而家族原來的綢緞與旗袍生意就留給爺爺的大哥。後來，日本佔領了上海，家族需要爺爺盡快娶了日本奶奶回到上海保護大家，於是，爺爺帶著剛結婚的日本妻子從東京回到上海。那個時候上海是日本人說了算，因爲爺爺會說日文，又娶了一個日本太太，所以當時每個上海人都跑來找爺爺幫忙救這個人的命，或是幫忙救那個人的命。

幾年後日本戰敗，離開了上海，爺爺突然就變成了漢奸，開始有人對我的日本奶奶非常不禮貌，爺爺最後只帶著日本奶奶與兩個皮箱就離開了上海。爺爺當時有想過回東京，但是日本剛被炸過，又怕他的中國身份在日本不好過日子，爺爺說他也想過搬到香港和台灣，但是爺爺說他在上海被人罵漢奸，去台灣和香港也是會被人罵漢奸的。

最後爺爺和日本奶奶搬到了夏威夷，兩個人重新學英文。

夏威夷天氣熱，每個人都穿寬鬆的褲子與上衣，沒人穿西裝，所以爺爺和奶奶開始了他們賣飯糰與涼茶的日子。爺爺與奶奶在夏威夷生下了爸爸，他們三個人在夏威夷過了一段好日子。因爲戰爭，夏威夷住了很多華人、日本人、韓國人、菲律賓人，只要你不想說，沒有人會逼問你從哪裡來，因爲每個人都有很多心碎的故事。夏威夷在當時是個相對開放的地方，不管你從哪裡來，都可以在夏威夷落地生根。

大概二十年後，我爸爸離開了夏威夷到舊金山求學工作，這個時候上海出事了，因爲文化大革命開始批鬥地主和有錢人，我爺爺的父親就算將紡織廠和桑田棉田都捐出來，就算免費替國家生產棉布，但最後還是逃不過被抓去遊街和活活打死的命運。

於是我的爺爺和日本奶奶馬上變賣所有東西籌錢，他們離開了夏威夷，回到東京。接著動用美國大使館和日本大使館的關係，將所有直系親屬都接出來，所以當時很多旁系的親戚將小孩都掛在我爺爺的名下，當養子養女。

已經過了兩段人生的爺爺與日本奶奶重新在東京開了小小的西裝店，爺爺也開始了他的第三段人生。當年剛好趕上了日本經濟一片大好，每個男人都需要買西裝，爺爺的西裝生意做得很好。我爸爸奉命回到東京，在與許多美麗的華人和日本姑娘相親後，我爸爸最後逃離了東京，偷偷搭船跑回了舊金山開始自己的事業。過了幾年，娶了我那位金髮碧眼、德俄混血、大手大腳、身材高挑的歐洲猶太裔媽媽。

據說，我爸爸每個月都會給我的日本奶奶寫信，聰明的日本奶奶會把信藏在爺爺一定見得到的地方。我媽媽在生下我後，每年都會寄一張全家合照給我在東京的爺爺，而且費心地找人教我說日文和上海話，就是希望我能討爺爺的歡心。

終於，在一九九〇年夏天時，我的爺爺回到出生地上海過七十大壽，整個家族分別從台北、東京、夏威夷和舊金山飛到上海替我的爺爺祝壽。我聰明的媽媽說：「日本奶奶交代我爸爸帶著全家一起出現，而這一切完全都是看在我這個金孫的面子上。」

我當時大概就六、七歲吧，我始終記得我與爺爺和日本奶奶第一次在上海飯店見面時的細節，我當時衝進他們的懷裡，熱情地抱著他們，用日文喊著：「爺爺奶奶，孫子好想你們！」我親切地不停地喊著爺爺奶奶，他們兩位老人家眼淚都讓我喊到掉下來了。但他們不知道，其實那是我聰明的媽媽跟我約定好的，只要我衝上去抱著他們喊著日文老師反覆跟我練習的那幾句話，我媽媽就買給我一輛腳踏車。我一開始就是為了腳踏車才做這件事的，而我聰明的媽媽自然是為了我爸爸可以和爺爺和好才設計這件事的。

我當時當然不能明白，我是因爲身爲長孫受到全家族的關心，而且我是全家唯一的混血兒。在那些亞洲親戚眼裡，我就是個捲髮大眼白皮膚天眞無邪的洋娃娃，那是我第一次嘗到特權的滋味，我發現無論我做錯什麼都有人護著我。

當年祝壽的人群裡，有個老太太，我要叫她姑奶奶，她是爺爺的妹妹。一九四九年從上海帶著廚師和旗袍師傅逃到臺灣。後來用幾根金條，頂下了一棟四層樓的屋子，一樓開了旗袍店，專門替官太太們縫製旗袍，二樓專門供官太太們打麻將，還有廚師專門做些好吃的請官太太們吃。

姑奶奶邀請爺爺和日本奶奶一起到台灣住一陣子，爺爺太喜歡我了，於是跟爸爸要求我一起到台灣住一陣子，順便可以到學校學學中文。我的爸媽無法拒絕爺爺的生日願望，於是答應讓我在台灣住幾個月，聖誕節再過來把我接回去。

於是，我陪著爺爺和日本奶奶一起住進了姑奶奶台北的家，爺爺奶奶住在三樓，睡的那木床有香香的味道，木床的四根支柱高到天花板，站起來都不會頂到床頂，床的三面都有半人高鏤空的木雕，上面多是一些蟲鳴鳥獸和植物藤蔓，躺下後才會看到床的頂部也是木雕，只不過我看不懂那上面雕的是什麼。

我後來才知道，原來這床是可以拆的，每幾年會拆下上漆再拼回去。這床當年是拆了後從中國搭船來的，有人逃難帶金條，有人逃難竟然連床都拆了運到台灣睡。

姑奶奶當時叫喚了高我一些的一位小姑娘過來，那小姑娘左右各綁了兩個長長的麻花辮，眼睛黑漆漆的看著我，姑奶奶交代讓那小姑娘好好照顧我。於是，我很快就發現台北跟舊金山是很不一樣的，我要吃什麼動嘴喊一聲小姑娘就會去幫我拿，我吃完小姑娘會幫我收拾乾淨。

我開始測試我的特權極限，譬如：我故意大便大在褲子上，然後看著小姑娘去拿乾淨衣物讓我洗澡換下，然後她洗了那件都是大便的褲子。又一次，我大便在痰盂裡，小姑娘便把痰盂給洗乾淨了；再一次，我故意摔壞了姨丈的金錶和金筆，始終都沒有人大聲責備我一句。

有一天，我把小姑娘叫來，我摸著她的辮子，告訴小姑娘我也要綁。小姑娘於是拿起梳子，梳著我的黑色大捲髮，梳著梳著發現大捲髮竟然被梳直了，也被梳長了。小姑娘替我編了一個辮子，我很開心，一個腦袋甩來甩去地晃著我人生的第一個辮子。我發現只要我甩著辮子，小姑娘就會掩著嘴偷笑，於是我越甩越用力，越甩越開心。

一天，姑奶奶的兒子回來要錢了，小姑娘管那個人叫爸爸，我才明白原來小姑娘是姑奶奶的孫女，也算是我的遠房小表姐。當年，屋裡來來去去總共住了十來個人，小表姐每天早中晚要洗三次碗，因爲她身高不夠高，所以小表姐每天會拿一個木製的小板凳站在水槽前面洗碗。我當年並不明白自己爲何是別人口中值錢的金孫，所以完全不用做任何事情，連到處大便都有這位倒霉的小表姐幫忙清理。

夏天過去，學校開學了，司機開車載著爺爺、奶奶與姑奶奶三個人與我和小表姐一起去一所私立學校念小學一年級。我們一起到了校長室，爺爺奶奶送給校長一籃水果，姑奶奶送了一個紅包，然後我和小表姐無止盡地看著大人們講話。說也奇怪，對小孩子而言，紅包是個非常搶眼的東西，我相信我可以清楚記得我人生拿過的每個紅包與紅包的金額。

小表姐的私校制服是兩位姊姊穿過的舊衣服，校長特別稱讚小表姐的兩個姊姊都十分乖巧，姑奶奶此時開口說了，：「女孩子不需要念什麼書，成績不重要，聽話乖巧，可以留給別人打聽，嫁得出去就可以了。」

我當時穿著爺爺手工量身縫製的合身小襯衫和小西裝外套，下面穿著一件到膝蓋上的短褲與可以拉到膝下的白色長襪和黑色小皮鞋，穿著新衣我心裡眞是開心極了。爺爺與日本奶奶告知校長我只念三個月，聖誕節就會離開學校了。爺爺說：「因爲這孩子在美國長大，所以中文不好，請不要在課業上對這孩子多做什麼要求，只要讓他能多學一點點中文就好了。」

校長此時交代一位盤著頭的秘書把一年級的導師叫來，當時導師是一位挺著大肚子的王老師，校長跟王老師把同樣的話交代一次後，就把我和小表姐帶到班上了。

我的大捲髮和奇怪的小西裝，讓我在開學當天就成了學校的大明星，走到哪裡都會引起一陣騷動，一堆人趴在窗口對著我叫喊著。

姑奶奶的司機總是開車載著爺爺和日本奶奶與我在台灣上山下海地玩，學校去不去其實都無所謂，偶爾週末還會帶上小表姐一起出去。有一天，爺爺穿著西裝，美麗的日本奶奶穿著和服帶著穿小西裝的我在攝影館拍了一系列的合照。那一天，日本奶奶親手為小表姐梳了頭髮，拿了一套粉紅色的花邊長洋裝讓小表姐穿上。穿著小西裝的我和穿著小洋裝的小表姐也拍了一張合照。後來，我有一張獨照被放大掛在攝影館的玻璃窗上，有個攝影師經過打聽到了我住的地方，把我找去當了幾天廣告模特兒，結束時我拿到了紅包，賺了一些錢，我就請司機帶著小表姐和爺爺奶奶一起去看電影吃冰淇淋。

那一天回家時，姑奶奶很不高興，一邊捏小表姐一邊罵說：「家事都不做，只會跑出去野，也不怕人家見笑，不要臉的小婊子。人家送你幾件衣服你就想給人家做婊子，也不想是誰養你這麼大！」

這個時候，日本奶奶把我拉過去，塞了一個紅包給我，偷偷告訴我，趕快把這個紅包給姑奶奶，跟他說這是你賺錢回來孝敬她的，然後她心情好就不會打你小表姐了。

我照做以後，果然小表姐就沒事了，我問日本奶奶爲什麼姑奶奶會生氣，日本奶奶說：「因爲姑奶奶也喜歡你，但是你卻一直跟我們在一起，所以姑奶奶吃醋啊，你今天開始偶爾去跟姑奶奶睡幾天吧！」

「可是我不喜歡姑奶奶！」我不開心地說。

「那你去陪小表姐睡，如果姑奶奶想打她，你就抱著姑奶奶哭。」日本奶奶說。

「好！」我說。

我很晚才明白當年的事，因爲姑奶奶在日本侵略中國時，不得已下嫁給在上海有船的男人去當二太太，好讓龐大家族裡的人在戰火中還有船可以搭，爺爺與日本奶奶在戰時還有船可搭也是欠了姑奶奶的人情。

但是仗打完了，姑奶奶的老公沒了，船也沒了，船東與船員們四散奔逃。當年逃難多少人欠了姑奶奶幾張船票的恩情，再也沒人提起。精明能幹的姑奶奶收留了家族中做旗袍的師傅與廚師，一個女人帶著兒子在他鄉重新開始了人生，但是獨生子卻是個不做正經事到處捻花惹草的敗家子，這敗家子還一個孫子都沒留給姑奶奶。說到底，姑奶奶也只是把對自己人生的不如意的氣出在小表姊身上而已，只要小表姐跟我一樣是個男的，就不會有人打她了，她這輩子也不用洗碗掃地，想念多少書就念多少書。

每天睡覺前，小表姐會蹲在廁所把自己當天的制服洗好擰好掛在二樓的窗外。有一天早上，我不想去學校，我故意把小表姐掛好的制服丟到一樓，然後我跟小表姐說：「跟我一起去玩嘛！不要去學校了！學校無聊死了！」

那一天，因爲小表姐穿了髒制服被王老師叫到前面去甩巴掌，王老師罵她：「這麼小就不愛乾淨，眞是不要臉，不知檢點，也不學學你表弟，每次都穿著乾淨整齊的衣服到學校。」小表姐沒有爲自己辯白，也沒哭，也沒責怪我，這讓我非常生氣。

又一次，在小表姐洗碗前，我把麵粉倒入水裡，所以整個洗碗水都白白的，當她將水倒掉時，才知道水裡有把菜刀，將她的右手掌劃了一刀，血滲進了洗碗水裡。

我跑到姑奶奶那裡大叫著，說小表姐被刀割到，受傷了流血了，我拉著姑奶奶去看小表姐，此時小表姐已經拿膠帶將手上的傷口黏起來，又接著洗碗。姑奶奶看了小表姐一眼，知道沒事就拉著我離開去看電視了，我當時第一次感到憤怒，但是我當年卻不明白自己是在對什麼事憤怒著。

我從客廳裡的沙發離開，跑回去看小表姐，對著她說：「別洗了，也不要去學校了，跟我們一起去玩嘛！」

小表姐靜靜地洗著碗，仍然什麼話都沒說，連一滴眼淚都沒掉過。

在那幾個月裡，我有幾次看著小表姐挨爸爸打，她爸爸通常是一邊罵她是賠錢貨一邊拿皮帶抽她，而她媽媽通常都是一邊哭一邊甩耳光和捏她手臂，姑奶奶曾經誤會小表姐偷錢而抓著她的頭髮甩向牆壁，還曾經拿針去刺她的手指。

我對大人們對待小表姐的方式感到憤怒，但我當時更憤怒的對象竟然是從不反抗的小表姐，小表姐面對這一切的態度讓我憤怒極了！

十二月很快就到了，我生日也在十二月，我很期待可以再見到爸爸媽媽，我聽到大人講起來，我才知道我的生日和小表姐的生日是在同一個時辰，小表姐的生日是在二十一日的晚上十一點多，我的生日是在十二點多，前後差不到一個小時，就中國人的算法，我們都生在子時。

我生日那天，校長與老師們幫我慶生，同學們爲我準備很多禮物，每個人都搶著要跟我拍照，只有小表姐坐在角落裡看著窗外微笑著，沒有跟大家湊熱鬧。回到家後，姑奶奶又爲我開了一次盛大的慶生會，姑奶奶特地煮了豬腳麵線給我吃，那時爺爺也裝了一小碗豬腳麵線給在角落的小表姐，跟她說：「妳也吃一碗，今天也是妳生日！」

日本奶奶拉著小表姐的手，溫柔地問小表姐：「妳要不要跟我們去日本？」小表姐的爸媽異常溫柔地跟小表姐說：「妳要好命了！妳想過繼到日本去，在那邊住好的吃好的，還是妳想跟小表弟去美國？去當美國人？」

在華人家族內有「過繼」的傳統，通常是家族裡有人生很多兒子，這時會過繼給一個兒子給沒有生兒子的親戚，過繼女孩是比較少見的。小表姐與後來出生的小表妹當年一直在家族內流浪著，因爲小表姐的父母想找長輩願意過繼兩個女兒。無論小表姐過繼到日本奶奶名下當女兒或是過繼到我爸爸名下當女兒，成年後都可以繼承家族的大筆遺產，拿到美國或是日本身份，未來可以再回頭照顧生父生母，這跟美國的領養系統其實還是有很大的差別。

當年，我看著小表姐開心地抱著日本奶奶的樣子，我非常不高興地也跑去摟著日本奶奶，狠狠地一巴掌打在小表姐的臉上：「妳不能去日本！我不准妳去日本！」

我爸爸看到我竟然這樣撒野，非常生氣地拉住我的一隻手臂，但我還是非常不甘心地把那碗豬腳麵線摔在小表姐身上，對著她罵著小表姐父親最常罵的那一句：「妳這不要臉的賤貨！」

我這一鬧，沒人再提小表姐過繼到美國或是日本的事情。我常想起我人生第一次公開胡鬧的那一幕，也許我不開心爲什麼我不能跟爺爺奶奶住，但是小表姐可以？又或是我希望小表姐搬到美國來跟我們一起住，而不是搬到日本去？其實我也不知道。但是，從那一天以後，我打開了一個可怕的開關，開始了我到處胡鬧的童年與青少年，一發不可收拾。

爲了賠罪，日本奶奶讓我去跟姑奶奶睡。

晚上睡覺前，姑奶奶從一個高高的床頭櫃子裡拿出了一本相冊，將爺爺和日本奶奶與我和小表姐的合照找了位置放進去。我吵著要看照片，姑奶奶一張張地介紹著照片裡面的人，其中姑奶奶結婚的幾張照片旁邊還壓著一段紅線綁著的頭髮。

「這是什麼？」我問著。

「這是我們結婚的時候，要剪一段頭髮，綁在一起，然後我們就是結髮夫妻了！」

「那我以後結婚，也要剪頭髮？」

「對啊！把兩個人的頭髮綁在一起，他們就永遠在一起了！」

「把兩個人的頭髮綁在一起，就永遠在一起？」

隔天早上，我偷藏了裁縫師的一把大剪刀和小表姐一起去上學，我一整天都笑咪咪地看著小表姐的麻花辮。終於，我在下課後帶著小表姐到了校園一個角落，一把抓住小表姐的一根麻花辮，然後一刀剪下來。小表姐的一根麻花辮散了開來，她一臉嚇壞的表情，不知究竟發生了什麼事，我則是一手抓著剪刀，一手抓著小表姐的一截麻花辮倉皇地跑走。我跑到了校門口，跳上了每天來接送我們上下課的黑頭車，我抱著肚子大叫著，跟司機說我不舒服，請他快點載我回家，回頭再來接小表姐！

我回到家馬上跳下車躲起來，司機則回到學校到處找小表姐，小表姐終於回來了！我躲在門後偷看著，才知道小表姐滿身是傷的回家了，她全身被人打得都是瘀血，衣服也被扯爛了，頭髮更是被剪得像狗啃的一樣。

我其實被嚇壞了，但我知道小表姐什麼都不會說的，她連看都不看我一眼，我又開啓了一個可怕的開關，就是在學校霸凌同學，惹是生非！

那天晚上，被同學們打得全身瘀血的小表姐剪了一個清爽俐落的髮型，像個小男孩一樣。隔天一早，小表姐的母親帶著小表姐到學校去辦了轉學，而我和父母親則一起搭上了回舊金山的飛機。

二〇〇〇年，我親愛的爺爺八十大壽，我的爸爸身爲家族長子，一手張羅機票飯店和壽宴在舊金山的餐廳開了十桌。小表姐剛好在那年夏天拿了獎學金要前往舊金山念史丹佛，於是被身在重病中的姑奶奶派來祝壽。

我那年還在念高一，因爲不停地在學校打架鬧事，幾乎舊金山的各私立學校和國際學校都念過了。我做過的壞事，大概分兩種：一種是欺負同學，譬如在化學課燒同學的頭髮，或是在同學的背包裡倒一碗熱湯麵之類的。另外一種是努力打破學校各種校規，譬如帶一箱沖天砲在學校足球比賽時，在記分板的後台點沖天炮，引起當年度最大的騷動。

我記得有一次在校長室，一位被我剪掉頭髮的女孩站在爸媽身邊哭哭啼啼的，校長問我爲什麼剪人家頭髮，我告訴校長實話：「這女孩的頭髮顏色不好看，髮質也差，留長髮不適合她，她上課一直在那邊撥來撥去的，很做作。我告訴她幾次她都捨不得剪，我就幫她剪了！」結果女孩哭得更大聲了。

校長嚴肅地問我：「難道我覺得你的頭髮不好看，我就可以剪你的頭髮嗎？」

「要剪我的頭髮，那有什麼問題？不過就是個頭髮而已，又不是不會長出來？看這麼重要幹嘛？」我立馬在校長室剃了個大光頭，然後笑嘻嘻地走出校長室。

總而言之，我這個金孫的整個童年就是爲了成爲一個十足純金的渾球而努力著。

而身爲賠錢貨的小表姐在國小與國中各跳了一級，高中三年獲准在醫學院旁聽生物和遺傳相關課程。高三那年春天，小表姐拿到史丹佛的全額獎學金，夏天，她第一次拿著護照，離開了台灣。機場無人送行，小表姐爸媽和姑奶奶對她出國念書一事的唯一評語就是：「女孩子念那麼多書幹嘛？」

倒是小表姐的母親在小表姐出國前爲她買了一張人壽險，小表姐只要死在國外，他們就有錢可以花了！

我的父親開車載著我一起到機場去接小表姐，前一次是我搬進小表姐的世界，這一次是小表姐搬進了我的世界。

「你看人家拿了史丹佛獎學金來念書了，你也稍微認眞一點！」我的父親開始他的機會教育，寄望著這位小表姐搬進家裡可以協助我的功課。

我與小表姐在機場重逢，我的個子已經比小表姐高出不只一個頭了，我留了一個及腰的大捲長髮，小表姐卻是剪了一個俐落的短髮，我們相視而笑卻什麼都沒說。

我受父母之命接待小表姐，我們先在家裡繞一圈，然後準備再到舊金山繞一圈。

「這是妳的房間。」我對著小表姐說，小表姐很開心地在床上坐了下來，摸著鋪好床單的床鋪。「這是妳第一次有自己的房間？」我問著。

「不是，這是我第一次有自己的一張床，我以前都是睡在地板或是木板上。」

「你爸媽和姑奶奶怎麼樣？」

「他們很生氣我跑掉了，因爲以後沒人洗碗和刷廁所了！」小表姐得意地笑著。

「你就這點行李？有沒有後送寄來的？」我看著門邊的一個小登機箱和一個背包。

「對啊，五公斤的背包，七公斤的手提行李！」小表姐躺在床上，閉著眼睛享受著這得來不易的自由。

「衣服呢？」

「我沒有什麼衣服啊，我一直都是穿姊姊們留下的衣服。」

「你需要什麼？我等一下帶妳去買。」

「我什麼都不需要，我只需要一個打工的地方。」

「我爸媽讓妳當我家教，你要錢跟他們拿就好了，我不會拆穿妳的。」

「不行的。」

小表姐開心地在房間裡繞圈圈，我開了音響，大聲地放著「加州旅館」，大聲叫著：「歡迎搬進加州旅館！」

爺爺的八十大壽，出現了更多的混血小孩跑來跑去，再也沒人提到我這個金孫了，但偶而有些長輩跑來問小表姐去史丹佛念書的事情，希望自己小孩也跟小表姐一樣爭氣。那場生日晚宴，我和小表姐樂得坐在角落認真地吃著。我們看著大人們喝著酒，聊著世界各地的房地產景況，聊著每家每戶的醜聞和八卦，席間夾雜著日語、廣東話、英語、北京話和上海話，這些人對我和小表姐而言，都只是多了一個稱謂的陌生人而已。

當我爸媽叫我和小表姐跟爺爺祝壽時，小表姐拿出了自己仿曹全碑的隸書小楷手抄的心經。當捲軸展開時，大人們滋滋滋地讚嘆聲，我覺得還真像小老鼠啃東西的聲音。小表姐告訴我，裱褙只花了她五百塊台幣，這是她能想到最便宜也最拿得出手的禮物了。爺爺問著我準備什麼禮物給他，我上去抱著爺爺認眞親了幾下，爺爺笑開了，要我早點成家立業，讓他抱曾孫。

「那邊不是好幾個了嗎？」我指著一堆跑來跑去的小孩。

「那不算！」爺爺說。

不是長房長孫，當然，那些外孫都是不算的。但我實在不忍心告訴爺爺，我這輩子都不會結婚，也不會生小孩的。我從小看著小表姐被打時，我就知道無論他們多愛我，無論我有多愛他們，我不會爲這些變態的大人們生下有他們DNA的後代。

我們一家人當然是酒席最後離開的，我爸媽送爺爺和日本奶奶到樓上房間去休息。小表姐打包了桌上剩下的巧克力和乾果，我把所有喝剩的紅酒拼倒在一起，整理出七、八瓶紅酒，塞滿了兩個人的背包，兩個人開開心心地背著紅酒和各種食物，搭著電梯到樓上的房間去休息。

「你知道搬到美國後，我最喜歡的事嗎？」小表姐躺在床上閉著眼說著。

「什麼事？」

「我可以好好地洗澡，可以愛泡多久就泡多久了！」

「我倒是希望妳幫我做件事。」

「不能違法，不能作弊。」

「妳幫我紮個辮子，然後幫我把辮子剪下來，好嗎？」我說。

「爲什麼？」

「沒爲什麼。」我笑了笑，卻沒辦法跟小表姐解釋。

兩人先後洗好澡後互相梳著頭髮，我的長髮及腰，小表姐幫我紮了一個又黑又重的長麻花辮，上下都用一個繩子綁緊。我頭髮多又粗，小表姐剪的時候很費力氣，麻花辮剪下後，我的髮披散在肩上，我甩了甩清爽的短髮，說：「我很喜歡我的新髮型，謝謝！」我伸手摸了摸小表姐的腦袋，將小表姐緊緊地抱著。

那一晚，我們像以前跟爺爺和日本奶奶在台灣出遊一樣，面對面摟著肩睡覺。

隔週，小表姐認眞地開始她的暑假打工生涯，她在華人社群被邀請到中文學校和家中當中文家教，生意很好。熱衷請家教的華人家長爲了搶小表姐，有家長開價到兩百美金，就爲了請小表姐到家中顧小孩幾個小時。價碼這麼高，也是因爲小表姐拿到史丹佛獎學金，成了華人家長中教育孩子的成功典範。我每天負責開車接送小表姐上下課，小表姐上課的時間我就在車上大聲地放著音樂，抱著筆電寫程式，在網路上到處亂晃。我在車內看著小表姐背著書包去上家教的背影，常常讓我想到小時候和小表姐一起上下學的日子，如果去除那些變態的大人們對待小表姐的方式，其實我們一起上下學的那三個月是很開心的。

兩個月後，大學即將開學，小表姐也存了不少錢，我爸爸親自開車送小表姐搬進史丹佛的宿舍，他告訴小表姐，房間會爲她留著，歡迎她每個週末都回來走走，最後小表姐答應了聖誕節一定會回來一起過。

小表姐十八歲生日那天，也是我成年前的最後一天，我和一群朋友穿著黑色連帽外套，戴著面具去小超商偷東西，我們計畫把東西塞到衣服裡後拔足在街頭狂奔，然後我們在某間朋友爸媽的豪宅內吃著偷來的東西，喝著偷來的酒，吸著某人帶來的古柯鹼，跟著不知道誰帶來的女人與男人做愛。

隔天下午，有人喊肚子餓了，有人爬起來在冰箱找東西熱著吃。我打開手機，裡面傳來小表姐凌晨寫簡訊：

「祝和我同一個時辰生的小表弟，生日快樂。」

我當下開了車去史丹佛，車子停在小表姐的宿舍外，想了很久卻提不起勇氣打電話。最後，我打開了電腦，從宿網駭進了小表姐整棟宿舍的網路，找到了小表姐在宿舍的桌電，啓動了鏡頭，我看到了小表姐在電腦前認眞工作著。

我拿起了手機，傳了一個簡訊：「謝謝，也祝小表姐，生日快樂。」

我看著螢幕前小表姐拿起了手機後看到簡訊後微笑的表情，像是一道陽光照進我的陰暗。從此，我就開始躲在一個陰暗的角落，猥祟地陪著小表姐。有一天我發現，小表姐睡覺都要開著燈，時常做惡夢，從哭泣與尖叫聲中醒過來。我聽著小表姐的尖叫聲，很想問小表姐發生了什麼事，卻又不敢。只能偷偷匿名買一些小盆栽或是小蛋糕或是巧克力送到小表姐的宿舍。

我在駭進史丹佛宿網之前，不過是在玩網路遊戲時喜歡修改程式讓自己玩得順手而已，直到駭進史丹佛大學後才正式遊走各大學，接著遊走各國政府機關網站。

幾年後，我和父母親一起到柏林尋找外祖母家的舊址，也順便辦了一本德國護照，在柏林的某個夜裡，我在一個擁擠嘈雜的電子音樂派對中和其他歐洲駭客聚頭，聽說了他們之前在「阿拉伯之春」的豐功偉業和準備公開的《巴拿馬文件》等等幾件大事，所有人都因爲參與了新世紀的革命而興奮不已，我也順便睡了幾個德國女人。

二〇一〇年，我爺爺的九十大壽在夏威夷的一艘遊輪上辦，我和小表姐開心地重逢，小表姐告訴我，她要離開美國，打算在拉丁美洲從事醫療和衛教服務。

兩年後的冬天，我的朋友吸食古柯鹼過量而死，我被救起，住進了昂貴的戒毒診所大半年。出院後，夏天來了，我變賣了所有東西，整理了一個大約十公斤的背包和五千元美金現金，我也離開了所有舊金山的朋友家人，從舊金山一路走路或搭便車南下去找小表姐。

我穿過了墨西哥、瓜地馬拉、宏都拉斯，接著在尼加拉瓜搭了違法的漁船到巴拿馬下船，再從巴拿馬北面的加勒比海海域搭船到哥倫比亞。我從哥倫比亞上岸後，再沿著安地斯山脈穿過邊境到厄瓜多爾，再從厄瓜多爾的山區走到厄瓜多爾西邊的海岸線，最後在一個地震後傾圮的海岸小鎮的一堆帳篷裡找到了小表姐，小表姐一下子沒認出眼前這位瘦骨嶙峋、衣衫襤褸、頭髮全糾結成團的我。

「您是今天新來的志工嗎？」小表姐溫暖地問著。

「妳有男朋友嗎？」我特地用中文說著，小表姐馬上認出了我。

我從背包裡拿出一個透明袋子，交給了小表姐。小表姐打開了袋子，裡面是兩段紮好的辮子，一個頭髮細且直，一個頭髮粗且捲。小表姐笑壞了，開心地緊緊地抱著我。

小表姐笑著說：「我有約會的對象，但還沒有男朋友。你，吃飯了嗎？」

「沒有就好，我希望妳不會太恨我！」

「我為什麼要恨你？」

「我小時候做的那些事，一直想跟妳道歉。」

「我又沒生你的氣，要怎麼接受你的道歉？」小表姐笑著說。

大半年的飄蕩，我精疲力盡，用著最後一點力氣抱著小表姐，我回想起了這些年的墮落與好友的離世，委屈地大哭了起來。

我把從小被粗暴地溺愛著的委屈，一次全哭了出來！

哭累了後，我去好好地洗了個澡，躺在吊床上一路從早晨睡到了黃昏。晚上，我和小表姐在月亮下散步，我開口問了一個藏在心裡很久的問題。

「妳現在睡覺還要開燈嗎？」

「你什麼時候注意到的？」

「從小，妳就是睡覺要開燈的，還常常做惡夢，會在尖叫中醒來。」

「因爲我小時候睡覺的時候，晚上會有人進我的房間。」

「我認識嗎？」

「其實有幾個都過世了，我從小被爸媽丟到很多人的家裡，有時候晚上他們會來我床上。所以，我那時候是想去日本奶奶家或是過繼給你爸爸的，不過沒那個緣份，又在家裡住了十年，我跳級兩次，就是希望趕快離開家裡。」小表姐的聲音很平靜，像是在說別人的事一樣。

「FUCK!」我憤怒地用力地踢著沙！

「都已經過去了，我現在很好。其實，那些不開心的事的細節，我都是不記得的，我覺得不記得也很好，像是上帝給了我大腦的一個開關一樣！」

我們在海邊走了大半夜後，小表姐問我：「可以幫我做一件事嗎？」

「不能違法，不能作弊！」我模仿著小表姐十多年前在舊金山重逢時的口吻。「你先跟我走進海裡，我再跟你說。」我跟著小表姐走到水深及胸後，小表姐問：「你可以背我嗎？我這輩子沒有讓人背過的記憶。」

於是，在月光下，我背著小表姐在厄瓜多爾的海邊游著走著，然後換小表姐背著我，甚至讓我橫躺在她的雙臂上，在海裡一沉一浮地走著，最後我再一路背著小表姐走回岸邊的帳篷。

小表姐將濕了的襯衫和短褲脫下掛在樹枝上，穿著比基尼披著件大毛巾躺在帳篷外的吊床上，晚風吹得很舒服，不用多久就乾了。

我加入了厄瓜多爾地震後的重建工作，每天早上七點吃早餐時會有晨會，幾十位志工會分成三到四個隊伍，八點準時上車出發工作，我第一週的工作是將地震後傾圮的房屋拆毀。

基金會聘了一位蘇格蘭的建築師在該區負責重建房子，重建的房子皆是按照當地人的居住習慣，大致原樣重建，但會再加上一些細部的設計，蓋一棟的預算是七千美金。當地人習慣居住在由竹子建成的高腳屋，拓展後會成爲目前看到的兩棟竹屋併建在一起。

小表姐多半在忙聯絡與各方會議的事情，包括尋找資金和添購建築材料，還有每日張羅志工三餐的食材，還有尋訪需要協助的地震災民，拍攝剪接募款影片。

幾個月下來，我變得黑壯了些，心情好的晚上我會對著海洋吹著長號，偶而小表姐也會帶著長笛加入。我隨身帶著一台已經無法拍攝的破爛數位相機，裡面有我們親愛的爺爺和奶奶的照片，還有我前幾年陪爺爺回到寧波興建宗祠和紀念館以及到日本學日文的照片。

一夜吃晚餐的時候，小表姐按著鍵看著照片，說：「其實你是很愛爺爺的，爲什麼不回去看看爺爺？」

「我也不知道。」我說。

「再幾年爺爺一百大壽就要到了！」

「是啊，聽說全家族會在東京聚會，順便一起看東京奧運。」

「聽起來很不錯呢，我還沒去過東京，也沒看過奧運。」小表姐笑說。

雨季過後的某一夜，小表姐發著高燒，基金會火速替小表姐找了一間民宿入住休息，但吃了退燒藥也不見好。隔日，高燒不退的小表姐已經沒辦法吃東西，不管什麼放進嘴巴都會吐出來，全身無力到去洗手間上廁所都需要人扶著，上完廁所回頭見到馬桶內都是噴出來的血。

我收了一些衣物，帶著現金、護照和信用卡，和基金會的人開了大半天的車送小表姐到首都的大醫院去。高燒不退虛弱無力的小表姐坐著輪椅被推進急診室，我看著她的嘴唇都裂出血來了，拿著衛生紙沾著水替小表姐擦著，我看著小表姐左手臂上全是在車上碰撞到的黑色瘀血，十分困惑不解。

不久後，醫護人員在急診室就替小表姐上了點滴，冰涼的點滴從小表姐的左手前臂藍色靜脈進入，一路涼涼地走到上臂，橫向穿過了肩膀與鎖骨，這時冰涼的點滴的溫度已經和血液差不多了，小表姐再感覺不到點滴的存在，它成爲了身體的一部分。

接著，小表姐被安排住進單人病房，隔壁一張沙發就讓我躺著。

在高燒中的小表姐，行爲很是異常，她偶爾昏睡，偶爾清醒，偶爾情緒失控地哭叫著，偶爾吵著要放音樂，偶爾吵著要吃粥，偶爾吵著要吃漢堡，偶爾吵著要吃糖果。

我在大街小巷找著小表姐要吃的東西，等買回來後，小表姐又睡著了，又或是根本已經忘了曾經吵鬧要吃漢堡。我記得那天晚上，默默地坐在小表姐的床邊，把冷掉的漢堡吃掉。這是我人生第一次照顧人，也是我第一次覺得自己被依靠著，被信賴著，我第一次覺得自己不是個無用的廢物。

小表姐最劇烈的吵鬧是有一次醫檢師要在她的胸骨刺一根長針進去，取得她的骨髓檢查，小表姐把身上的管線都拔下來，甩在地上，鮮血從她手臂上緩緩流下，她最後成功地阻止了醫檢師抽她的骨髓檢查。

那一天，我突然看明白了小表姐根本不想被治療，她不想要知道自己身體到底出了什麼問題，所以當小表姐有力氣後，就再三情緒失控並且阻止醫生與護士的協助。

我爬上了小表姐的病床上擠著，說：「我第一次看到妳脾氣這麼差，第一次看到妳鬼吼鬼叫地哭著。」

「我也不知道自己爲什麼會這樣，好像我都不是我了。」小表姐輕輕地說。

「我們辦出院離開這裡吧！」我說。

「你去幫我買幾盒巧克力吧，離開的時候好送給護理站和醫生們。」

「好！」

「幫我買一件漂亮的洋裝，我想穿著一件俏麗的黑色洋裝離開醫院。」小表姐說。

隔天早上，醫生來巡房檢查，小表姐高燒已退，精神和情緒都很好，四肢都出了疹子。醫生開了診斷書，上面寫著：白血球和血小板的數量遠低於正常值，做了這個那個等等各項檢查都是陰性，就連愛滋病都查過了，最後懷疑是得了出血性登革熱。

我替小表姐找來一套黑色小洋裝，小表姐換上後和我一起在護理站感謝每位醫生和護士，和大家又親又抱的。兩人開心地走出了醫院後，我問說：

「小表姐想去哪裡？」

「義大利，我想去義大利看看。」

「好啊！我們去義大利吧！」

兩個月後，遊客如織的梵蒂岡，兩個人並肩靜靜站在米開朗基羅的作品《聖殤Pietà》的前面許久，一位美麗的聖母面容聖潔平靜地抱著幾近全身赤裸接近死亡或是已經死亡的耶穌，那是米開朗基羅在二十三歲時期的作品，這作品有著驚人的魔力，它可以建立一個只屬於觀眾自己而不受干擾的空間。在那個空間裡，米開朗基羅透過作品傳達了他的意念，在那個空間裡，小表姐感受到那光芒萬丈的聖潔母愛，那愛撼動著小表姐，小表姐的眼淚靜靜地滑落著，童年時所有的委屈，一滴滴的流了出來。

走出了梵蒂岡，我和小表姐找了一個小店吃冰淇淋，小表姐一邊吃著巧克力冰淇淋一邊說著：「我在生病的時候，感覺靈魂好像去了另外一個地方。」

「什麼樣子的地方？」我問。

「很亮的地方，在那地方覺得自己是被愛著，被永恆地愛著。」

「聽起來很像天堂呢，但我死了，應該會直接下地獄吧！」我咬著薄荷冰淇淋說。

「那羅馬很適合我們，羅馬是天堂和地獄的交會處，你看每幅畫都在形容天堂跟地獄。」

小表姐吃著冰淇淋眼眶突然有著眼淚在打轉，接著說：「其實，也不用到羅馬來，每個家都是天堂和地獄的交會處。——說來你也是不信的，我在發燒的那幾天裡，我回到我出生的時候，我感覺到媽媽在那片刻是愛我的，但是她抱著我的時候卻很絕望，只因為我是個女的。——所以我從小就安靜，從小就很乖，我就努力地當一個消失的女兒。最好所有人都忘記我，這樣我就不用倒霉了。」

「看到妳生病的時候這麼任性，突然讓我覺得好安心。」

「怎麼說？」

「覺得我終於看到妳真實的情緒了，真好，」我笑著繼續說：「我剛剛看著那聖母抱著耶穌的姿勢，倒讓我想起你在海裡橫抱著我到處走的樣子。」

「我就是看到那聖母才又想起我媽。」

「妳真的是很愛她吧？」我問。

「是啊！我愛她，只是我很晚才明白，我愛她跟她愛不愛我是沒有一點關係的。我去得了天涯海角，卻回不了家。——也許，對你爺爺而言，對你爸爸而言，對那些每十年聚在一起的家人而言，他們是爲了對家鄉的一點想念才聚在一起的，但他們卻永遠回不了家鄉。——也許，家鄉是最遙遠的異鄉，一個永遠回不去的地方，一個永遠只存在記憶中的地方。」

「對我而言，家鄉跟異鄉是一樣的，去哪裡都一樣。」我對小表姐說著。

從那天開始，我與小表姐就正式成爲帶著兩個背包在世界各地遊蕩的數位遊牧民族，有時候在一個城市待上幾個月，覺得時間到了就移動前往去下一個城市。

二〇二〇年，我們應該在東京爲爺爺的百歲大壽慶生，全家族一起住在飯店裡看奧運，怕因爲奧運訂不到飯店，所以我爸爸很早就把飯店訂下來了。但是誰也沒想到會遇上這病毒，我們的家族似乎就要被這病毒瓦解了，因爲爺爺身體的狀況不是太好，很可能我們家族沒有機會替爺爺過一百一十歲的生日了。

如果爺爺過世了，大概在爺爺的喪禮之後，這家族就沒有人有能力讓大家聚在一起了，我們家也就正式瓦解了！

我的故事就到這裡結束了，謝謝大家。

九位網友們一起在螢幕前爲西恩拍手，我們多少都很吃驚西恩竟然這樣坦白地告訴我們他吸古柯鹼的事情，還有他駭入大學宿網的事情，畢竟你永遠不知道跟你同在一間聊天室的人是誰，所以普遍網友在聊天室聊天的傳統就是：不報上全名也不報上網地點，當然更不會說出曾經做過哪些違法的事。

美麗的凱莉女王拍著手說：「謝謝害羞的西恩帶來的故事，非常好聽，其實西恩非常適合說故事呢。」

我們大家爲西恩舉起了杯子，一起敬西恩一杯。

女王接著說：「西恩最後流浪的地點是在義大利，所以我想請我們一直在鏡頭前爲大家做菜的馬力歐來爲我們說一個故事好嗎？」

Chapter

6

第六個故事

THE SIXTH STORY

既然決定活下來了，
就絕不能白白地活著。

馬力歐在所有人的歡呼聲中上場接力說故事。

五官深邃的馬力歐在鏡頭前先用十指將一頭濃密的黑髮往後梳了梳，接著在電腦前將臉左右轉了轉，似乎是十分滿意自己的模樣後對著鏡頭笑了笑。

馬力歐清了清喉嚨說：「我的這個故事很短，我真的沒有大家這麼會說故事。」馬力歐帶著筆電在狹窄的船艙走道移動著，一直走到底後上樓轉進了一個酒吧，網友們一陣尖叫，十分羨慕在全歐美酒吧都關門的現在，馬力歐竟然可以走進酒吧爲自己倒一杯酒。

長得十分高壯還帶點傻氣的馬力歐一邊喝著酒一邊笑嘻嘻地說著：「我知道要跟大家說故事後，我實在不知道應該說什麼故事，所以我就跑到這個酒吧找朋友問他有沒有故事可以說，然後他告訴我一個很棒的故事！」

馬力歐在櫃子裡翻出了一包洋芋片和一些堅果，裝了幾個小碗後，說：「我朋友交代這個故事要在這酒吧說，而且要一邊說一邊喝酒。」幾位網友也開始在鏡頭前倒酒，喝成一片。

「我想說的故事跟這個酒吧有關！」馬力歐開始了他的故事。

我出生在一個很保守的南義大利小村，整個小村也就兩三百人，而且每個人都是每個人的親戚朋友，有婚禮大家一起到教會幫忙佈置，有喪禮大家一起幫忙抬棺材和下葬，每個週日全村的人都在一起望彌撒，少一個人或是誰生病沒出現所有人都會知道。我在那個小村渡過了非常幸福快樂的童年，很受大家照顧和喜愛，我一直以爲大家的童年都是這樣開開心心的。一直到有一天，一位在郵輪酒吧工作的朋友告訴我，我的童年很幸福快樂是因爲我長成「大家喜愛的樣子」。跟我說這些話的人叫做小魚，他說：「每個大人都喜歡男孩長得高高壯壯的，該打球就打球，該喝酒就喝酒，功課不需要太好，但要學會『有男人應該有的樣子』。」

小魚長得十分瘦小，人很聰明，做事很勤快。我認識他第一天就問他：你爲什麼叫做小魚？他要我猜一下，如果猜得到，他就給我一千歐元當作獎品。

之後我每次無聊到酒吧喝酒時，就開始亂猜他爲什麼叫做小魚，當然一直都沒猜對。一直到前幾天，我告訴小魚我需要講一個故事後，他告訴我：「你可以講小魚的故事。」

小魚說：「我從小就知道自己跟別的女孩不一樣！」

小魚告訴我他原來是個女孩的時候，我其實嚇了一大跳，因爲我從來沒想過他原來是個女孩，小魚說跟我這種腦袋不想太多事的人一起工作非常地快樂。

小魚說當所有女孩都愛穿裙子梳長髮，在一起比較誰漂亮的時候，他從來就沒有興趣參與話題。當所有女孩在跌倒時假哭等待男孩來幫忙，或是看到昆蟲故意大聲尖叫引起注意的時候，他一直都是安靜地在一旁看書。

在他的小村，他很快就被當成「怪人」，雖然他頭腦好功課好，但這一切都比不上「長成大家喜愛的女孩」來得重要。小魚很快就在小村被孤立受盡排擠，還好因爲他會念書，他十五歲就離開小村，在外獨自一人求學工作生活。

小魚開始剪著很短很短的頭髮，穿著男孩的衣服，他發現只要他不說話，其實日子很好過。後來，小魚發現酒吧的人喝得半醉，其實都是來找人說話的，所以他開始在酒吧打工，安靜地聽別人說話。

小魚在酒吧從來不批評任何人的任何行爲，也從來不把任何人當成個墮落的怪物看，每個人都可以告訴小魚所有的秘密。

這時有位男同志，他叫做查理，他一眼看出小魚其實是個女孩，卻很喜歡來找小魚聊天，他不管是吸毒還是在外面找男人過夜的事都會跑來告訴小魚，很奇怪的是，他是帶者一種輕蔑跟炫耀的心情告訴小魚的。

那時在酒吧先後有幾個男人與女人在同時在酒吧追求小魚，接著小魚就在酒吧將那些追求者介紹給查理認識。然後查理不知是出於什麼心態，會勾引那些追求小魚的男人，也許是幫他們口交，也許是跟那些男人上床，然後查理會帶著炫耀的心情把上床做愛的所有細節告訴小魚。

我聽到這裡感到非常的困惑，我問小魚：「那你現在是男人還是女人？你喜歡男人還是女人？」

小魚告訴我：「我也花了很多時間問我自己這兩個問題，」他摸摸我的臉，笑嘻嘻地對我說：「但我相信愛跟靈魂是沒有性別的，生理上的吸引只是一時的化學作用而已。比當男人還是當女人來得更重要是：『當一個人』。——我是一個需要被愛，也可以愛人的人。」

我其實聽不太懂，但小魚最後跟我說：「我可以是男人，也可以是女人。我可以愛男人也可以愛女人，我愛善良的心，我愛殘破的靈魂，我愛受傷的身體。」

鏡頭前有幾位網友為小魚的這番話拍手叫好，有人在聊天室的對話框裡打了「我愛小魚」。

小魚總是靜靜地聽著查理來酒吧炫耀著他和其他男人的上床細節後，查理開始在小魚面前批評女性的陰道不過就是個毫無功能的管子而已，跟有個靈活的舌頭的嘴巴怎麼比？跟有個能收縮的肛門肌肉怎麼比？

查理跟小魚說：「女人只要像豬一樣能生小孩，就會有男人要娶！但男同志不一樣，我們要健身，我們要長得漂亮，我們要有品味，我們要會穿衣服，因爲這市場眞的太競爭了！」

終於，酒吧其他的女客人再也受不了了，跟查理吵了起來。

在查理醉醺醺的離開後，小魚爲那些氣壞了的女客人道歉斟酒，小魚對客人說：「他一定是心裡有很多委屈與沒有自信，才需要這樣炫耀的。他只跟我說這些話。」

那位招女客罵的查理繼續愚蠢地到酒吧來跟小魚炫耀金錢、炫耀車子、炫耀房子、炫耀他睡過的各種男人。小魚總是微微地笑著聽著。一直到某一天，小魚離奇地休學、辭職，完全消失了！

很多年後，在小魚的國家，同志可以結婚了，小魚跑回酒吧聊天，又遇到了查理，小魚跟查理說恭喜，但查理卻黯然地說：「在我的世界裡卻已經沒有讓我想攜手共度一生的愛人了！」

馬力歐休息了一下，跑去倒了杯啤酒，沒想到小魚卻在這時候帶著披薩來酒吧，小魚本來只是想來酒吧試一下新想出來的調酒，沒想到遇到了正在說故事的馬力歐。小魚靠到了馬力歐的身邊，跟所有人揮著手，所有人也在鏡頭前熱情地跟小魚揮著手。馬力歐在鏡頭前開始大方地吃起披薩，一派輕鬆自在，好像沒繼續說故事的打算，其他網友開始問小魚：「你消失的那年，是去了哪裡呢？」

有著一頭帥氣短髮的小魚笑嘻嘻地說：「我在二十四歲那年之所以會消失，是因爲我去自殺了！」

這答案來得太突然，聽故事的大家似乎有點反應不過來！

有著陽光燦爛笑容的小魚這答案嚇著了大家，但小魚似乎已經習慣了，他接著說：「我當時在一間醫學院念書，因爲做實驗的關係，拿得到藥物和針頭。因爲我先後送了兩百多隻白老鼠上西天，才練得一手好技術：麻醉，剃毛，剪開皮膚，拉出血管，在細小的血管上剪個小孔，插管，固定，縫起。一氣呵成，我只須七分鐘左右。」

小魚喝了一口酒，接著說：「我當年做完實驗後，負責送白老鼠上西天，白老鼠沒有一點掙扎，很平靜地死在我的手裡。我開始計算著要讓自己平靜地上西天所需要的藥物，我只要在吊點滴的時候把藥物打進點滴，我就可以躺在病床上，安安靜靜地死去。」

馬力歐摸了摸小魚的頭，小魚微笑地在鏡頭前似乎在說別人的故事一樣說著：「我摸著藥物和針筒，心中有種難以言喻的狂喜。我每天將自己梳洗得乾乾淨淨，買了新的內衣褲，因爲不能讓人見到我的遺體是髒兮兮的或是穿著破破爛爛的內衣褲。我見到人就開開心心地打招呼，認眞地準備要給大家的聖誕卡片，還去挑選聖誕節摸彩的禮物。我開始去健身房健身，希望走的時候身體是健康的，也許可以捐出遺體。」

馬力歐問小魚還要不要吃披薩，小魚對著馬力歐搖頭，接著對鏡頭說：「很多人不懂，以爲我們只是一時地想不開，一時地心情不好，但其實那些都是安排好久的重大決定！決定那天要穿什麼，決定那天要買什麼花放在房間裡，決定要將筆電和手機留給誰，決定要換什麼密碼。一旦都決定好了，心中大石頭落下，那種萬事罷休的輕鬆和愉快，除非親自經歷過的人，任誰都無法體會的！」

「那妳怎麼活下來了？」美麗的凱莉女王幫大家問了這個問題。

「我自殺沒成功是因爲我在決定離開這世界後，寫了最後告別的掛號信給一位朋友，信件上沒有寄出地址，只有收件地址。沒想到那掛號信當天傍晚就到了，我那朋友馬上打了電話給我，我在電話的另外一頭，什麼都沒說，而他只是一遍又一遍地對著電話大喊著：「你死了，我就什麼都沒有了！」

「你死了，我就什麼都沒有了！他這樣對我大喊著，然後我就放下了針筒，決定活下來了！決定活下來的那天清晨，我在床上哀哀慟哭，不停地用腦袋去撞牆，因爲我知道我又必須面對他人不解我究竟是男是女的眼光，又必須聽到那些惡毒歧視性的字眼，又必須過著他人無法理解的日子，永遠地、孤獨地在人群中苟且地活著，飄蕩著。——不過，那都是很久很久以前的故事了！」

馬力歐問：「那現在呢？」

小魚看著馬力歐笑著說：「身體不過是個軀殼，不過是個臭皮囊，別人瞭不瞭解，別人困惑不困惑，其實也沒什麼重要的！我曾經在少年時期因爲一直沒辦法把自己的靈魂好好地安置在這個軀殼裡，而感到巨大的痛苦，所以每日只能拿著刀子在身上切割著，一道一道地，讓血滲出來，好感覺自己還活著！我在二十五歲前，身邊已經有三個同志朋友自殺了，甚至還有一位同志的父親因爲無法接受自己的孩子是同志而自殺了！」

馬力歐拿了一杯新斟的酒給小魚，小魚喝了酒，說：「其實我厭惡用『同志』這兩個字來定義一個人，身體有性別和年齡和族裔之分，但靈魂是沒有性別和年齡和族裔的分別的！如果你是愛一個人的靈魂，怎麼可能還會在意他的靈魂是住在怎樣的身體裡？怎麼可能會在意他的臭皮囊是什麼顏色？在意他的軀殼是用了幾年？如果愛上一段音樂，你會在意彈奏的鋼琴外漆是白色還是黑色嗎？你會在意彈琴的人是男人還是女人嗎？——別人看我很奇怪，其實我看別人也是很奇怪的！」

「好問題！」一個網友在對話框裡傳了訊息。

馬力歐笑嘻嘻地跟小魚說：「你還沒跟大家說：你爲什麼叫小魚。」

「因爲很多魚會變性啊！小魚代表這隻魚長大有可能是雌雄同體，有可能成爲雌魚，也有可能成爲一隻雄魚，一切依照環境而改變著，我覺得這是最完美的生理狀況了！」小魚哈哈大笑地說著。

「我猜一萬次也猜不到的！」馬力歐拍著小魚哈哈大笑說。

「謝謝馬力歐和小魚給我們說的故事，眞是太精彩了！那，小魚，你現在幸福嗎？」美麗的凱莉女王問著。

「謝謝你的關心，我既然決定活下來了，就絕不能白白地活著。」小魚微笑說。

「你覺得要怎樣才不算白白地活著？」美麗的凱莉女王繼續問著。

「把每一天當成世界末日一樣地活著，把每個愛人當成最後一個愛人一樣愛著。」

「這句話眞的很適合二〇二〇年啊！」馬力歐笑說。

「這句話也很適合義大利啊！」小魚仰著臉看著馬力歐說。

「我以前都沒有跟短頭髮像男孩子一樣的女孩子在一起，突然覺得跟你結婚應該也很好，你從來不會鬧情緒也不會發脾氣！」馬力歐大手搓著小魚的短髮和小腦袋。

「好啊！」小魚溫柔地笑說：「如果你媽媽想要孫子，我也可以幫你生一個。」

「眞的？」馬力歐睜大眼睛問。

聊天室突然發生了暴動，所有人開始在鏡頭前尖叫著。

「我想要在冬天去北海道，外面下著紛飛的大雪，我跟愛人洗完澡，烤著火，安安靜靜地睡了好長好長的一覺，感覺睡了一生一世，像是把長長一生的所有快樂和悲傷都睡過去了，隔天醒來像是一個全新的人一樣。這就是我想要的戀人關係！」小魚笑瞇瞇地說著。

「那個，好像跟我要的不太一樣，我不想要晚上都拿來睡覺！」馬力歐非常單純地困惑著，整個聊天室繼續像是著了火一樣歡喜著。

小魚替馬力歐解套說：「如果我們分開了，那也很好啊！我未來可能離開你游去了遠方，也許雌雄同體，也許成爲一隻雌魚，也許成爲一隻雄魚，多美好的未來啊！」

聊天室吵鬧了好一陣子，我們親愛的女王才出面請大家繼續聽在無國界醫師組織服務的安妮講的故事。

Chapter

7

第七個故事

THE SEVENTH STORY

〔巴西〕

人類雖然可以上得了月球，
但卻與地球完全脫離了連結。

「大家好，我應該只跟幾位夥伴聊過天吧，所以我還是自我介紹一下：我叫安妮，現在住在里斯本。我是外派到亞馬遜工作的醫生，在外派之前，我自費到里斯本上葡萄牙文密集班，沒想到現在就被困在這邊了！目前葡萄牙機場的所有航班無限期延遲，也沒人知道什麼時候可以離開這裡，我也只能期待到了夏天航班就可以恢復正常。有位朋友跟我開玩笑說：『其實我們可以駕帆船回到北美洲！』我跟他說我們駕船跨過大西洋很容易，但是要找個港口願意讓我們靠岸卻是很難的！」有著一頭濃密黑色直髮的安妮優雅地苦笑著，她雙手捧著一杯特大尺寸的馬克杯，緩緩地喝了一口，大家開始在對話框裡猜測杯子裡面裝的是什麼什麼飲料，安妮看了覺得好笑，最後放下馬克杯打字告訴大家：熱巧克力。

有人在對話框裡央求安妮將筆電移到窗台上，轉九十度，這樣大家可以看著安妮背後的里斯本一片橘色屋瓦的美麗風景了。安妮從善如流，將筆電和熱巧克力帶到種滿燦爛開花植物的陽台上，而自己盤著腿坐在電腦前。

安妮接著說：「歐洲現在連所有火車和公車都停駛了，一切安安靜靜地，原本忙碌的港口現在只剩下海鳥了，眞的是很不眞實也很難想像。我要講的這故事有點魔幻，這故事是之前外派到亞馬遜的醫生在集訓時告訴我的。因爲這故事，讓我更期待可以到熱帶雨林去服務，還好遇到你們可以一起講故事喝熱咖啡，不然我就要被關到崩潰了！我之前念書和實習，每天都睡四、五個小時，忙到忘記吃飯，突然現在要我每天躺在床上發呆睡到自然醒，我真的都不知道應該如何打發時間。」

現在網友們很有默契，大家都帶著筆電跑去找馬克杯，各式各樣的馬克杯在螢幕前出現，沖泡著各式各樣的熱飲，陪著安妮一起參與這個與亞馬遜有關的魔幻故事。

故事發生在一個夏天，主角是一位正在主修生物並打算大學畢業後申請醫學系的妹子，我們就叫她小妹好了，小妹計畫每年夏天都到拉丁美洲的雨林從事醫療服務。在沒有臉書的時代，小妹的做法很簡單，就是請她的教授寫兩封推薦信，一到放暑假就收拾她的背包，上路就對了！

三個月的夏天很長，她先後待過專門照顧受傷的樹懶的醫院，待過專門照顧海龜的海灘，協助專門做毒蛇調查的研究生。小妹讀著《摩托車日記》，裡面有一段寫到兩位男主角在一個痲瘋病診所服務，服務後划著一個小舟要在一個叫 Leticia的小鎮落腳，卻無法靠岸。小妹的想法很簡單，她想先到那個小鎮後再去查那個痲瘋病診所在哪裡，就算診所已經不在了，也一定會有類似的醫療服務機構。小妹查了那個小鎮只能從秘魯或巴西坐船前往，或是從波哥大搭小飛機進入，最後她搭著小飛機進入三國交界，計畫沿著河流往上游走。

在換了幾次小船和幾個亞馬遜河岸邊的小鎮時，小妹一路上和當地居民聊著，每個人都請小妹去一個名叫Buena Vista的小村找一位白人醫生。

終於，小妹找到這個有趣的小村莊。小村莊就兩三條街，在她找了個可以放下背包洗澡吃飯的地方後，每個人都告訴小妹到教堂前面的廣場就可以看到醫生。當時沿著泥巴路走到教堂時天色已經有些昏黃了，小妹坐在廣場前看著一群十來個當地小孩分成兩隊在踢足球，有趣的是，這場比賽裁判是個將頭髮綁在腦後的高加索男人，小妹一看知道這位裁判就是醫生了。小妹坐下來看比賽，從背包拿出了水壺和半融化的巧克力吃著，時不時看到精彩地方就站起來大聲替兩隊加油。

等到天色黑到看不清楚球了以後，裁判請兩隊到中間排成兩列，相互握手、擁抱、感謝、再見，等到所有孩子一哄而散回家吃飯後，這位在腦後綁著小圓麵包髮型的男人走到放水瓶和毛巾的地方，先是喝了大半瓶的水，再將身體擦了擦，這才終於走到小妹面前和小妹握手自我介紹。

「妳好！我叫伊格，是這裡服務的醫生！」伊格醫生身上還噴著熱氣，頭髮還滴著汗水。

「我在前面幾個部落就聽說這部落住了一位醫生，你很有名啊，我沿路上遇到的每個人都叫我來找你！我目前在大學念醫學系，想找地方學習與服務，我有兩封醫學系教授寫的推薦信。」小妹興奮地試圖從背包拿了信出來。

「不用拿信了，妳就留下來幫忙一個夏天吧！」伊格醫生很帥氣篤定地說著。

「真的嗎？」小妹不敢相信一切是如此地順利，忍不住尖叫了兩聲。

伊格醫生帶著一切都很新鮮的小妹在部落走了一圈，指著每間屋子介紹屋裡住了哪些人，一路上遇到的人都熱情地跟伊格醫生打招呼，醫生也向村民介紹小妹是新來服務的志工，大家熱情地擁抱握手，讓小妹覺得很幸福。

伊格醫生解釋著，這地方大概就二十到三十戶人家，大概也就兩、三百人吧！神父每週六晚上會搭船過來，在這裡過夜，隔天早上五點望彌撒後，神父就搭船到隔壁的小村去服務了！

小部落是沿著河流橫向發展，有兩條主要平行於河流的道路，大部分的店家和村民的房子就位在主要道路上，橫向道路往東邊的盡頭有間教堂，而診所和學校是位在地勢較高的小丘上，那小丘上還有個水塔，整個小鎮的飲用水都是從這裡來。伊格醫生募了四張太陽能板，除了供應診所和學校用電外，也供應整個小村晚上六點到十一點的電力。由於餐廳需要冷藏食物，這時他們就會爲他們的煤油發電機從其他稍大一點的城市訂購煤油，每週由貨船運送到碼頭給他們。

由於小部落沒有手機通信，要爬到小丘的頂端，而且在沒有下雨時才可能會有一格訊號，於是這位伊格醫生爲了通訊方便，就在自己住的地方弄了個頂樓加蓋，有雨棚有沙發，還有張可以翹腳和擺放紅酒與牛排的桌子。

伊格醫生跟小妹說他是阿根廷裔的美國醫生，在這小村服務了兩年，週一與週二在其他部落看診，週三到週五在當地部落看診。伊格醫生送了小妹回到小村唯一的小旅店休息，約好隔天早上六點到小診所見面。

隔天早上六點，小妹很理所當然地搬進了伊格醫生在部落的小豪宅，開始夢寐以求的部落醫療服務工作。

小妹與伊格醫生每天早上六點起床，六點半開始爲排隊看診的居民發號碼牌。由於偏鄉缺乏醫療服務，所以很多病人翻山越嶺搭船來看診，小妹發現居民沒辦法告訴小妹自己家離診所有多遠，他們也沒有「小時」的概念，於是小妹改問：

「你從太陽在哪裡的時候離開家到醫院來的？」

小妹此時才發現病人徒步三五個小時來看醫生是很尋常的，小妹聽過最遠的是走了五天來看診的病人。爲了讓徒步來看診的病人可以趕在太陽下山前回到家，小妹會將需要走三到五個小時的病人排在早上看診。中午在伊格醫生家吃完飯後，下午看隔天早上天亮才要搭船離開的病人，這些病人通常在部落都有親戚朋友，會在親戚朋友家過夜，然後小妹把住在部落的居民排在下午看診的最後面。

以前只有伊格醫生一個人的時候，門口總是排隊站滿人，後來小妹改了制度，讓大家早上拿到號碼牌後通通回去工作或是休息或是聊天或是吃飯，小妹請了兩個當地跟著她學英文的孩子當跑腿，每個小時去叫人回來看診。終於，診所門口不再有人站在大太陽下排幾個小時的隊。

小妹開始爲伊格醫生看診的十來個部落的村民建立病歷和資料庫，一共兩千多人。伊格醫生除了到不同的部落和小村看診之外，還安排每兩個月從美國南下一個十來人的醫療團帶著醫療物資到部落。由於一個人行李可以帶六十到七十多公斤，十五個人就是一千公斤的物資，每次他們下來都會帶著伊格醫生欽點的藥物和專科醫生，其中又以小兒科醫生和婦科醫生最爲重要。

小妹從第一眼見到伊格醫生就爲之著迷，他的皮膚曬成古銅色的，笑起來很爽朗，很淘氣很愛開玩笑，病人和所有村裡女生都很愛他。伊格醫生常常對著小妹唱西班牙文歌，幾乎每個週末都會找個理由在屋頂弄個很正式的燭光晚餐拉著小妹一起吃，吃完摟著小妹跳探戈。

小妹幾次很想吻伊格醫生，但總是在最後關鍵時刻怯場了！

終於，有一夜，小妹鼓起勇氣去找伊格醫生攤牌，小妹站在伊格醫生的房門口，看著正躺在床上看書的伊格醫生，小妹走進房間直接坐在床邊，問：「伊格醫生，你在看什麼書？」

「就一本英國人在阿根廷的旅遊書，沒什麼！」

「你爲什麼對我忽冷忽熱的？你總是煮飯給我吃，逗我開心，還在我房間的窗台種了一整排的花。但，有時候卻又突然好像很討厭我，突然完全不想理我，你這樣讓我很不舒服！」小妹委屈地哭了。

伊格醫生將書放下後摟著小妹，說著：「妳誤會了，我沒有討厭妳，妳到這部落是我最開心的事！」

「你喜歡女人嗎？」小妹問。

「我喜歡女人，我也很喜歡妳，但我不能當你的愛人。」

小妹哇一聲的哭了出來，伊格醫生輕輕地摟住了她，唱了首西班牙文歌給她聽。

「妳今天睡這邊吧，我睡旁邊的吊床陪妳，我們就這樣作伴三個月，好嗎？」

隨著小妹和伊格醫生同進同出，日以繼夜地在幾個小部落服務，所有人都理所當然地覺得他們是一對了，只有他們心裡知道，他們是相愛，但卻從來沒有做愛過，連親吻都沒有。

一天早上，伊格醫生和小妹在一個小機場接一團由麻州十二位醫生組成的醫療團，由於扛來的物資超過一千公斤，遠遠超過小飛機所能負荷，他們包了兩架飛機分了兩趟才飛到Leticia，接著他們租了三輛車在小機場和小旅店來回接送。當夜，他們便在該地的一間小旅店下榻過夜，晚餐都是討論著這次在機場因大量藥物被請到小房間的故事。

小妹問他們：「最後如何從海關的小房間脫身？」

他們說：「我們帶著所有醫生的美國執照和所有藥品清單還有伊格醫生成立的『亞馬遜醫療服務團』的邀請函，海關還能怎麼樣刁難我們？」

晚餐還沒結束，病人開始一個個地到小旅店求診，通常都是一位中年婦女帶著一位老人或是帶著一個小孩前來求診。

於是，兩、三位會說西班牙語的醫生拿了酒精擦了手，就開始看診了。

小妹看著醫生們開始在行李箱找一些藥物裝袋，交給病人。突然有位醫生在箱子裡找到一件淺藍色的短袖棉上衣，丟給了小妹一件也丟給了伊格醫生一件，小妹打開衣服上面印著一行白色的 Medical Mission in Jungle（在叢林中的醫療服務團）。

隔天早上四、五點，港口停滿了大大小小準備開航的船隻，其中有兩艘是伊格醫生租的船隻，每艘要裝五百公斤的藥品和六、七位醫生，船夫將所有物品都堆在船頭，人往中後段排成一列坐好。船一路向上游走，亞馬遜河向兩旁退去盡是深深淺淺的墨色塊所組成，小妹坐在最前頭，風大拉了拉外套的領口，長髮在風裡飛散著。

在太陽在身後四十五度仰角的高度時，兩艘載著藥品和醫師們的船就抵達了伊格醫師和小妹住的兩百人小部落，船還沒靠岸，所有人便等在岸邊幫忙醫生們提行李。不久後，一行人抵達了部落的教堂，此時教堂外已經開始有排隊看診的病人。小妹從背包拿出了寫著號碼的壓舌板，開始整理病歷，準備開門看診。

伊格醫生將醫療團分成三團，第一團是會說西班牙文的醫生們，先吃飯，吃完飯準備看診，第二團是年輕健壯的醫生們，將所有教會的椅子搬到外面去，讓病人排隊坐著等門診，再用床單將教堂大廳隔成八個到十個門診間，每個房間有從學校搬來的桌椅。伊格醫生將比較需要隱私的內診和婦科排在最裡面，不好移動的外科和小兒科排在外面。第三團的醫生們在教會大廳最裡面弄了一個藥房，將一千公斤的醫療物資拆箱後，開始分裝藥物。

小妹在醫療團抵達的前幾天就整理好周圍部落兩、三千份病歷，另外還有一大疊新的病歷準備給第一次來看病的新病人。在小妹到部落之前，部落的病人都是沒有病歷也沒有任何家族病史紀錄的，所有的醫生都是拿著一張白紙看診。

看診一直持續到太陽下山，晚餐時間，大家吃著伊格醫師請部落婦人幫忙煮的義大利麵，喝著新鮮檸檬水，吃著新鮮的木瓜。

此時，一名婦人帶著八、九個孩子由大到小整齊地在離教會有點距離的地方站成一排，很理所當然的，醫生們請他們一起進來吃晚餐，吃飯間醫生們很自然地聊起了此地的高生育率。

「其實是因爲有孩子他們才能得到資源，所以他們一直生孩子，只要他們手上有個寶寶，自然大家就給他們吃的喝的，孩子三、五歲就可以到街上賣東西，孩子賺的錢遠比大人多，這才是他們一直生孩子的原因，因爲孩子可以養活大人。」小妹說。

「這裡的教育情況怎麼樣？」

「很糟，以前有位德國神父在這邊照顧五十年，建立了學校和教堂，神父教會男孩子們開車修車，蓋房子修房子，這裡的水塔與自來水系統也都是他弄的，這裡的路也是他鋪的。很遺憾的，在他過世後，因爲水塔和自來水系統他們都沒學起來，所以就有越來越多人家沒有自來水用了，可惜我也沒太多時間去學。」伊格醫生沈重地說。

晚餐後，醫生們先後去梳洗，再將一頂頂的蚊帳綁起來，鋪好睡袋，然後喝著新鮮的檸檬水，再開始用封口袋分裝藥物。一位醫生先將要分裝的特大瓶裝藥物取出放在桌上，其他人將數百顆藥丸倒在桌上後，用湯匙數著一顆顆的藥物到一定數量後，再用馬克筆在封口袋上寫上藥品名稱和數量，好節省明天病人的取藥時間。

五點，天未破曉，小妹開始在教會門外替每位病人一一掛號，取出病歷後放在桌上疊好。伊格醫生與兩位年輕醫師載著藥物，各騎著一匹馬到附近一個部落看診過夜，隔天傍晚才回來補充藥物，然後隔天一早再騎馬到另外一個部落看診。

十幾個人就這樣忙了六天，看了將近三千位病人。十二位美國麻州來的醫生們在部落服務完最後一位病人後，連晚餐都沒吃，就趕緊打包搭船回到Leticia吃晚餐，梳洗過夜。再隔天一早搭飛機前往首都波哥大，所有人在波哥大買了一個當日觀光旅遊團，晚上在飯店好好地睡一覺後，隔天再搭飛機到美國邁阿密轉機回波士頓。所有醫療服務團在波士頓機場拍了一張大合照、並且禱告感謝上帝後，醫療團隨之解散。

離開部落前，醫生們將所有可以贈送的衣物、鞋襪、背包、蚊帳、頭燈、書籍等等都留給伊格醫生，並將所有剩下的藥品都分類裝箱搬到伊格醫生的小診所。有一位老醫生離開的時候只帶了一個小小的腰包，他是穿著拖鞋上飛機回美國的，他說他什麼都不需要，可以的話，他希望他可以退休後再回到亞馬遜服務！

醫生們先後幾次問伊格醫生：「什麼時候回美國？」

伊格醫生回答說：「我也不知道！」

伊格醫生在醫療團服務期間便告知各部落，下個星期診所關門。

隨後，伊格醫生與小妹在一位當地人的帶領下，揹著背包和帳篷出發去找巫師。三個人也不知穿過了幾條河流，也不知在雨林裡走了多久。小妹發現在雨林裡走著很容易失去對時間的感覺，因爲在樹木濃密參天的雨林裡，是看不到太陽現在是在哪個位置哪個高度，必須看手錶才能知道時間。一路上，小妹全身被嚴重叮咬，因爲怕感染，也不知道是該抓還是不該抓。

黃昏，他們在小河的上方處搭了帳篷。在雨林，河水在雨季容易暴漲暴跌，如果不希望醒來人和帳篷泡在水裡，帳篷至少要比河水水面高三、五公尺以上才是上策。小妹出發前已經知道全身都會是濕的，所以穿著速乾的褲子和上衣，爲了方便裡面還穿著比基尼，比基尼的材質比純棉內衣褲乾得快，唯一無法改善的就是乾得慢的靴子和棉襪。

伊格醫生與他們的當地友人撿了樹枝生了火，還煮了咖啡，烤了蜂巢當晚餐吃。因爲河水有點甜味，咖啡雖然是黑咖啡倒也甘美。伊格醫生和小妹把襪子洗乾淨後，將登山靴的鞋墊與靴子一起擱在火堆旁的石頭上烤著，蜂巢還沒吃完，鞋襪就乾了。倒是他們的當地友人在雨林裡也是穿著一雙拖鞋，根本不在乎的樣子。

「你知道法文裡有一句Déjà vu嗎？」伊格醫生問著。

「知道啊，意思就是現在在你眼前發生的事情，以前好像發生過一樣。」

「我在認識妳之前，就知道妳會來了！」

「什麼意思？」小妹不解。

「我曾有一次跟當地朋友去找巫師，想要看他們是怎麼治病的，巫師握著我的手說等我很久了，接著我在那邊住了一個星期，看他們怎麼治病，怎麼生活。其中兩個晚上，巫師讓我喝了藥，我就看到妳了！」

「妳看到我，長得一模一樣？穿著一樣的衣服？說一樣的話？」小妹很吃驚地問。

「其實不是用『看』的，而是用『感覺』的，那種感覺會讓你失去對時間和對空間的感覺，也許應該是說時間和空間在通靈時沒有意義。你可以感覺得到這個人靈魂的亮度和能量的大小。」

「所以你看到我的靈魂？」

「是的，很乾淨很亮的靈魂，因爲妳的快樂是來自於妳對別人的愛，與物質享受沒有關係。」

「可是每個人都愛我，就你不愛我！」小妹很稚氣地抱怨著。

「我是愛妳的，只不過，我只是妳生命中一個過客而已，我帶妳去見巫師妳就明白了，巫師也在等妳。」

「所以你是愛我的！」小妹甜甜地笑著，根本不在乎什麼巫師不巫師的。

「是啊！我是愛妳的！」伊格醫生坦白地承認，又接著問：「你相信能量是可以累積的嗎？」

「嗯！這是當然的啊！」

「那妳相信靈魂的能量也是可以累積的嗎？」

「我不知道！」小妹越發地聽不懂伊格醫生在說什麼了。

「記得妳跟我說過，妳的母親的父母是柏林和白俄羅斯的猶太人，在二戰時所有家人都死在集中營裡，但因爲他們年紀很小，所以被送到美國當難民，讓人領養。那妳相信他們的能量在死後，會傳給你們嗎？」

「我相信他們的愛會傳給我們，如果你相信愛是一種能量，那應該算吧！」小妹沒把握地說著。

「那如果我告訴你，我的祖父是二戰逃出來在阿根廷落地生根的納粹，我是他們的孫子，你覺得他們在我身上留下了什麼樣的能量？」

「那又不是你的錯，跟你有什麼關係？」

「你知道很多納粹的後代，爲了避免孩子和自己活著受一樣的苦，決定終生不婚不生，自願性的滅絕後代。他們在世界的不同角落隱姓埋名地苟且活著，都選擇了這樣過一生一世，怎麼可能會沒關係呢？」伊格醫生聲音漸漸低沈。

「可是我愛你啊！部落的人愛你啊！這還不夠嗎？」小妹抱著伊格醫生說著。

「我知道，妳來了以後，我的小診所變得好熱鬧！等妳見了巫師，妳就不會再傷心了，因爲妳感覺到天地萬物的愛，妳會知道生命的答案，妳會知道我們爲什麼相逢，爲什麼活著，然後妳就不會因爲我不能回應妳的愛而傷心了！」

「我不信！」

「妳見了就會相信的。我小時候最愛的人就是我的爺爺，我每年夏天和冬天都會飛到阿根廷去跟我爺爺住在一起，他有一個很大的農場，我會跟他一起騎馬，跟他一起照顧農場。我還因爲騎馬騎久了，讓我大腿小腿內側都有一塊長不出腿毛來！」

伊格醫生停了一下，將幾根撿來的枯木丟進火中，繼續說：「念大學後的某一年夏天，我帶一些朋友到阿根廷玩，我爺爺本來很親切的，直到他知道我有一個朋友是猶太人。他等到只有我一個人在他身邊的時候，竟然用德文跟我說：『你怎麼會跟這種人交朋友！』他說那句話時，眞的是把我嚇壞了！我親愛的爺爺變成一個我不認識的人！從那天起，我對爺爺所有的愛就都變成了怪獸，這怪獸一直一直吞食著我。」

小妹伸出手握著伊格醫生的手，伊格醫生接著說：「等到爺爺過世，爺爺把他一切的東西都留給我，他的農場，他的信件、照片、日記，從此我被關進了我親愛的爺爺親手建的集中營裡。」

「那都跟你沒關係的！」小妹大聲堅定地說著。

「你不明白，從此以後，只要我稍微不喜歡一個人，我就會懷疑自己是不是一個種族歧視者，只要我稍微覺得自己眞是聰明又優秀時，我就會懷疑我是不是一個種族優越者，只要我稍微表達自己對阿根廷或是美國的愛的時候，我就會懷疑自己是不是一個愛國主義者，我最後被逼到必須到一個遙遠的地方從事醫療服務，才能好好地睡覺。」

「爲什麼你爸爸沒有這個問題？」小妹問。

「因爲我爺爺討厭我爸爸，覺得他太軟弱沒出息，我爺爺最喜歡我，他覺得我最聰明，長得也最像他。爺爺最喜歡誇說我七歲不到，第一次看到小馬、小牛生產都沒怕過，反而是我爸爸看到生產的動物一直發出痛苦的聲音，他就受不了。」伊格醫生雖然沒有落淚，但是聲音卻哽咽了，他接著說：「我喝了巫師的藥，回到了那一天，我才明白我的存在就是對我祖父最好的懲罰，我是他最心愛的小孫子，長得也最像他，念了全球最頂尖的醫學系，可是我的好朋友卻讓我親眼看見我爺爺是個多麼醜陋的人。我從此失去爲自己感到驕傲的能力，我也從此失去愛人和被愛的能力，因爲我害怕生出一個像我爺爺一樣的兒子。」

「我剛剛在想，你的爺爺雖然不喜歡猶太人，但他對你的愛是眞的，他也許對其他人是很好的。」小妹說。

「不，如果我是一個長得很瘦小又很軟弱蠢笨的人，我爺爺會像討厭我爸爸一樣討厭我，他愛我純粹是因爲他在我身上看到他自己年輕優秀的樣子，你覺得這是愛嗎？說到底，我爺爺還是只愛他自己，愛自己是全世界最優秀的人！」

「其實，很難說，如果我們接受了當年你爺爺接受的教育，我們會不會變成和你爺爺一樣的人！這是整個環境和教育的共業！」

「這是我最痛苦的地方，我相信如果我活在那個時間空間下，我也許會傷害你，我也許會殺了妳，我也許沒有勇氣挺身而出去救妳，因爲我跟我爺爺太像了！」

「你有這麼多假設是要幹嘛呢，最重要的是，我們都活在這時空不是嗎？」

「可是能量卻是延續的，你會不會常常覺得那些離開你生命裡的人其實從來都沒離開過？他們的能量被留在你的身上了？」

「嗯！我小時候去奶奶家的路上有很多太陽花，後來我看到太陽花就覺得很有力量，很有精神，會想起我奶奶的話，她說我是朶太陽花，向著太陽，她要我以後遇上任何不開心的事就向著太陽，所有問題就會解決了！」

「我爺爺告訴我，我是最優秀最聰明的，我可以做任何我想做的事！」

「爺爺說得很好啊！你就選擇了來亞馬遜幫助這裡的人不是嗎？你這一身本事其實就是把刀子，你是要拿刀子爲病人開刀，還是砍人，還是切牛排，這都是你決定的，不是嗎？這是你的人生，你管那麼多幹嘛？」

「妳還眞會說話！」伊格醫生聽到切牛排，終於還是忍不住笑了。

帶路的原住民裹著一個毛毯就躺在半明半滅的火堆旁睡著了，小妹和伊格醫生的鮮黃色兩人帳篷的空間其實挺大的，兩個人在黑暗中面對面側躺著，好像再說什麼都嫌多了。小妹在黑暗中伸出了手，碰到了伊格醫生的手臂後，順著往下握住了伊格醫生的手。

「我今天很開心喔！」小妹笑說。

「爲什麼？」

「因爲你今天承認你愛我了，而且知道你不能跟我在一起是那個什麼狗屁能量問題，而不是因爲你另外有愛人！」小妹說得很開心，伊格醫生聽到小妹開心的聲音，自己也開心了起來！小妹接著說：「而且你爺爺已經死了，不管他留下什麼能量，他已經死了，而我還活著，我是不會輸給他的！」

小妹伸出另外一隻手摸著伊格醫生的臉，然後撐起身子在他臉吻了一下，說：「晚安，我親愛的伊格醫生。」

兩個人就這樣牽著手睡到了天亮。

三人在天亮後吃了簡單的早飯上路，伊格醫生看起來特別有精神，三個人說說笑笑地趕路，心情好也走得特別輕鬆，最後，三個人趕在日落前趕到了巫師的小部落。

巫師是位女性，膚色暗沈，看起來矮矮胖胖的，跟他們平常看到的病人沒有兩樣。此時，他們的朋友爲他們翻譯，告訴他們巫師請他們先去河邊梳洗，好好休息一下。伊格醫生和小妹兩個人躡手躡腳地披著大毛巾，帶著肥皂和洗髮精到河邊洗澡。伊格醫生脫光了衣服裸身走進河裏，小妹穿著比基尼坐在河邊的石頭上梳洗，這時河面是墨黑色的而月光皎潔打在河面上破裂地映著，兩個人隔著遠遠地望著彼此在月亮下的剪影，幸福漫溢在河面上。

伊格醫生游到了河岸邊做手勢要小妹游進河裡，小妹歡喜得不得了，游到了伊格醫生的身邊，伸手環抱著伊格醫生，她心底像是笑出了一朵甜甜的花來，但身體卻冷得發抖，伊格醫生在映著月亮倒影的亞馬遜河中吻了她，他清楚地知道，他懷裡這女人是來拯救他破碎的靈魂的。

隔天一早，天還沒亮，他們落腳過夜的高腳屋外就已經有人在排隊要見醫生了。伊格醫生一如往常把醫療器材都整理好，包括解剖刀、縫線、彎針、鑷子、酒精、棉花、壓舌板等等。三個人扛了將近四十公斤的藥品和十公斤的醫療用品，這時擺出來看起來卻只有一點點。其實小部落的醫療問題大部分都不是伊格醫生可以解決的，譬如：長時間的營養不良、肌肉與關節的過度使用、沒有立刻處理的骨折、滿口的蛀牙卻沒有牙醫、仍然不知爲何引起的綜合皮膚病、反覆發作的瘧疾等等。

早上看完診，吃過當地人煮的中餐後，三個人在小村莊裡到處走走，依然可以看到可口可樂和踢足球的小孩。可口可樂也許在先進國家中是非常不受歡迎並且破壞健康的含糖飲料，但是在營養不足的環境中，或是沒有乾淨飲用水的環境中，瓶裝的可口可樂對嚴重腹瀉後的村民簡直是上帝的恩賜。

有一次大雨滂沱，河水暴漲，所有食物都泡水了，村民在沒有乾淨的飲用水之下，還吃著泡水的食物，不用幾天，整個村莊的人都不停地腹瀉著，伊格醫生掏錢買下了前後幾個部落所有的可口可樂，拿酒精將所有杯子和瓶口都消毒乾淨。接下來所有腹瀉的病人只准喝可口可樂，不用兩天，病人又活蹦亂跳地去工作了！

第二天的晚上，小妹和伊格醫生梳洗後，由當地人帶到一個圓形火堆旁的兩張草席上，小妹心裡有數，是巫師準備了亞馬遜部落傳下來的藥物，準備帶著伊格醫生和小妹通靈。巫師將黑色濃稠的草藥倒入一個對剖的乾硬種子殼裡，先後端給伊格醫生和小妹一人喝一勺，草藥味道苦澀難聞，兩人喝完後回到草席上盤腿坐下。

巫師身上披掛著一些飾品，身上穿著傳統服飾，口中或是唱著或是唸著，都是小妹聽不懂的。接著，巫師吹奏著各種管樂器，長長短短的各種笛子，也有一排的，也有兩支並列的，也有單獨一支的，各種木管樂聲高高低低地迴盪在林子裡。

小妹閉上眼睛看到千萬光影從眼前飛過，知道是藥力發作了，她睜開眼看到眼前早已看習慣的雨林中的萬千生物發著點點的綠色螢光，有的亮度大有的亮度小，她瞬間明白了萬物皆有靈是什麼意思，所有生命都是有靈的，而且所有的靈都是有連結的。小妹感覺被眼前所有的生命與所有的靈愛著，心裡只是不停的用意念反覆說著：

「謝謝祢們保護著我們，保護著地球。」

小妹眼淚因爲對眼前萬千生命的愛滿了出來，完全停不下來，心中不停地感謝著。

巫師一邊吹著笛子一邊拿著扇子將煙掃了起來，小妹見到各種灰階的靈飛到巫師與營火的上方盤旋迴繞著，小妹在那片刻便明白那是族人的祖先們。有些靈比較亮，有些靈比較黯淡，祂們喜歡圍繞在煙火周圍，吸著煙，繞著圈圈。其中一個比較淘氣的靈還闖進了小妹的身體，讓小妹身上發冷發熱，十分不舒服。巫師見到迅速到小妹身邊，他一手一直按在小妹的天靈蓋上，另外一手拍著背或是按著小妹的額頭，整個過程一直口中唸個不停，期間還在地上吐了幾口口水。

不舒服的小妹只是反覆地想著：「請祢離開我的身體吧！祢這樣讓我很不舒服，我們是來替祢的子孫們看病的醫生們，我們會好好照顧他們，請祢離開吧！」

小妹那夜明白了，除了樹的靈會隨著時間越來越強之外，幾乎所有生物的靈的亮度是一定的，沒有太大的差別。只有人，只有人的靈魂可以因為不停地付出和不停地愛著而越來越亮，也只有人的靈魂，可以因為失去愛人的能力而極為黯淡。

只有人是這樣的幸運，我們的每個意念與選擇決定了自己靈魂的強度，而那些擁有極亮白光的參天大樹就是人類最重要的守護神。

當人過世後，如果靈魂能量夠強，靈魂會往宇宙飛去，回到我們來的地方，而那些黯淡的靈魂還要重新來過一次，重新學會付出，重新學會愛。

小妹在那瞬間明白了一切。

地球上的每個人做的每件事都牽動著每個人，每個生命都是綿密地連結著的。

儀式到早上五、六點，小妹和伊格醫生萬分疲憊地回去休息，一路睡到隔天下午一、兩點。

「妳明白了嗎？」伊格醫生問。

「嗯！」小妹看起來依然有點恍惚。

「妳知道我昨天什麼都感應不到嗎？」

「眞的？」

「因爲妳的場太強烈了，干擾到我的場，最後我就放棄了，我就躺著睡覺。」

「我的場很強烈？什麼意思？爲什麼會干擾你？」

「不知道，我只能感覺到妳那邊的能量很大，所以我這邊一直沒辦法進入通靈狀況，我猜可能就好像妳那邊音樂很大聲，所以我這邊的音樂聽不清楚吧！就好像有些意志薄弱的人通常就是跟著一個意志堅強的人後面走著，因爲感覺不到自己的意志，只感覺到別人的意志！」

「可是我沒有看到未來，也沒看到那些出現在我生命的人。」

「那是因爲妳沒有想要看到，妳昨天看到的東西，是妳多年來一直想看到的東西。妳昨天看到了什麼？」

「我看到了生命的答案。」

「嗯！眞好！妳今天晚上還想再看一次嗎？」

「嗯！我想看一下我生命中和我有連結的人。我想問一下，你說你當時看到我是什麼狀況？」

「就只是一些忽遠忽近的畫面，一些模糊不清的片段。我看到我們在月亮下在河裡游泳，我看到妳點著蠟燭寫病歷，我看到妳用著黑色垃圾袋綑著病歷然後抱著它搭船，我還看到妳同時趕著寫四份病歷。」

「你那時候就知道我是猶太人嗎？」

「不知道，我只感覺到妳的靈魂很強大，感覺到妳安慰了我的靈魂！」

小妹聽到這裡覺得非常開心，摟著伊格醫生說：「我安慰了你的靈魂呢！」

第三天夜裡，重覆著一樣的營火，喝著一樣的藥水，小妹一樣地盤腿坐在草席上，這一次她發現她的靈魂離開了身體，她在上面看著躺在地上的自己。突然眼睛被巨大的金光刺著眼，她發現有人用手在推擠著自己的右肩和右下顎，她一直到自己被推擠出後，張開眼睛，眼前的金光散去，她看到幾個人圍著自己。

此時，她突然明白，她是回到了出生的時候，那金光是全宇宙傾注的愛和祝福，宇宙間沒有任何的愛可以超過對一個新生命的愛，沒有任何光芒可以比金色光芒更高等。被金色光芒圍繞的小妹感覺到宇宙間所有的愛，她的眼淚止不住地流出，像是被澆灌的愛滿到無法承接而流了出來。

每個人的出生，竟然，是被全宇宙傾注澆灌著愛與祝福。

小妹從小就聽說自己出生時胎位不正，助產士還需要將手伸進母親的陰道裡調整一下小妹的位置後，小妹才順利出生。沒想到，小妹今天竟然體驗到了！

小妹發現自己成爲一個全知的狀況，她同時躺在地上可以感覺到營火傳來的溫度和夜裡雨林傳來的徐徐涼風，她同時漂浮著可以感覺到祖靈們對她與對醫藥的各種好奇，她同時可以連結著雨林萬物的點點綠色螢光。

小妹聽得很遠，看得很清楚，但卻又不是用眼睛，也不是用耳朵，所有感知的接受都是直接用大腦連結，而不透過臭皮囊的其他感官。

小妹突然明白，原來最強大的人，是能和天地萬物有連結的人，是跟祖靈有連結的人，小妹的眼淚從幸福滿溢的眼淚變成了哀哀痛哭著的眼淚，因爲她感覺到天地萬靈今日的苦痛。

今天，我們終於什麼能力都失去了！

人類雖然可以上得了月球，但卻與地球完全脫離了連結！

在飛快的光線和畫面閃過眼前一段時間後，小妹聽到了巴哈的無伴奏大提琴，知道是那個人出現了，他是一個拉大提琴的男人。小妹眼前出現一個男人的背影，小妹跟著他的背影，逆時針走在迴旋的樓梯裡，越爬越高，一直爬到頂樓。

那男人沒有回頭，小妹卻可以淸楚知道這男人的性格，他是個沈穩又聰明的男人，小妹也感覺到他的樣子，他戴著一副眼鏡，頭髮很多，有點凌亂。這男人會穿著燙過的白襯衫，袖口往上捲了兩截，領口最上面的釦子沒扣上，穿著剪裁合宜的牛仔褲，斜背著一個很老舊的牛皮書包，騎著一輛全白色的腳踏車。他的房間很乾淨，東西極少，沒有任何多餘的東西。他心思複雜難解，靠著爲政府當智庫撰文，收入很高，週末會到酒吧買些毒品讓大腦解脫，小妹會是讓他離開毒品的人。小妹還感覺得到他是一個不相信靈魂的人，不相信小妹曾經通靈的人，但是不管小妹說什麼他都會安靜地聽著。小妹很清楚地知道，這個男人會在未來走進她的生命。

夏天結束，小妹回到美國繼續她的學業，她選修了神經科學研究所的一些課程，也開始閱讀研究亞馬遜藥物在神經科學裡發表過的論文，並決定專攻藥物在大腦認知功能裡的交互作用。小妹在聖誕節寫了一封電子郵件給伊格醫生。小妹告訴伊格醫生她絕對不會屈服於命運的安排。今日，小妹無法解釋爲什麼百分之七十的人曾有過「既視感」，更無法解釋爲什麼亞馬遜的藥物會讓人的大腦覺得與祖靈產生連結，與天地萬千生命的靈產生連結，與宇宙的起源產生連結，但小妹相信這一切都只是今日科學無法解釋而已。

小妹信件寫著：「既然我們是相愛的，我絕對不會就這樣放棄，我們聖誕節見。」

伊格醫生看著祖父剛到阿根廷時買下農莊的照片，照片裡的小木屋後滿滿都是樹，祖父當年爲了養牛而砍去了一大片一大片的樹林，伊格醫生決定等美國退休醫生南下接手他的亞馬遜診所後，他就回到阿根廷將每棵樹都種回來。

因爲，這裡的每一棵樹都會滋養他的靈魂，他也會用餘生來照顧這片土地。

此時，我們已經花了四個多小時聽了七個故事了！

我們美麗的凱莉女王在魔幻的亞馬遜故事後，請大家去休息一下，好幾個網友帶著筆電去廚房找食物和飲料。小愛德華從地下室的冰箱中翻出了火腿和起司，還有一個足夠吃上半個月的冷凍雜糧圓麵包，皮耶煮了幾個水煮蛋，從冰箱取了一顆紫色萵苣，再從木架上的幾罐玻璃瓶中取了一些堅果，最後找了一個透明大碗弄了一大碗沙拉。最讓我們羡慕的還是擁有整個郵輪廚房的馬力歐，他打開冰箱裡有各式各樣的剩菜剩飯讓他挑選，他找了半鍋蔬菜濃湯熱了配麵包沾著吃。

Chapter 8

第八個故事

THE EIGHTH STORY

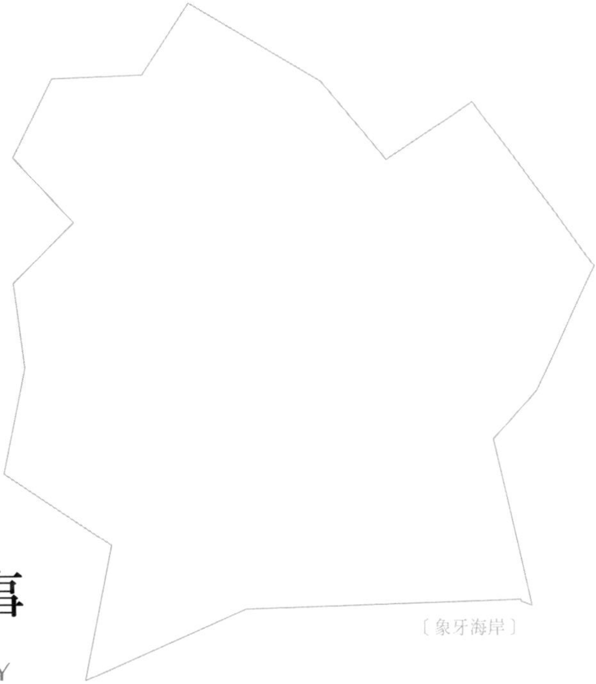

〔象牙海岸〕

請妳放心，我一定會好好活著，
因爲我的命是妳救回來的。

我們美麗的凱莉女王在所有人都回到螢幕前後，對大家說：

我們目前還有三位還沒有爲大家說故事，一位是艾瑪，一位是我，還有一位是成立《十日談》聊天室的神祕女郎。因爲我希望今天由這位神秘女郎爲我們說最後一個故事，由她來跟大家說再見。所以，等一下就先請艾瑪替我們說第八個故事，可以嗎？」

網友們很有默契地拍手通過，於是，艾瑪就上場爲大家說一個故事了。

艾瑪是一個有著圓圓臉蛋與一頭金髮的女孩，看起來特別年輕。她笑嘻嘻地和所有人熱情的打招呼，自我介紹說：「我目前在美國大使館服務，服務的國家就不說了！大概從二月開始，全球就陸續有一些官員眷屬撤退回美國，三月開始，所有留學生和獎學金學生都必須中斷學業回美國，所以我住的地方就剩下我們這些人還守在駐地國。我們雖然人在這裡駐守著，但上面有明文規定『哪裡都不准去』，只准留在家中，或必要時前往駐館。所以，我現在就是無止無盡地在家中等待上面安排！我今天就在家裡做瑜伽與聽各位說故事，我今天竟然做了四個小時的瑜伽喔！哈！哈！」鏡頭前傳來艾瑪爽朗的笑聲。

「我今天要說的故事是我好朋友莉莉的故事，我很想念莉莉，我覺得讓你們聽到莉莉的故事就好像你們也認識了莉莉一樣，好像莉莉也在這邊陪著我們一起度過二〇二〇年。」

故事發生在二〇〇一年的象牙海岸，莉莉和我都是在象牙海岸從事兩年教育服務的美國和平服務團志工，這故事就是從莉莉與我到象牙海岸服務開始，二〇〇二年象牙海岸發生內戰，最後我們被迫離開象牙海岸。

莉莉是美國華人移民的第二代，爺爺奶奶說福州話，爸爸媽媽說中文，所以莉莉即使漢字閱讀書寫都不太好，但用中文溝通卻是完全沒有問題的。一個週末，莉莉和我還有一些美國志工到象牙海岸的中國餐廳用餐。莉莉很開心地和餐廳裡的華人聊起天來。莉莉告訴我，當地餐廳的老闆和員工多半是從中國出來的新移民，其中以中國南部幾省的移民居多，通常都是同鄉和親戚，一個牽一個，飄洋過海來這裡開餐廳和超商。華人只要願意認眞經營十年二十年，通常都是有房、有車、有餐廳、有超商，小孩子可以進入國際學校與各大使館的官員孩子一起念書，過的是當地中上階層的生活。

當然，後來莉莉才知道，這種餐廳通常都有個貴賓室，專門接待某國石油公司和某國大使館等高級貴賓和官員，莉莉說，這叫「魚幫水，水幫魚」。

有一天，聽說一艘停在象牙海岸港口的國際遠洋漁船有人跳船，他游上岸時已經奄奄一息，也不知道活得下來活不下來。這位跳船的人就是這個故事的男主角，他跳船那天，剛好岸邊有幾位法國學校老師和美國志工在港口邊散步拍照，他們發現了這位剛從海裡被撈上來的男主角，並且熱心地帶他到醫院，看在法國人和美國人的面子上，醫院也不可能置之不理。這位撐著最後一口氣游到海岸並且身陷謎團的男人，整整躺了三天才能坐起身子。在身體復原後，有警察帶著中文翻譯來醫院錄口供，但他始終不開口，因此出院後，他就因爲非法入境而被送到移民局的拘留所了。

因爲這位跳海的男人是個亞洲人，因此象牙海岸移民局到各亞洲大使館請求協助，但這位先生一直沒開口，不久後，這謎樣般男人的神秘故事就傳遍華人圈了！

莉莉只要週末進城就幾乎都會到華人餐廳吃餃子，她先是在志工和國際學校老師社交圈裡聽過這件事，沒想到又在餐廳聽到這故事，她覺得自己與這位男子有緣分，她想去幫忙。

我美麗的莉莉委託了美國大使館打個電話，還帶了封美國大使館官員的信件，請求當地移民局幫忙，讓她去協助那位需要翻譯的國際人球。

爲了安全起見，上面有交代我們盡量不要單獨行動，所以莉莉邀請我陪同她一起去。我們先見到某位移民局的高級官員，官員招待我們吃飯喝茶，當然我們也乖巧地坐在那邊聽他吹牛。官員接著打一通電話，辦公室進來一位小警察，官員交代小警察要好好照顧我們。莉莉與我跟高級官員分手前還溫馨地拍了合照，我們一人還留了一張名片，說不定哪一天用得上。接著，小警察帶著莉莉與我去散散步，看看象牙海岸移民局和拘留所的各種努力與美好，還有美國未來可以幫得上忙的地方。

接著，小警察告知，在象牙海岸拘留所被關的犯人需要自己準備食物，不然就要交錢，拘留所是不會養犯人的，要是一塊錢都沒有，犯人只能活活被餓死。於是，沒有國籍沒有家人的男主角已經在這邊白吃幾個星期，欠了一筆錢了！莉莉二話不說，替男主角結清了第一筆拘留所伙食費，並在小警察的陪伴下，我們搭著警車，另外去替男主角從華人餐館和超商買了一些食物和日常生活用品給他，譬如：肥皂、洗髮精、內衣褲、衛生紙之類的。

因為非法移民不是殺人放火的犯人，他們只是沒有合法證件，所以非法移民蹲的拘留所其實待遇不太一樣，只不過非法移民不但牽涉到移民局、外交部和警政署這些不同的單位，甚至還會扯上一些國際救援組織，這種無主案件因為太過複雜所以總是不了了之。

國際遠洋漁船的船員在港口跳船向來不是什麼好事，通常都是船上有人長期被虐待和群毆事件才會逼到有人跳船，這事還會牽涉到國際法和人權組織這種非常難搞的單位，所以沒有任何單位想碰這燙手山芋。加上船隻的註冊國和船員們的國籍都不一樣，幾乎每艘船只要離港就是進入三不管地帶了，船員的安危就只能求上天保佑！

通常發生這種事，最簡單的就是大家都當作沒看到，但象牙海岸政府這次不敢隨便把這位男主角丟在路上，一切只因爲是美國人和法國人送他到醫院的，這些人跟國際媒體和各種國際團體都脫不了關係，既然每年國際救援撥款的金主是他們，自然他們救上來的人就不再是普通人，因此這位神秘男人必須被好生看顧著。

莉莉是在一間常春藤大學念新聞傳播的，只不過念到一半就先休學去當志工了，美國大使館的人對志工都非常好，尤其是莉莉這種常春藤名校出來的。大使館幾乎無論我們志工提出任何需要協助的地方，他們總是非常大方地幫助我們！

不知道爲什麼，莉莉一聽到這位被留在拘留所的國際人球的現況，她直覺這件事背後有個好故事，而這位未曾謀面的國際人球會影響自己的一生。

莉莉曾告訴我，她念新聞的唯一理由是：莉莉的恩師說她有絕佳的直覺，而直覺就是新聞從業人員最需要的天份。

莉莉的恩師在莉莉畢業時送她的一句話是：關鍵時刻時，妳要相信妳的直覺！

而我們會幫助這位在象牙海岸港口外跳海的神秘人物的唯一理由，就是莉莉的直覺。

莉莉與我先被帶到一個乾淨的會客室，她當時沒想太多，除了給這位國際人球的食物及日用品之外，背包還有分享給移民局的糖果餅乾、水瓶與相機。但我卻隨身攜帶著錄音筆，這隻錄音筆錄下了每次莉莉與神秘男人的對話，莉莉後來眞不知怎麼感謝我呢！

終於，這位神秘的國際人球在警察的陪同下，從一個小門後走了出來，他並沒有戴手銬或腳鍊，雖然看起來似乎完全在狀況外，但他非常鎮定地在莉莉與我的面前坐下來。

這位先生長得非常地削瘦高挑，鬍渣稀疏，頭髮長而凌亂，但眼睛卻是很明亮有神的，嘴唇單薄，鼻樑挺拔，其實在我認識的亞洲男人裡，他是很好看的。

看得出他已經梳洗過，而且睡眠飲食正常，只不過那些衣服對他而言眞的是太大了，幾乎像是掛在他的身上。

這時警察遞過一份簡單文件給莉莉，希望在莉莉的協助下可以塡寫完，他們說這份文件是在每個人到移民局的第一天就該完成的報案文件。

「你好，我叫莉莉，請問您說普通話嗎？」莉莉微笑著，有種溫暖的眼神，對方聽到莉莉說普通話，漂亮的眼睛就亮了一下，他微笑的時候，眼睛也彎彎地笑著。

「王康，我叫王康。」他的普通話帶著濃濃的鄉音，他是說福州話的，他拿過筆紙，寫下他的名字。

「請問一下，您的家鄉在哪裡？有任何可以打電話聯絡到的人嗎？他們有份表格，需要填寫您的聯絡方式，方便嗎？」王康只是靜靜地看著莉莉，似乎是在想什麼，卻不說話。

「不想說，沒關係，那麼，您的生日呢？」

「我是一九八二年九月二十日出生的。」

「啊！您還沒二十歲呢，比我還小一些！」王康看起來比莉莉滄桑多了，一點都不像十八歲的男孩。

「眞的？……那，妳幾歲？」

「大你兩歲，剛過二十歲。」

「我帶了些東西來，一起吃吧！」莉莉從背包掏出一些巧克力，發現天熱有點軟了，莉莉又拿出了兩個小型不鏽鋼水杯，將飲料倒入水杯說：「這是我昨天煮的菊花蜂蜜水，天熱的時候我媽就會煮給我們喝，您也喝一些吧！」

「謝謝。」王康拿起了不鏽鋼杯喝茶後將杯握在手裡，他看著上面印的學校校徽，又按了按手把上不銹鋼釦環，小釦環一開一閉的。王康研究杯子的表情裡有種淘氣，眼角與嘴角都淺淺地上揚著，說：「這設計很方便啊。」

莉莉說：「這杯子上的圖案是一間大學的校徽，我在那裡念大學，朋友知道我要來非洲買來送我的。上飛機的時候，我背包上就掛著這杯子呢。」

王康問：「妳老家在哪裡？爲什麼普通話說得這樣好？」

「我是美國人，我爸爸媽媽在家都跟我說中文，我在學校也學過幾年。」

「這樣啊！……眞好，我只上了幾年學，就到處打工賺錢了。」

「你知道你現在在哪裡嗎？」莉莉問。

「在非洲啊，這裡都是黑人。」

「這裡叫象牙海岸，是非洲的一個國家，以前都是出產象牙的，所以叫象牙海岸！」

「象牙，嗯，我小時倒是見過村子裡教書先生的印章是象牙刻的，他告訴我那是他祖父過世後，他花了點時間把印章磨平，然後再刻上自己的名字，不然他寫完書法作品後沒有辦法蓋章落款。」

「你有任何身份證明嗎？記得你的護照號碼嗎？」莉莉問，王康再次沈默不語。

莉莉後來不管再問什麼，王康似乎都沒有太認眞聽，只是微笑著看著她。

「他們只讓我待三十分鐘，我等一下就要走了，你還需要什麼嗎？」莉莉有點焦急。

「你下次可以幫我買包菸嗎？」王康很有禮貌地問著。

「還有什麼嗎？」

「我想要筆跟紙。」

莉莉聽到王康這麼說，就將黃色橫紋筆記本前面用過的那幾頁撕下來，再將整本筆記本留給王康。莉莉與我都將背包裡翻了翻，又找出了幾支筆留給王康。

莉莉再問：「還有嗎？」

王康猶豫了一下，鼓起勇氣說：「我想跟你學英文，不然都不知道他們說什麼。」

莉莉笑說：「他們說法文的，不是說英文。」

「那，我就跟你學法文！」

「我去問他們一下，看我可不可以每週固定來看你，但我不能保證！」

「謝謝妳。」

「不用客氣。」

「我想問最後一個問題，希望你可以告訴我，我不會跟別人說的。」

「嗯——」

「你爲什麼不願意讓我們聯絡你的家人呢？」

「因爲不是每個人都有家人的！」王康眼神飄向遠方，右手撥了撥凌亂的頭髮。

「嗯，我懂了。」莉莉微笑地點著頭，繼續說：「那，就讓我暫時當你在非洲的家人吧，除非你不願意？」

王康聽到大自己兩歲的莉莉要當他的家人，臉上出現了又是感動又是傷心的複雜表情，我這輩子都忘不了。我當時根本聽不懂他們的對話，這都是我跟莉莉後來一起聽錄音時莉莉告訴我的，我永遠記得在那安靜的片刻裡，莉莉和王康之間產生的強烈連結，不需要語言也能感受到那股力量。

莉莉回到志工們位於首都的宿舍，整個人躺進交誼廳的沙發上。宿舍的交誼廳裡有十來張可以躺進一整個人的長沙發，一個大型電視，一個投影機和投影機布幕。有些志工抱著筆電上網跟美國的家人用MSN聊天，有位志工領到了美國寄來的包裹，裡面是蘋果公司剛推出的iPod。

莉莉很好奇王康的故事，他是如何從遙遠的家鄉到了海上？又如何從海上到了象牙海岸的拘留所裡？王康說話的口音和莉莉的祖父一樣是福州腔，王康連那個削瘦的身影都有點像莉莉的祖父，如果莉莉的祖父母當年沒有離開中國，如果莉莉剛好又是個男孩子，會不會今天蹲在拘留所裡的就是莉莉呢？

隔天，莉莉跑到美國俱樂部與大使館的圖書室去找些法文書來印，印好後一張張地整齊放入檔案夾，再順便要了幾支筆與筆記本。接著，莉莉從電腦挑了一張好一點的全球地圖和非洲地圖印出來。最後，莉莉在宿舍門口跟賣菸的小販買了幾包非洲菸。

第二次去赴約的前夕，莉莉翻來覆去地睡得不太好，拿出了新的筆記本記錄著明天想要問的事。

莉莉與我第二次進入非法移民的拘留所時，已經是熟門熟路了。莉莉很有禮貌地跟幾位帶路和開門的長官打招呼閒聊幾句，再送上一、兩根菸。沒有人會去爲難兩位美國來的小姑娘，而且莉莉告訴我，她喜歡跟我一起出門是因爲我的一頭金髮和白皮膚，讓我們到哪裡都很方便，我們偶爾還蠻樂於使用這樣的特權來達到目的。

我們倆人到會客室的時候，王康已經坐在同樣的位子上等她了，莉莉刻意在門後觀察了他一下，看到他凌亂的長髮，她才發現自己竟然又忘了帶梳子，還好我隨身攜帶梳子。

莉莉推門走進會客室，坐進了椅子裡，說：「你好，這個星期過得怎麼樣？」

「他們都對我很好，謝謝妳幫我訂了中餐廳的飯菜給我。」

「他們一天來幾次？」

「就每天中午來一次，我通常就留一半晚上吃。」

「他們都送些什麼東西來？」

「炒飯、炒麵，炸過的一些食物，比較不容易壞吧！」

莉莉從包包翻出了一包拆過的香菸，她先請坐在旁邊的長官抽一根，然後再請王康抽一根。

「妳的背包好有趣，好像裡面什麼都有一樣！」王康淺淺地笑著，莉莉才發現他嘴角竟然有兩個酒窩。

「你知道大使館裡有人教我一些事。」

「什麼事？」

「他們說，如果我希望他們對你好一點，首先我看起來必須很尊敬你，對待你像對待個重要的大人物一樣。然後，我必須每次經過他們身邊都給他們一些小東西，譬如：香菸、糖果、餅乾之類的。」

「妳想多了，他們都對我很好，跟在船上比起來，這裡眞的就是天堂。」

「你不想要離開這裡嗎？」

「我現在有水喝，有飯吃，還有張床睡，我眞的沒有什麼好抱怨的！」

莉莉從背包翻出了一大一小兩個指甲剪，說：「我幫你剪指甲，然後你就繼續說你的故事好嗎？看你想說在船上的事，或是家裡的事也可以，或是你自己的事也可以。」

「不好吧！」

「我上次看你的手腳全都是傷口，手指甲還這麼長，很容易感染的。所以，我這次帶了一些藥膏來。」莉莉從背包翻出一條毛巾、一包酒精棉、幾條藥膏。

「我可以自己剪！」

「我剛剛不是說了嗎？我越尊敬你，你在裡面日子越好過啊！」

「喔！」

莉莉挪了椅子坐在王康左側方，先幫王康把左手的袖子捲起來，莉莉本來只想捲一小截而已，但她很吃驚王康整個前臂都是大大小小的疤痕，有的疤痕新，有的疤痕舊，她忍不住想看清楚，所以把袖子捲到手肘處才停止。

「如果你不知道要聊什麼，那我們就先聊聊你家人好了。」莉莉故作輕鬆地想讓王康說話。

莉莉用酒精棉把王康手掌內外五根手指頭都仔細擦乾淨了，雖然皮膚上有一層做粗工的厚繭，但看得出來曾有很長一段時間營養不良，手受傷了，傷口卻都癒合不了，好幾根手指頭都潰爛得厲害，黑的、紅的、粉紅的肉都混在一起。

王康用右手夾著菸，吐著菸圈，說：「我家就我一個兒子，我在一個只有幾十戶人家的小漁村長大。我們那邊的人都是打漁的，但是爸媽們其實都很不喜歡我們去海裡玩，因爲我們村子幾乎每幾年就有人死在海裡。那些死掉的人，都是誰的爸爸，或是誰的哥哥或誰的弟弟。妳可以想像，我們那裡每家都只能生一個孩子，通常當孩子淹死在海裡時，爸媽也老到再也生不出孩子了。在我們那邊，失去唯一孩子的爸媽活不下去而上吊也是常有的！」

莉莉開始小心地修剪王康很厚卻斷裂得厲害的指甲，王康接著說：「我出生的時候趕上了改革開放，所以從小就聽村子裡講著：誰家的誰出去掙錢了，掙了很多錢回來，誰全家搬到大城去住樓房了，誰家的小孩買了福州一整條街，將爸爸媽媽都接到城裡了，讓爸爸媽媽都過上好日子了！所以我從小就滿腦子想著要出去掙錢，給爸爸媽媽過上好日子。我還聽說有個遠房姨婆跟先生離婚了，到美國去結婚幾年後，拿了身分，把小孩跟先生全家都接過去了，住大房子，開大車子！」

「其實，美國也是有很多窮人睡在街上的！」莉莉說著，把王康的另外一隻手的袖子捲上，王康把菸叼在嘴上，將雙手擺在一起正反翻了兩次，看到一隻手的指甲又長又黑又破又裂，對比另外一隻手的指甲修得乾乾淨淨，竟然自顧自地笑了起來！

「你的手很漂亮，手指修長，特別好看！」莉莉張開自己的手，說：「你看我的手就小小的，跟個小朋友一樣。」

王康伸手捏了莉莉的手心說：「這就是有錢人家的手，細細白白的。」

「你知道嗎？在美國，我們特別欣賞什麼都會自己修的男人。」

「眞的嗎？」

「眞的，不管是修汽車、修電腦、修空調，都是我們特別欣賞佩服的。」

「那修船呢？」

「那當然也是很了不起的。」莉莉開始修剪王康的另外一隻手。

「他們爲什麼都叫我『稀諾啊』？」

莉莉笑得花枝亂顫，說：「那是法文，我今天帶了一些法文講義，一會兒會幫你上課，他們說我們今天可以待兩個小時。」

「其實我也好想念書的，我住的小漁村，就只有一個小學校和一位教了幾十年的老師，一年級到六年級同學也就十來個，然後越念人就越少了，因爲都跑到城裡了。」

「然後呢？」

「就山前那幾個村的人跑來我們村裡，問有沒有人要上船出海，花兩、三年就可以掙很多很多錢！如果運氣好還可以跳船當美國人，買張紙當個美國人的紙兒子。」

「跳船是什麼意思？」

「就是船靠岸的時候，跑掉不回船上了。」

「紙兒子呢？」

「就是跟在美國的華人買張紙，上面說我們在中國是親戚關係，我們前山就有人是靠買張紙，先去了香港，然後再去英國。」

「這樣要多少錢啊？」

「從幾萬到幾十萬都有，我問過幾次價格了，算過了，就算我賣顆腎都湊不齊數。」

「你幾歲上的船？」

「剛滿十五歲時上的船，我去老師家跟老師說我要去跑船的時候，老師還哭了，他送了我一本他收著二十幾年的字典。」

「他爲什麼哭啊？」

「他說船上壓力很大，又都是粗壯的男人，我太瘦弱又缺心眼，喜歡替人出頭，看不慣別人被欺負，仗著一點小聰明想要討回公道，但最後倒霉的一定是我。」

「那老師說對了嗎？」

「船上的日子眞他媽不是人過的，其實上船前就聽說了，只是不知道有這麼糟。」

「船上的工作是什麼樣子？」

「船上的工作很危險，有人拉繩子沒拉好，整隻手臂就都給扯斷了，或是天氣不好，浪大，船一顚就把人摔進海裡的也有，但是，最可怕的還是人。」

「怎麼說？」王康沈默了下來，沒有回答，莉莉也就不繼續問了，轉移話題，說：「我手剪完了，讓我幫你腳指甲也剪一剪吧。」

「別了，怪不好意思的，讓一個大姑娘幫我做這件事。」

「沒關係的。」

「別了，真的，我晚點自己來就好了。」

「不然這樣，我用酒精消毒，用棉花棒擦擦藥可以吧！我看過你的病歷，嚴重的營養不良和脫水，身上多處都有嚴重外傷，X光片看得出來你身上肋骨和上臂都有反覆骨裂和癒合的狀況。我跟他們談過了，下個星期帶你回醫院檢查一下！」

「我命賤，死不了，沒事的，也不需要去醫院了！」

莉莉問過了旁邊的長官，在他允許下讓王康坐在桌子上，把腳踩在椅背上，讓莉莉拿著鑷子用酒精棉擦拭潰爛的傷口，再一一上藥。

「我會告訴餐廳，讓他們給你的食物份量大一些，你這些總是潰爛的傷口都是長時間營養不良引起的，你每天多吃多喝多睡，很快就會好了，住的地方和穿的衣服要清乾淨一點，千萬不要感染了！」

「嗯！我上個星期都還不敢想，現在竟然能每天洗澡呢！」

「你們以前沒辦法洗澡？」

「我上船後就沒用淡水洗過澡了，見妳的前一天，他們帶著我去浴室的時候，我還不敢脫衣服洗澡，因爲通常不好的事情都是在去洗澡的時候發生的。後來，看到他們拿給我洗髮精和肥皂，乾淨的衣服和毛巾，還有兩個警衛守在門口，留我一個人在裡面，我才知道他們是眞的要我好好洗澡。我認眞洗頭髮，洗了好久好久，還掉了好多頭髮，但總感覺還是洗不乾淨。」

王康微笑著撥著自己淩亂的長髮。

「你想剪頭髮嗎？」

「其實我在船上自己剪過頭髮，但是這裡沒有剪刀，所以沒辦法剪頭髮。」

「我下次幫你問他們，可不可以讓我帶把剪刀進來。」

「不麻煩，沒事的。」

莉莉去洗手間把雙手刷乾淨後回到了會客室，再從背包拿出了印好的世界地圖，指著象牙海岸給王康看，說：「我們在這裡，」

「眞有意思，這圖我們船上也有呢。」

「你可以指出你家在哪裡嗎？」王康猶豫了一下，指著台灣海峽左側的海岸線。「好遠啊！」莉莉看著說。

王康修長的手指從象牙海岸一路畫回家鄉，說：「你看地圖，其實陸地是連著的，了不起就一路走回家吧。」

「哈！跟你老家眞的是連著的呢！但我倒是沒辦法從這裡走回美國了，要游泳才行。」

莉莉開始每週和王康見兩次面，一次兩個小時。有時候，莉莉會帶著我或其他志工去教法文或是教英文，我們通常會先吃點小東西，聊個天，然後再上課。我幾乎每次去都會有人跟我求婚呢，我每次去都必須不停地拒絕他們的求婚！

莉莉前大半年都沒教王康英文，是怕他會因爲同時學兩種語文而造成混淆，但莉莉後來發現她是多慮了，因爲王康的聰明實在超出莉莉的想像。我們後來帶著禮物去找美國學校圖書館的館長，只要圖書館有舊書要淘汰，館長就會打電話給我們。莉莉就會去圖書館挑選很多製作精美的圖文書，再將書送到王康手上。很快，王康的房間就成了整個拘留所裡藏書最多的地方。我們後來連法國學校的圖書館館長也混熟了，他們淘汰下來的舊書也全部都送到拘留所來，拘留所還因此特別弄了一間房間收書。

莉莉也自己請人從美國寄來了許多與中國經濟、歷史、政治、文學的相關書籍，莉莉有空就讀著，我們都是認眞工作，認眞學習，也認眞吃喝玩樂的人。

莉莉告訴我，王康非常聰明，幾乎什麼書都愛看，每天在拘留所學著英文和法文，進步很快。他能用法文溝通以後，開始在拘留所的廚房幫忙，為長官們煮三餐，長官們都非常開心。學會法文後的王康開始到處與人開玩笑，大家才知道他其實生性風趣，工作勤快，從不和人計較，拘留所裡的幾百個非法移民都愛他。

聖誕節，莉莉帶了幾十件國家足球隊的仿製上衣來送給拘留所的長官與警衛們，大家都很開心，每個人都穿著新衣摟著莉莉與我拍照。莉莉除了照舊替王康帶了書和筆記本來之外，還帶了一台相機來。雖然當年數位相機已經開始流行，但除了耗電之外，無論是解析度還是畫質都與膠卷相機差很遠，莉莉考慮再三，決定請家人寄一台Olympus的半格機來，選半格機的理由是三十六張底片可以拍七十二張，這樣在底片價格高昂的象牙海岸，也許是最好的選擇。

「我希望你可以從現在開始記錄你看到的事物。」

「我在海上的時候，還真的希望有台相機，沒想到現在真的有相機了。」王康拿著相機，無法置信地說著。

「我幫你準備了十卷底片，可以拍七百二十張，也就是你每天拍一張兩張，可以拍一整年呢。」

「這裡每天生活都一樣，我這麼平凡的人，有什麼好拍的？」王康嘴巴雖然這樣說，但還是把眼睛湊近相機，透著觀景窗看著莉莉，一手調著焦距，忍不住開心地笑了。

「你在裡面聽到這麼多的故事，認識這麼多人，怎麼會沒有好拍的？」

「這倒是，在我周圍每個人都有一肚子的故事。我也準備了禮物送妳，不過妳要跟我走一趟就是了！」

「這麼神秘？」。

「是啊！」

莉莉與我跟在王康身後穿過了長廊，轉到了一個四面都是牆的中庭，中庭被隔成十幾個小菜圃，裡面種的多是市場買不到的亞洲蔬菜，王康看著莉莉說：「妳想吃什麼就自己摘一些回去吧，我什麼都種了一些。本來他們是要把前庭那片都給我種，但這地方雨勢來得兇猛，太陽又烈，我就選了中庭四周有屋子可以擋一下風雨，太陽直射的時間也短一點。」

「可是我真的沒在做菜的，摘了回去也不知道做什麼！」莉莉走到中庭的一棵可可樹前，說：「不如，送我幾個可可果吧。」

「妳是要吃還是要做可可啊？」

「不知道，不過我知道我離開這裡以後，就再沒有機會親手摘可可果了。」

那天，我用相機幫莉莉和王康就在那棵可可樹下拍下他們的第一張也是唯一的一張合照。我們互相擁抱，吃吃喝喝，祝福著彼此聖誕節快樂。雖然王康還是不習慣擁抱，身體僵硬著，但我們依然是用力地抱住了他。

莉莉這段時間問了很多有法律背景的專業人士，王康的事可大可小，只需要用非法入境送他遣返就可以了。反正船上到底發生什麼事也沒人知道，也不會有人追究，也眞沒什麼好辦的，只要王康願意到他的母國大使館辦下身份文件，後面的事就好辦了。

但王康不知爲何一直不願意開口讓莉莉協助辦身分文件，王康條件也不符合任何難民身份。象牙海岸因爲有很多自幼被綁來在可可田裡工作的男童，被國際救援組織救出了以後，因爲不知道男童從哪裡綁來，也無法送回家鄉，因此都直接給予難民身分與國籍，重新安置就學。

但王康明顯也不是被綁來的，除非王康願意證明他在漁船上遭遇不人道的待遇，他爲了自保求生，跳海後在象牙海岸登陸，再加上有詳細醫療紀錄的幫助，如此也許可以替王康申請一個國際難民身分。

王康一直不願意講出當時在船上的狀況，幾個月下來，莉莉從側面知道船員的食物與飲用水都被苛扣著，更別提薪資一事。如果生病就是躺在船艙底等死，根本不會有任何藥物和治療。王康曾說過，只要有一口乾淨的水喝的地方，就是天堂。

二〇〇一年開始，象牙海岸的南北分裂得很嚴重，象牙海岸的北邊是較爲乾旱的農地，多爲鄰國的移民，尤其以貧苦的布吉納法索移民佔大多數，象牙海岸的南邊則是非常富庶的雨林與港口，百年來靠著出口象牙、咖啡與可可等農產品相對發展得較好。

但大量的移民與南北貧富不均埋下了日後內戰的種子，這件事終於在二〇〇〇年總統大選前爆發，因爲執政者爲了排擠來自貧苦北方的總統候選人，而特地通過一條血統排擠法案，法案中要求總統候選人的父母都必須出生於象牙海岸。象牙海岸北方所支持的總統候選人因此無法參選，所有的憤怒終於在總統大選後爆發，南方人開始屠殺北邊所有移民與移民的後代。

我看著莉莉很焦慮也很沮喪，因爲象牙海岸的內戰從零星的部落衝突已經漸漸擴大，開始往首都移了，美國要求所有美國人從象牙海岸撤退，服務團的志工可以選擇返回美國或是另派其他服務地點。莉莉想帶王康走，卻不知道應該怎麼做。爲了安全起見，我們已經受命非必要不能外出，而且禁止單獨離開宿舍，於是我跟莉莉心裡知道，這是我們最後一次去看王康了。

哀傷的莉莉看著氣色紅潤神采奕奕的王康，卻只能哭。

「妳別哭了，我最怕女孩子哭的。」

「說不定明天飛機就來接我們走了，我們所有志工都收好行李在宿舍等著了，我說不定這輩子都再也見不到你了，你還不願意跟我說實話！」

「實話？」王康聽不明白。

「你到底爲什麼會上岸的？」

「妳還眞不放棄啊？都幾輩子前的事了。」

「你要是不說，我就留在象牙海岸陪你，美國我也不回去了。」

「其實，也沒什麼好說的，就一段所有人都變成禽獸的日子。」

「就請你告訴我吧，求你了！」

「我小時候其實背著魚網，一手抓著魚鉤，跳進海裡就可以抓到魚了！但是慢慢地，魚越來越少了，必須越游越外面，捕魚成了件玩命的事。魚並不是只有在我家鄉變少了，而是全世界的魚都變少了。魚越來越難抓，船長的壓力越來越大，所有人也都越來越暴躁，這時候最年輕最低階的船員就是最倒霉的。有時候他們會抓隻海豚出氣，拿著所有可以拿到的東西將海豚剁得稀爛後再丟回海裡，他們出了氣解了悶，其實我們這些年紀小的船員心裡會覺得安全。因爲我們知道，他們不會再拿我們出氣了！」

「他們一直打你們？」

「打我們其實算好的，他們要是三天不給你一口水喝，你看到誰尿在地上，你都會趴在地上把那泡尿舔得乾乾淨淨！」

「他們還對你做了什麼？」

「我也不怪他們，他們也是可憐人，我現在很好，我並不想要去想這些事，妳也就別逼我了。」

「可是現在這裡在打仗了，這裡不安全，你就回你的大使館拿身分，跟我走吧！」

「跟妳走？」

「對啊！」

「你有了本新護照後，我們就可以結婚，你不想跟我結婚的話，我們可以說你是我老家的親戚，你告訴我的，紙兒子，你記得嗎？」

「我不希望妳說謊，說了一個謊以後就要說很多謊，妳不是一個會說謊的人。妳已經爲我做這麼多了，我不希望妳還要爲了我說謊！」莉莉又開始哭，王康笑說：「其實看到妳哭我挺開心的！」

「開心什麼？」

「開心有人關心我，竟然爲了我哭啊！還說要嫁給我呢！」王康臉上俏皮地笑著，眼淚卻在眼睛裡轉著，滿臉都是淚的莉莉雖然還氣著，但還是忍不住笑了出來。

「你告訴我跳船那天發生什麼事好嗎？你不想用中文說，可以用英文和法文說，就可以像是在說別人的事一樣。」

「我在一艘上百人的漁船上工作著，那都是一群性格粗暴的男人，很自然有人爲了能換杯水喝或是換得一些食物提供性服務，這上船前就知道的事，大家只是心照不宣而已。漁獲好的時候，大家心情就好，領了薪水上岸喝酒作樂，但漁獲不好的時候，在船上打架鬧事強暴殺人棄屍都變得很尋常。」王康輕輕摸著莉莉一邊聽著一邊哭著的臉，轉了話題說：「在船上也有很幸福的時候，看到滿天的星星，看到大批跳躍著的大翅鯨，看到在海面上飛舞的飛魚群，看到深藍的海水在夜裡閃閃發光的時候，我有時候看著還會不自主地哭了！那時候，再暴躁再暴力的船員也會安靜下來傻傻地看著，像是海有神奇的安撫人心的力量。海風溫柔地暖洋洋地吹在臉上，覺得很自由，什麼不痛快都會忘記。」

「你還會想回到海上嗎？你知道美國海岸邊有很多有錢人會請你去駕船的！」

「但我不想再利用妳了，妳第一次來的時候我一直不回答妳的問題，就是希望妳可以回來看我。我老家已經沒有人了，城裡來了一些人，沒花幾天就把我們的小村都推平了。當時，我爸媽哭得心都碎了，跪在他們面前，請他們不要爲了蓋休閒碼頭和渡假村推平了我們世世代代留下來的祖厝，他們當然是不會聽的，一人一腳踢在我爸媽身上，我當時只想拿著魚叉把他們都給叉死！失去祖厝後，爸媽和我成了親戚之間的皮球，踢來踢去的，什麼難聽話也都聽過了。不久後，身體虛弱不堪的爸媽就先後去世了。我領了骨灰後，將他們的骨灰灑進海裡，沒有家也沒有家人的我就上船了，哪裡是海，哪裡就是我和父母的家鄉。妳一定不相信，我跳船的那天是眞的因爲太想喝水了，我看著船離陸地越來越遠，心一橫就跳進海裡了。我想要是死了，可以跟父母在一起，其實也挺好的，我在船上每天這樣活著，也眞是累了！也許妳不信，我剛被送到醫院那幾天，是我這麼多年來睡得最安穩的幾天，有三餐，有廁所，還有張乾淨的床，也不用擔心再被毆打，不管誰來問話，我都一直不說話就是希望我可以一直住在醫院好好睡覺。後來被送到這裡，可以在廚房工作，每天都吃得飽飽的，晚上可以好好念書，這是我人生唯一不用擔憂的日子，我這輩子從來沒這麼好命過，妳也就別再擔心我了！」

「你以後有什麼打算？」

「他們說以後可以帶我去高檔法國餐廳工作，我還眞的挺想學的。」

「你要怎麼出去？」

「他們說只要內戰打起來，我們就可以拿戰爭難民身分離開這裡。這裡很多人是被可可園從偏鄉綁來的童奴，長大後從可可園裡逃出來，因爲沒有身分被送過來。他們說其實象牙海岸滿街都是沒身分或是買假身分的人，根本沒人管的。但他們是被國際救援組織接手過登記在案的人，所以才不能放他們走，不然被國際組織問起來沒辦法交代。等內戰打到首都，所有外國人都撤了，他們就方便讓我們出去了。」

「原來是這樣！所以如果不是我們介入，其實他們早就會因爲懶得管事而放你回街上了！」莉莉恍然大悟。

「應該是這樣沒錯，但這裡挺安全的，比在外面睡在大街上安全。我這一年好好休息，學了英法文，學了做菜，還交了很多朋友，收穫也很多的。而且，我還認識了妳啊！」王康將那雙修長優雅的手攤在莉莉面前說：「妳看，我所有的傷口都癒合了！」

莉莉拿出了一個牛皮紙袋，交給了王康：「這裡有我的護照影印本，還有我的法文介紹信和英文介紹信，還有我在美國的地址和電話，我的電子信箱。還有首都幾間有名的中國餐館老闆們的電話和地址，我在這些餐館都留了錢，他們說只要他們還留在首都，就會來這裡看你。我把首都可以找到的底片都買來了，這一袋大概有兩三百卷，這裡天氣熱，記得要放在陰涼處收藏，如果半年以後才用，要放在冰箱裡，拿出來用之前要退冰，等水氣散去。我把象牙海岸的美國銀行戶頭留給你，裡面還有一些美金，我把密碼改成我們認識的那一天，四碼，先月份再日期，你記得是哪一天嗎？」

王康笑一笑，在莉莉手心寫下了他們認識的那一天的日期：「算我跟妳借的吧，下次見面還妳！」

「我們還能見面嗎？」莉莉哭著問。

「也許，我們的爺爺奶奶們小時候在上個世紀的福州是見過面的，而我們在這個世紀的象牙海岸認識，也許再一百年，我們的子孫們會在下個世紀的月亮上見面呢！」

「象牙海岸內戰開打以後，可能就沒辦法打電話了，我也就沒辦法跟你聯絡了！」

「打仗總有打完的一天，如果我們都還活著，總是見得到的！」

「你眞的不肯跟我走？」

「我希望有一天，我可以跟妳出去約會，我可以請客招待妳，或是做一頓高檔的法國菜給你吃，而不再是妳幫助和同情的對象。如果我今天跟妳走，我這輩子就再也沒這機會了，我會一輩子都是那個利用妳拿到簽證和美國身分的人！請妳，就原諒我想保留這一點點的尊嚴吧！」

「那你喜歡我嗎？」莉莉問。

「嗯！除了我爸媽和我的老師外，妳是唯一眞心對我好的人。我曾經很恨這個吃人的世界，但是妳幫我剪乾淨指甲的那一天，我回到床上看著自己那雙在家鄉、在船上都差點殺了人的手，我哭了好久，我第一次覺得自己終於又活得像個人了！」王康的眼淚在眼睛裡轉了幾圈後還是掉了下來，莉莉聽到王康這樣說，又是哭又是笑，緊緊地抱著王康。

「謝謝你，讓我覺得我做了件好事！」

「嗯！妳做了非常多好事，我們這裡好多人都是因爲妳帶著志工來教書才學會寫字的，不然他們會一輩子都是個文盲！」

「你要活著，我會回來找你的！」莉莉認眞地說。

「嗯——」

「最後一件事，」

「什麼事？」

「我想聽你疤痕的故事，聽完我就走。」

「聽完妳就走不了了，我疤痕這麼多。」

「放心，飛機要起飛是會打電話一一通知我們的，而且他們一定會把所有人都接走的！」

「美國政府還眞是大氣啊。」

「那，你先告訴我你右邊眼睛的疤痕是怎麼回事？」

「這個疤痕喔，」王康摸著他的右眼上的疤痕，淺淺地笑著。

王康微笑地講著那些已經癒合的疤痕，一個一個，莉莉迷戀地聽著。那一刻，莉莉開始死心塌地崇拜著王康，在莉莉的眼裡，眼前男人雖然有個十分艱困的人生，但卻因此有著一個無比強大的靈魂。

那一天下午，王康摟著一直在哭的莉莉，最後還是我當壞人，告訴莉莉：「我們該走了，車子在外面等我們了！」

王康一直送我們到門口，才拿出了一袋東西交給莉莉。

「也不是什麼重要的東西，如果妳看過後覺得不需要，就把它丟了吧！」王康說。

莉莉將那袋東西收進背包後，我們搭上大使館派來接我們的車子回志工宿舍。

莉莉在車上打開了那袋子，裡面有王康拍的十卷底片，還有一個莉莉很早以前給王康用的檔案夾，裡面照著日期排著王康寫的日記，一開始多半寫的是中文，慢慢地，王康開始用法文和英文寫日記。每翻過一頁，王康的字越寫越多，越寫越小，越寫越漂亮。在最後一頁，王康寫著：

請妳放心，我一定會好好活著，因為我的命是妳救回來的。

隔天，我跟莉莉就上了直飛巴黎的飛機，莉莉坐在我身邊一個靠窗的位子上嚎啕大哭，幾乎每位志工心裡都知道怎麼回事，莉莉與王康的故事也不是什麼秘密。莉莉深怕王康在戰亂中會再遭受什麼虐待或甚至是被殺害，我們什麼忙也幫不上，也就只能任由莉莉哀哀哭著。

二〇一二年，就在我和莉莉離開象牙海岸滿十年後，我再次以外交使館館員的身分被派駐象牙海岸，我回到了我曾經熟悉的街道，利用工作之便，到處查訪王康的下落，最後在一間頂級飯店找到在廚房工作的他。

再次見到王康，其實我是眞的嚇了一跳，因爲他不但沒有老去，剪了短髮的他，反而看起來更有精神也更年輕了，他現在連皮膚都充滿了光澤，跟我十年前對他的印象相去甚遠，我眞心對亞洲人抵抗老化的基因感到十分神奇。

王康在餐廳打烊後，準備了一點食物和一瓶紅酒請我，然後我交給他一個登機箱。

「莉莉，一切好嗎？」王康終於開口問了。

「你知道她的，她活著的每一天都在爲這個世界努力著。」

「她現在在哪裡？結婚生子了嗎？」

「結婚生子倒是沒有，只是，她去了很遠的地方了！」

王康好像聽懂了什麼，他拉了張桌子來，將登機箱橫放後拉開了拉鍊，裡面有一本是他那十卷底片沖洗後的相冊，莉莉重新編排，替他出了一本攝影集。裡面是當年和他一起蹲在看守所裡的老老少少的身影，攝影集上面寫的是他的名字，裡面還有一張提款卡，裡面要轉交給他的版權費。

莉莉大學時用一篇《血汗巧克力》討論目前歐美巧克力大廠如何控制國際可可價錢，並且從象牙海岸賤價買入由童奴採集的血汗可可，公平交易這件事從來不曾出現在人見人愛的巧克力上。這篇文章替莉莉得到了最佳新人報導，她把這篇報導文章的封面裱了起來，王康拿起了莉莉的那個獎座，他心裡知道：莉莉不會回來了！

「莉莉，她怎麼了？」王康含著眼淚問。

「大概四、五年前，莉莉知道自己得了癌症，她在父母的陪伴下回來找過你，但是當年兵荒馬亂的，所有華人餐廳都被搶得一乾二淨，所有和你有關的線索都斷了。零星戰火不斷的壓力下，莉莉與她父母花了一個星期，都沒能找到你，她父母就帶著莉莉回美國了。不久後，莉莉就過世了！莉莉把她的手機、筆電和數位相機都留給你，她說密碼是你們認識的那一天，一共八碼。她說你看了就會明白了！」

那天夜裡，王康打開了莉莉的手機和筆電，桌面有一個命名爲「王康」的檔案夾，裡面是莉莉和她父母親與祖父母回到家鄉的照片和影片，莉莉的祖父母說著王康熟悉的福州話，吃著他這麼多年來再也沒機會吃過的福州魚丸麵。

莉莉在影片裡很開心地對著王康說著：「眞希望你也在這裡！」

王康第一次心裡後悔著，自責當年因爲一點放不下的驕傲和尊嚴沒和莉莉一起離開這裡，自責一開始只想著自己不過是別人同情的對象，而不肯和莉莉聯繫。

王康總想著：要買下象牙海岸最好的餐廳，在最好的住宅區買下房子，這才邀請莉莉回到象牙海岸。

王康總以爲：我們還有時間。

莉莉在醫院的最後一段日子，把我找到醫院去幫她拍一些影片。她最後一段影片是我幫忙拍的，她對著王康說：

我希望你不要責怪自己的驕傲，其實，你不跟我走這件事，讓我很尊敬你的，我喜歡你很驕傲的樣子，像個國王一樣。也許你當年跟我回美國了，我可能都沒有機會知道自己有多愛你了！

你說你不想再利用我了，但其實，我才是在利用你的人，你看我將你的照片出版，告訴別人象牙海岸的故事，每個人都說我的故事好棒，但其實那些都是你的故事，我才是利用你的人！

我是念新聞的，我們只要聽到有著特別故事的人，我們總是很認真地和他們交朋友，如果你只是福州街上的一個普通人，我想我也不會替你剪指甲的！

王康，你給我的故事遠比我曾經給你的那些物質上的支援多得更多，就像相機和底片不過有錢就買得到，而你拍的那些照片，每張照片背後的那些故事，是有錢也買不到的！

我請艾瑪將我的骨灰帶回象牙海岸，我想把它撒在你當年跳船的港口，就讓我留在那裡，祝福所有流浪在港口和海洋上的人。

王康知道莉莉走後，在一個月內賣掉了房子和餐廳，買了一輛重型機車，換了幾種貨幣。他帶著一張地圖來找我，告訴我他打算騎著摩托車回中國老家，他希望能請我爲他寫一封英文和一封法文介紹信。

在一個聯合國和歐盟的新計畫下，他拿到了一本新的中國護照，當年這計劃最主要目的是要協助滯留在歐洲的非法移民可以回家，申請人可以選擇一個新的名字和身分回家，並且領取一、兩千歐的上路費用與回到母國後需要安置的費用。王康雖然當時人在非洲，但完全符合計畫資格。於是我用了一些關係，替他辦了這件事。

「你有什麼打算？」我問王康。

「我想要到河流的源頭去買個地蓋個房，以後就留在那裡種樹種菜，煮飯給村裡的老人和小孩吃，也許可以教他們一點英文和法文，或是給他們說點在船上的故事。」

「河流的源頭？」

「是啊，海洋已經被我們弄髒了，但也許，我們還來得及保護河流的源頭，我希望還來得及。」

「爲什麼，你想要騎摩托車回去？」

「爲什麼不呢？我上次來的時候在船艙裡什麼都看不到，這次回去，我想好好看看這世界，好好看看這一路的風景，莉莉留給我這幾百個膠卷，我都還沒用，我想帶著莉莉給我的相機和膠卷上路，爲莉莉把這一路風景拍下來。」

「我懂。」

「倒是，我想聯絡莉莉的家人，妳可以替我聯絡他們嗎？」

「當然。」

「我想帶著莉莉上路，我想種下一整座山的樹陪著莉莉，我需要他們同意。」

「他們一定會同意的，他們都陪莉莉來這裡找你了，但，如果你可以去美國探望他們，我想，他們一定會很高興的。──他們只有莉莉一個女兒，他們雖然沒見過你，但你對他們而言，就像他們的兒子一樣。」

「看緣分吧，感謝妳把莉莉帶回我身邊了，再見！」

我本來要說再見的，但王康握著我的手，他顫抖地哭著，我最後還是忍不住抱著他一起哭了，我也眞的好想念莉莉啊！

兩個月後，王康在象牙海岸的雨季來臨前騎著他的摩托車上路了，再一次將一切拋在身後，去了他想去的海角天涯。

原本有著一臉燦爛陽光笑容的艾瑪說了故事後，忍不住抹著眼淚。一位網友爲莉莉點了第一根點蠟燭後，其他人也開始在鏡頭前點蠟燭，然後在對話框裡丟著一個個的天使圖案。

美麗的凱莉女王說：「我們總以爲我們有時間，但在二〇二〇年，我學到的第一件事，就是：每一天都是生命的最後一天。謝謝艾瑪，也謝謝莉莉，妳們給了我們一個很美的故事。」

「也謝謝王康和聽故事的你們，你們眞是完美的聽眾！」艾瑪抹著眼淚笑說。

Chapter

9

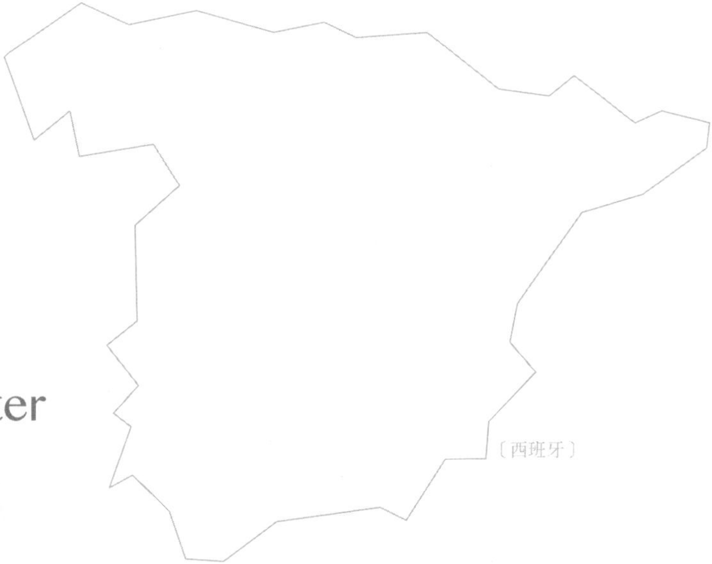

第九個故事

THE NINTH STORY

所有你需要的一切，
這條「朝聖之路」都會供給你。

美麗的凱莉女王先將她鉤好的幾個小偶娃娃放在鏡頭前陪著大家，在她拿骨瓷的茶具替自己斟了茶後，女王慢慢地啜了一口茶，開始說：「我要先謝謝前面八個精彩的故事，我發現越後面說故事壓力越大，因爲大家的故事都太棒了！如果明天的國王或是女王允許的話，我希望明天可以第一個說故事。」

凱莉女王輕手端起了杯子，又啜了一口，說：「我本來想說一個爲了愛情而幫愛人殺掉爸爸媽媽的故事，但是後來發現大家的故事都非常正面，非常感人，非常積極，而這個殺人故事眞是糟糕透了！」此時對話框發生騷動，大家嬉鬧般地懇請女王說殺人的故事。

女王看著螢幕裡的對話框，笑容燦爛地接著說：「不如，殺人的故事，也許我們可以留著明天再說。剛剛安妮醫師爲我們所說的亞馬遜巫師通靈的故事，讓我突然想到我有一個也是跟通靈有關的故事，我今天就先說這個故事吧！」

女王拿了一小塊起司蛋糕，咬了一小口，繼續說：「我有一位會通靈的朋友，她的名字叫瑪雅（Maya），她的名字的原意裡面就有「做夢」的意思，也有「魔幻」的意思。她在二〇〇八年夏天去走了西班牙的「Camino de Santiago 聖雅各之路」，我想說的就是瑪雅的故事。

基督教著名的朝聖之路有三條：一條是從佛羅倫斯走到羅馬，一條是從任何地點走到耶路撒冷，而最有名的就是位於西班牙北部的這一條，從任何地點走到相傳存放大雅各遺體的聖地牙哥—德孔波斯特拉（Santiago de Compostela）的聖雅各之路。

根據瑪雅的說法，這條有千年歷史的聖雅各之路承載了萬千人祈求能洗淨罪惡和謙卑虔誠的心，所以這一整條路就是個巨大的充電場。套句在朝聖者之間十分流行的一句話：

「所有你需要的一切，『朝聖之路』都會供給你。」

一路上提供朝聖者休憩的庇護所，除了供給人生活所需的三餐和過夜的地方之外，還有一整條路上所給予朝聖者無止盡的愛。也許是因爲這樣，所有憤怒、哀傷、痛苦的人，都來到這裡走著，懇求能在行走中被這土地治療。

我想先爲大家介紹一下雅各，雅各是耶穌的十二門徒之一，因爲耶穌有兩個名爲雅各的門徒，所以我們就用大雅各來稱呼他。他出生於以色列，本來是位捕魚的漁夫，後來將漁船靠了岸就跟隨耶穌了。大雅各跑很遠，傳教傳到西班牙，如果今天從地圖上看，從以色列到西班牙，最短的距離應該是走北非這條路，最少也需要走五千公里。我總覺得以前的人用走的實在十分浪漫，雅各向西走去傳教，玄奘向西走去取經，一去千里，一去十數年。

大雅各並沒有在西班牙待多久，就因爲看到耶穌媽媽在西班牙顯示的異象後又回以色列了，他回到以色列不久後就被猶太國王殺害，國王下令大雅各不得下葬，於是兩位門徒將他的遺體送到船上，偷偷運走，一直送到西班牙。

八百年過去，一位先生跟著天空星星的指引，找到了大雅各的遺體，當地國王深受感動，於是蓋了這座教堂，名爲 Catedral de Santiago de Compostela，這位丟棄自己漁船與漁網的漁夫從此成爲朝聖者與西班牙的守護天使。

在中世紀，西班牙這條沿著羅馬帝國的聖雅各之路已經有絡繹不絕的虔誠歐洲教徒走過了，一直到黑死病席捲歐洲與從德意志開始延燒的宗教改革，這條傳統天主教的聖雅各之路才開始退燒。中世紀的西班牙多半在穆斯林的統治下，僅僅剩下西班牙北邊這條聖雅各之路經過的地方仍然是天主教的地盤。

一九八五年，這條聖雅各之路一年只有不到七百人走，意思是一天只有不到兩個人走，到我朋友瑪雅走的二〇一八年，已超過三十萬人來走聖雅各之路，平均一天接近千人。瑪雅說，在人心缺乏滋養而空虛的年代，會有越來越多人來走聖雅各之路，因爲人們終於發現追求物質與虛榮得不到快樂，而來到這條路上尋找一個可以解決靈魂乾涸匱乏的方法。

瑪雅走的是約八百公里的法國路線，也是最多人走的路線，起點是在西班牙和法國邊境的一個法國小鎮，然後翻過庇里牛斯山進入西班牙，再一路向西走七百多公里到埋葬大雅各的教堂 Catedral de Santiago de Compostela。

瑪雅一天大概走二十公里左右，在她走到第三天下午時，她遇到一個才走第一天的丹麥人。這個長腿的丹麥人輕裝上路，背包小得讓人嫉妒，小背包上還綁了一個丹麥國旗，一天最少可以趕超過五十公里，所以他在下午趕上我朋友，他本來可以直接超車繼續往前趕路，但是瑪雅對著他的背影厭世地說了一句：

「你是我今天一路上遇到的第一個活人！」

「你需要什麼幫忙嗎？要不要喝水？」這個長腿先生放慢速度，左手向後彎，取了背包一側的水瓶喝水。

「你手腳好長喔，我就沒辦法這樣取水壺，不過不用了，我有水！」

「我也是一整天都沒看到人。」丹麥先生笑說。

「我今天從 Roncesvalles 開始走，早上七點一邊吃早餐一邊寫日記，看著所有人離開，整個庇護所清空，我一直混到十點才上路，結果現在就遭到報應了，你是我今天看到的第一個活人。你是從哪裡開始走？」

「我從 Saint Jean Pied de Port 開始走。」

「你是今天早上開始走？第一天走？」瑪雅吃驚得不得了。

「是啊！妳今天打算走到哪裡？」

「我要走到 Zubiri，因爲前面十幾公里覺得很輕鬆愉快，吃中餐時一不小心就跟老闆聊得太久，現在要趕路覺得很煩。——你要走到哪裡？」瑪雅看了一下手錶，今天是七月八日，現在已經下午三點了，距離她要過夜的小鎮還有十三公里，如果是這位長腿先生自己繼續趕路，不用兩小時就到了。

「不知道，看走到哪裡累了就在哪裡休息。——這是妳第一次走嗎？」

「是啊，你呢？」

「這是我第六次走！」

「什麼？」瑪雅睜大了眼睛。

「對啊，這是我第六次走，不過我飛機票已經買了，必須在兩個星期後回丹麥，所以可能有一段路要跳過去，我沒辦法全部走完。」

「你要是每天都趕五十公里，應該是走得完啦。你將前面幾次走完聖雅各之路的證書都裱褙起來掛在家裡嗎？」

「是啊，都掛在我家裡。妳剛剛說妳跟老闆聊天聊很久，所以妳會說西班牙文嗎？」

「是啊，我覺得吃早餐眞是太浪費了，因爲在日出前趕路一個小時勝過下午在大太陽下趕路三個小時，我想以後都帶一點食物在路上吃就好了。」

「妳知道日本也有一條『朝聖之路』嗎？」

「知道啊，在四國，不過更長一點，一千多公里，我只有四十五天，走西班牙這個比較沒壓力。」

「我聽說那是走一個圓形的，跟這個走一直線的不一樣。」

「我是也蠻想去走的，倒是要練一下我的日文。」

「妳也會日文？」

「就觀光日文沒什麼問題，如果我們一起去，我可以幫你翻譯，哈哈！」厭世的瑪雅因爲這位長腿先生願意放慢速度陪她走這一段，讓她開心了起來。

「妳到過丹麥嗎？」

「去過啊，每個人都非常友善，服務一流，總是有人請我喝酒，而且都長得好健康喔！我記得我當時是從漢堡搭火車去丹麥的，漢堡人都胖胖的，看起來很不開心，服務態度也比較不好，但是丹麥人都開開心心的，瘦瘦的，看起來就很健康！」

「我每天早上都會去跑步喔！」

「每天早上？」

「對啊！我教書的地方距離哥本哈根開車不用半小時，我每天早上會先去跑步再去學校！」

「難怪你走路這麼快，眞是超強！」

「你喜歡教書嗎？」瑪雅問。

「覺得有時候教書眞的需要很大的耐心，因爲我的學校是特別學校，教唐氏症的小孩，你知道，小孩有時候很困難。」

「嗯，你很了不起呢！」瑪雅笑說。

長腿丹麥先生放慢了速度陪她聊天慢慢地走了四公里左右，瑪雅看到一棵樹上刻了 Paris 17000，她停下來後拿出手機拍了下來，心想巴黎距離這邊不過八百公里，這數字是什麼意思呢？

長腿丹麥好好先生回頭等著瑪雅走來，讓瑪雅很不好意思，於是瑪雅終於開口了！

「你要不要先走啊？」

「沒關係啊，我可以陪妳一起走。」

「可是我很不好意思，我一天平均走二十公里，是你的一半速度不到，拖慢你的速度不講，你只有兩週可以趕路，你走快一點，早點走到可以早點休息啊。」

「那妳有水嗎？需要一點食物嗎？」溫柔善良的丹麥先生問著。

「嗯，我都有，你已經陪我走四公里了，眞的謝謝你！」

長腿丹麥老師終於邁開大步調整了速度，沒幾步就已經拉開距離了，他這時回頭喊了一句：「那，我們等一下在Zubiri見！」

瑪雅大聲對他喊著：「我們明年夏天在四國見！」

瑪雅其實一直是個習慣一個人行動的人，不管什麼時候出發，什麼時候休息，什麼時候拍照，她都不喜歡配合別人，更不喜歡別人配合她，所以她希望那位溫柔的長腿丹麥老師可以照著自己的心意走。

她的水不到半路就喝完了，從此再也見不到一位朝聖者，她精疲力竭地走到 Zubiri 時已經是晚上八點，餐廳已經關門，她只能從投幣販賣機買一些飲料喝，偏偏機器吞了她的銅板。庇護所的辦公室已經關門，她坐在門外的椅子上，沒辦法入住。她忍不住就在庇護所的門口哭了起來。

瑪雅很想再遇到那位丹麥老師，跟他吐苦水，就像早上那樣，她講完就會舒服了，但她有預感，她是不會再遇到他了。

隔天早上，瑪雅將背包上肩繼續趕路，黃昏時，她在落腳處遇到三個丹麥人，他們曾經遇到這位長腿丹麥老師，說他早就不知道已經走了多遠了！她知道想要遇上他只有一種可能，就是搭車趕到他前面，然後再慢慢照著自己一天二十公里的速度走著，等著長腿丹麥老師再次用一日走五十公里的速度趕上她。

可是，瑪雅知道，她這樣會失去她來這裡走聖雅各之路的目的，她應該在說再見之前跟這位善良的丹麥先生合拍一張照片，她應該留下他的聯絡方式，應該跟他約好明年去走四國。但是瑪雅沒有，這是她自己的錯，如果她今天搭公車跳過一整段路，甚至趕在丹麥先生抵達聖雅各教堂前去目的地去等著他，瑪雅知道她會更遺憾，因為她會錯過更重要的東西。

我問瑪雅：「妳會失去什麼？」

她說：「我會失去來這裡的初心。這整個路線就是巨大的愛和發電廠，要靠著一步一步地走著來充電，我會錯過被整個大地療癒的機會。」

瑪雅因爲會通靈，長年以來，很多美麗的地方都不能去，譬如：大山裡或是大湖邊。瑪雅說竹林間都是好兄弟，晚上很熱鬧，會讓她睡不好。有一次，我們一起去個原住民部落，當時有個阿婆重病即將過世，她在事情發生前就知道了。

「妳怎麼知道的？」我問瑪雅。

「因爲祖靈來接她了，祖靈從那個方向下來。」瑪雅朝著後山指了一指。

當時風吹過樹梢，樹枝搖曳，樹葉似乎發出一些低低的呢喃聲，我突然覺得身體發涼。從此，我再也不與瑪雅出遊，總與她在咖啡廳或是餐廳相見。

我問瑪雅，「那聖雅各之路的靈是什麼樣的？」

瑪雅跟我說，她在走過將近八百公里後，在距離終點站最後五公里外的小鎮找了一間飯店入住，而非在庇護所入住。瑪雅將全身洗得乾乾淨淨，連帳篷和背包都一一清理擦拭，用滿懷感激的心情與在柏林購入已經不堪使用的杯子說再見，再與一雙磨破的運動襪說再見。瑪雅裸著身子，將這次聖雅各之路上帶著的兩套衣服都洗乾淨曬起來。整個清理過程用了她兩個小時和兩塊肥皂，她接著寫了三封感謝信，寄給她一直過不去的三段感情。

瑪雅告訴我：「清洗身體與靈魂是進入通靈很重要的過程之一。」

瑪雅查了隔天太陽升起的時間，設定了手機後，她誠心地跪下感謝這世上所有曾經出現在她生命的人與事，然後瑪雅好好地睡了一覺。

那一夜，很多美好的事與人進入她的夢。

瑪雅說：「我們在做夢的時候是跳脫時間與空間的限制的，有時候夢到過去，有時候夢到未來。但其實，從宇宙的角度來看，所有的事情都早已經發生也早已經結束了。所以，好好地睡覺非常非常地重要，因爲那是我們唯一能好好和宇宙產生連結的時刻。」

在天色未明前，瑪雅收好了背包上路，她以前從來不在這種時刻出門，因爲在日夜交替的時刻，實在太容易遇到好兄弟了！但瑪雅這次決定敞開心胸，接受天地要讓瑪雅經歷的一切。

於是，瑪雅進入了另外一個狀態，她看見千年來所有往聖雅各教堂奔去的靈，這些靈在世的時候，幾乎全是在男人的身體裡。瑪雅看見各式各樣中世紀朝聖者的服飾，跟一路走來所見到的畫像差不多。有趣的是，瑪雅說大部分的靈都很大，身上透著淡金色的光，有點像以前看電影時會看到在黑暗中有著一道光從小窗口射出打在螢幕上。

這些靈全部往一個方向走，所以瑪雅說她完全不需要問人怎麼走到聖雅各教堂，她就跟著這些靈走就好了。瑪雅感覺到這些朝聖者對生命的愛和困惑，他們曾經受過傷，曾經心碎過，曾經失去過信仰，曾經犯過罪。

但在這一刻，我們都將被修復，我們可以重新來過。

瑪雅說她完全感覺不到打在臉上的雨水，完全感覺不到走過八百公里的雙腿，她甚至感覺不到雙肩上的重量。瑪雅想起曾經有人在聖週抬棺抬轎遊行時告訴她，抬轎時完全感覺不到疲憊，是因爲有萬千的靈在幫忙抬棺抬轎。

原來，被萬千的靈扛著走是這種感覺。

短短的五公里，感覺像是只走了五步，也像是走不完的五千萬步，距離與時間在這「出神」的狀態中失去了它的意義。

瑪雅最後和千百年來共同尋找眞理的靈魂一起轉彎走進了 Catedral de Santiago de Compostela 的廣場，廣場上人很多，有的尖叫，有的大喊，瑪雅完全聽不見。瑪雅默默地走到大教堂正對面的長廊下，她將背包下肩，脫下了她的鞋子，拿出水瓶和巧克力，卻沒辦法進食。瑪雅全身的氣充沛地流轉著修補著，脹滿了她的手掌和腳掌。她盤腿坐著，靜靜地坐在大教堂的對面，安靜地幸福地流著眼淚。瑪雅感覺到左後方也有個人跟她一樣，她回頭看著他，一個頭髮雜亂的男孩子，抹著幸福的眼淚，兩人相視而笑，前世今生，都在這相互理解的剎那中成爲永恆。

瑪雅偶爾會想起那位很紳士很可愛的丹麥長腿老師。聖雅各之路有個傳說，就是走上這條路的人，將永遠留在這條路上。瑪雅說這句話有兩層意義，一層是：我們追尋眞理的靈在那片刻將永遠留在往聖雅各的路上，這也是爲什麼她通靈後可以遇上所有朝聖者的靈。另外一層意義是：人生本身就是一趟「朝聖之路」，我們相遇，我們愛過，我們錯過，我們死亡。但肉身的死亡不是終點，而是我們繼續下一趟追尋眞理的旅程的開始。

我親愛的瑪雅離開西班牙回到家後告訴我她想畫畫，我以前都不知道她會畫畫，瑪雅笑笑地告訴我：「我以前也不知道我有一天會想畫畫，但我想把我的聖雅各之路畫下來，我覺得水彩最能表現聖雅各之路如夢似幻的畫面。」

於是，我陪我親愛的瑪雅去買紙，我們買了各式各樣單張的水彩紙，讓她都先試試，然後她選上了兩百克粗紋的水彩紙，在網上訂了一捲 CANSON 筒回家自己裁剪。

在瑪雅每日閉關畫畫的那段日子裡，她先後傳過兩張畫給我看，大概過了一個月吧，瑪雅帶著她的水彩畫約我一起出來喝咖啡。當我看著她滿桌的水彩畫時，我才知道，她畫的每一張畫都是走在聖雅各之路上的背影。

我選了一張畫問：「這一張？」

那是一張兩個女人揹著背包走在一片霧裡的水彩畫，大霧中有一個石頭堆起的小丘，小丘上立了一個簡單的木製十字架。

「那是我認識的一對波蘭母女的背影，那年輕的是一位單親媽媽，二十年前她一窮二白地從波蘭嫁到法國時才二十歲，懷孕生子，二十四歲離婚成了單親媽媽，從此她就一直在 H&M 賣衣服。她說來走聖雅各之路是她多年來的心願，這是這麼多年來她第一次沒有男人、沒有小孩，眞是太棒了！她深愛她的媽媽，但是當她被先生毆打時，她的母親總是要她忍耐，她後來將長年被爸爸毆打的媽媽接到巴黎來，媽媽第一次發現原來不需要男人也可以好好過日子，於是就回波蘭離婚了。孩子在媽媽與外婆的照顧下長大，今年夏天小孩離家去念大學，所以母女一起來走聖雅各之路，虔誠的她們，滿心歡喜地感謝上帝！」

「這一張呢？」我指了一對穿過翠綠樹林的背影問著。

「這是一對荷蘭女同志，她們在二〇〇一年荷蘭成爲第一個通過同志婚姻的國家後便結婚了。虔誠的她們，雖然活在很開放的荷蘭，也可以領養孩子，擁有所有法律的保障，但她們還是沒有辦法得到教宗的祝福，因爲羅馬天主教還是不同意離婚，不同意再婚，當然也不可能同意同志婚姻。我突然明白，她們是這麼在意上帝，這麼在意教會，她們相愛的今生永得不到上帝的祝福，終究是永恆的遺憾。年過半百的她們，在一起了二、三十年，一路走來艱辛，但仍然充滿感謝！」

「這個數字是什麼意思？」我指著每幅水彩的小角落的黃色數字。

「這個80代表我是在距離目的地八十公里外遇到她們的，走聖雅各之路的時候，會一直看到距離目的地的數字。」

「這一張，」我指著一張水彩，裡面是一個穿裙子的胖女孩仰著臉張開雙臂走在麥田田埂上。

「這是一個瑞典女孩，是個害羞彆扭的小裁縫，那天我們一起走在麥田裡，風吹過麥田，耳邊都是成熟麥子晃動著的簌簌聲，金色陽光撒下，我們忍不住閉起眼，張開雙臂，擁抱著風，擁抱著陽光，擁抱著那麥子搖動的片刻。在那一瞬間，不管過去受了怎樣的委屈，自己的心與人生是如何地破碎，都會被那搖晃的麥子一一修補著。」

我一連看了幾十張，有一張是一對德國父子走在滿眼的向日葵田的背影，還有一張是一個背包客站在漫天飛絮的小丘上。瑪雅說得對，水彩的確是很入門也好表現出這種夢幻的畫面。最後一張非常的特別，因爲那位朝聖者是中古世紀的裝扮，我問瑪雅這男人的故事。

瑪雅眼裡泛著光，像是靈魂被什麼打動了。她喝了一口水，深呼吸一口氣，說：「十四世紀全球爆發黑死病，估計當年歐洲因此死去的人口佔百分之五十左右，很多人把黑死病歸咎爲人類的墮落和貪婪，因此也藉機清算報復那些生活奢華靡爛的有錢人。這男人當年生活在一個純樸的小村莊，虔誠地在教會服侍著，娶妻生子，種田養蜂，一生平靜無求。一天，黑死病來了，他的父母死了，他的妻小死了，數十戶的小村村民先後全因爲黑死病死光了，他親手埋葬每一個他愛過的人，每一個他從小就認識的村民。後來，他的小村連教會的神父也死了，這男人不是神父，梵蒂岡也不可能派新的神父來，爲此，那些因黑死病死去的村民的罪無法在死前得到赦免。接下來的幾個月，這男人每天將所有死去村民的名字一一寫在教會那本厚厚的生死簿。那時流行一種說法，就是得到黑死病的人是被上帝懲罰的人，這些人永遠進不了天堂，但走到聖雅各的朝聖者，都可以拿到一張進天堂的證明。於是，他將全村因黑死病死去的三百多個村民的名字騰寫在一張羊皮卷上。帶著那張羊皮卷，他走上了聖雅各之路。」瑪雅喝了口水，抹了眼淚，繼續說：「他花了七年，穿過每個被黑死病襲擊的村莊，傾聽那些沒有人敢碰觸的病人的最後禱告，然後將這些村名和人名寫在羊皮卷上。這一路上，他精神幾次瀕臨崩潰，他完全不明白爲什麼自己一直活著。七年的千里苦行，終於，他到了聖雅各大教堂，衣衫襤褸瘦骨嶙峋的他終於體力不支地在教堂前倒下。」

瑪雅淚如雨下，我很想聽故事但也不敢催促瑪雅，只好拿起水瓶，爲她將水杯添滿。

瑪雅接著說：「他睡了很長的一覺，睡夢中他見到了很強的光，在光裡，他見到了他深愛過的每個家人，每個他相識一生的小村村民，每個在旅程上遇到最後死在他懷裡的陌生人，每個他親手埋葬過的陌生人。這每個靈魂都對著他微笑著，所有人都乘著光來接他。那天，是他最幸福的一天，他終於明白了自己活下來的原因。」

「他死了嗎？」我問。

「我不知道，我只能感應到他倒在廣場上的那段時間，後來我就感應不到他了，但我知道他是很幸福的，他被巨大的愛包圍著。妳知道最神奇的是什麼嗎？」

「什麼？」

「就是那張羊皮卷，我看到上面每個名字都有光透出來，原來我們在畫畫時，在寫字時，在雕刻時，在演奏時，我們都是將意念放進去，那意念，有著神奇的力量。這道理，我是看到那張羊皮卷上的每個名字透出光來才明白，他在寫每個人的名字的時候放進去的所有心碎和所有的愛，那意念不但可以留下來，還可以隔著時間與空間打動所有的人，我此時才明白藝術品的美與力量是從哪裡來的。這男人的苦行只爲了求這幾百人的罪可以被赦免，好讓這些人也一起進入天堂。這透過羊皮卷上記錄下的愛，是最後成就一切的關鍵。愛是一種行爲，他如果只是留在小村裡，沒有一步步走到聖雅各大教堂，那是沒有辦法完成這份愛的。我第一次明白，光是散發出後才是光，時間是流動著才是時間，愛也是一樣的，愛必須由行動來成就的，愛永遠不會是一個靜止的狀態。」

「妳說的故事，讓我覺得我好像在看電影喔！」我帶點癡呆地問：「那，他感覺得到你嗎？」

瑪雅笑說：「我的猜測是沒有，因爲他的能量場很大，光很強，跟他比起來，我就像是小河流進了太平洋，又或是火山旁的一隻小蠟燭，他是感覺不到我的光和存在的！」

瑪雅接著問：「妳有沒有曾經一個人爬山，或是一個人專注在做某件事的時候，覺得身邊有人在陪著妳、幫助妳、讓妳覺得妳不是一個人？」

「當然有啊，應該每個人都有這經驗吧？」

「那就是了。其實，我們永遠都不會是一個人的，所有的意念都是能量，當妳想著一個人，幸福地笑著的時候，那能量是會傳遞出去的。」

「我曾有一天晚上，不知道為什麼夢到我外婆，我隔天去醫院看臥床很久的外婆，果然那夜，外婆就走了。」

「所以說，我們每個人都有能力用意念溝通的，只不過我們都忘記這能力了。」

我最近與瑪雅聯繫，瑪雅說有個在聖雅各之路上的西班牙小鎮這次疫情嚴重，她計畫明年夏天再回西班牙。因為這條八百公里的聖雅各之路上幾乎沿路都是住著老人的小村，她覺得應該有很多老人在這一波疫情中結伴上天堂了。

瑪雅說她在聖雅各之路上看上了一棟古宅，她想為朝聖者準備一杯解渴的水、一塊解飢的麵包、一張休息的椅子、甚至一張乾淨的床。瑪雅說，她終於可以為她能通靈的體質找到一份好工作了，她說對她而言，還有什麼工作，能比支持千百年來想要尋找生命答案的朝聖者來得更動人的？

瑪雅告訴我，她知道那位長腿丹麥老師也會繼續在這條路上快步走著，繼續揹著他的小背包，背包上繼續掛著他的丹麥小國旗，然後在過去與未來的聖雅各之路上與她重逢。

所有網友又開始在螢幕前點蠟燭，還有兩、三位拿出十字架在鏡頭前擺著。在巴黎的皮耶從一整牆的黑膠唱片裡挑出了一張唱片，直到唱針放下後，每個人的電腦傳來了無伴奏的男聲聖樂，這時才知道皮耶放的是《葛利果》。

美麗的凱莉女王也點了一個小蠟燭，說：「我們已經說完九個故事了，在我們聽最後一個故事之前，我都想請各位花一分鐘爲二〇二〇年逝去的人祈禱，尤其是現在疫情十分嚴重的義大利。無論你有沒有信仰，我們都需要相信希望、相信愛！」

Chapter 10

第十個故事

THE TENTH STORY

〔台灣〕

所謂的黑暗，
只是光照不到而已。

我在禱告結束後替自己泡了一杯伯爵茶，我原來的習慣是先泡濃茶後加上三分之一杯全脂牛奶的，但是因爲奶牛的命運過於悲慘，於是我就戒了喝茶加牛奶的習慣。夜間氣候轉涼，我將頭髮梳好後，披上了一個披肩，端著我的伯爵茶回到螢幕前坐著。九位網友已經在螢幕前等著最後一個故事，看到我出現在螢幕後紛紛拍著手。

我清了清喉嚨說：「謝謝各位參加了這個聊天室，也謝謝各位說了這麼好的故事。我是一個非常平凡的愛書人，我喜歡讀書，常同時讀一、二十本書，看看今天心情怎麼樣天氣怎麼樣來選擇要讀的書，好像人在聽音樂的時候會因爲心情不同選擇聽不同的音樂一樣。我十幾歲的時候，曾經每週參加三個讀書會，我還記得是週三、週五和週六的晚上，但我覺得那個讀書會的主持人總把很有趣的故事講得很無聊，所以後來就自己辦讀書會。」

「因爲家庭因素，我從小就搬來搬去的，念大學之前我就轉了九個學校，住過九個不同的國家。但我不管搬去哪裡，第一件事就是找書店，第二件事就是在學校開讀書會。在網路的世界開始後，我的讀書會就搬到網路上。二〇二〇年疫情開始後，我搬到了一個小村，小村加上我也只有四個人。小村因爲沒有外人來，所以很安全。我偶爾早上會騎著腳踏車去隔壁小鎮爲同村三位老人家購物，將買回來的東西噴酒精消毒或是用清水洗過後，我會在下午分裝東西，再送到三位老人家的門口。通常都是一些義大利麵、火腿、衛生紙、蔬果之類的。」這時候對話框湧入了各種天使的圖樣。

我喝了一口熱茶後，繼續說：「我在二〇一〇年參加最後一場喪禮後，我就沒有家人了。後來，我不管搬到哪裡，我身邊的鄰居就是我的家人，我如果住在旅店，那麼那天在旅店幫助我的人就是我的家人。今天，你們九位就是我的家人。」此時對話框湧入了各種擁抱圖案。

我笑一笑接著說：「我往年的讀書會都是聊作家生平和書本內容的，或是從書本延伸的各種議題。我沒想到我們這個讀書會是完全複製《十日談》書中十天說一百個故事的做法，眞是太有趣了！這對喜歡讀書，喜歡文藝復興，喜歡佛羅倫斯的我，好像做夢一樣。」對話框此時湧入各種「不客氣」的貼圖。

「很榮幸女王指定我今天是最後一個說故事的，但就像女王說的：大家的故事都很棒，其實也讓後面說故事的人帶來一些壓力。如果可以，我也懇求剩下九天的女王或是國王可以讓我早點說故事。」螢幕前開始有人也披上披肩，端著唐寧（Twinings）伯爵茶喝著，讓我在螢幕前忍不住捂著嘴笑著。

我關了大燈，點上了一整排全新的白色小蠟燭，說：「我今天要說的故事是個鬼故事！」

此時對話框裡湧進了許多驚嚇表情的貼圖，大家也十分搞笑地關燈點上蠟燭，增加氣氛。

最後一個故事就在一片蠟燭與惡搞的氣氛中開始了。

故事發生在一九九〇年代，有個念工學院的傻乎乎的女孩，我們就叫她學妹好了。學妹有一天上課的時候，教化工計算的老師從走進教室整個人就怪怪的，老師上課上到一半，終於忍不住就哭了，此時老師才跟同學解釋，說：

「你們有一位優秀的學長得了骨癌，情況不是很好，要休學準備化療了。」

這位不幸得了骨癌的學長是一位很出鋒頭的學長，不但功課好，還是系上籃球隊隊長，但這位臉盲的學妹並不「認識」學長。

其實，在開學不久後，學妹有次在工學院大樓一樓被學長叫住，學長問學妹說：

「看到學長不會叫人嗎？」

「學長好！」學妹乖乖鞠躬，乖乖地回話。

「系上籃球比賽要記得來加油，知道嗎？」學長交代說。

「好的！」學妹不敢看學長，眼神落在學長身後，她乖乖地回話。

這就是學長與學妹在學長發病前僅有的一次對話。

幾個月後，學妹正要走進教室上物理化學，但看到一個她不認識的男同學坐在她座位的後面。學妹看了看站在講台的教授和台下的其他熟悉的同學們衝著學妹笑，這才確定自己沒走錯教室。學妹帶點困惑地走進教室坐下，那個不認識的男同學對著她笑了，他咳了咳兩聲，笑說：「看到學長，不會叫人嗎？」

學妹恍然大悟，大叫說：「啊！是學長！學長不是得了癌症，休了學在化療嗎？怎麼跑來我們班上課？學長瘦太多了，髮型也變了，所以我剛剛沒認出來，不好意思，而且學長頭髮怎麼變成捲捲的？」這位學妹不但臉盲還很白癡，想到什麼就說什麼，也不管旁邊同學一直要她閉嘴。

學長笑嘻嘻地說：「我也不知道，我化療後長出的新頭髮，就是捲的，跟我以前的頭髮不一樣呢！」

「學長怎麼會來我們班上課？」

「我怕明年復學跟不上，所以來旁聽的。」「喔。」學妹點了點頭。

學長斷斷續續到學妹班來上了兩週的課，但是因爲學妹蹺課蹺得太兇了，學長總共只遇到學妹兩次。第二次在共同科目教室遇上時，學長和學妹下課坐在階梯上聊天。

「學長，你會死掉嗎？」白目學妹認眞地問著。

「應該會吧！」學長溫柔地說著。

「那學長爲什麼還來上課呢？」

「那學妹覺得學長應該做什麼呢？」

「學長應該去自己同學的班上上課啊，跟同學在一起聊天、打球、打牌啊——如果快死了，應該要把握時間做最想做的事情，不是嗎？」

學長笑了一笑說：「學妹說得對，但其實我每天跟他們在一起也很悶了，學長現在就是在做學長最想做的事情呢！」

「喔，好吧。」學妹還是不太懂，但看著陽光從共同科館的天井撒下，斜斜照在坐在階梯上的他們，挺舒服的。

聽說學長後來病情惡化，又住進了醫院，就再也沒來旁聽了。也不太淸楚過了幾個星期，突然有個染了一頭咖啡色短髮的學姊，氣喘吁吁地跑到共同科館來堵學妹。

「學妹，快點跟我走，學長快不行了！」學姊急急地說著。

「可是我有課，而且，我跟學長也不熟，我去會不會不太好啊？」

學姊央求了幾次，學妹都皺著眉頭沒答應跟學姊走，最後學姊留下了學長醫院的房間號碼，留了一句話說：「學姊要趕去醫院了，學姊拜託妳了，一定要來！」

「喔。」學妹也沒答應也沒不答應。

在那個沒有手機沒有電腦的年代，什麼消息都是晚上回到家用電話聯絡或是隔天到學校才知道發生什麼事情，學妹當時並沒有意識到學姊特地跑到教室來堵她，表示學長已經病危了。

下午放學後，學妹拿著那張學姊留下的醫院名字和病房，才發現醫院真的很遠，要先搭車到位於首都的院區，再轉搭醫院的交通車去另外一個院區。等到學妹終於找到學長住的癌症病房時，學妹看著眼前的畫面愣了好一會兒。

當時，病房走道上全部都是在哭泣的學長姐，他們看到學妹走過來後，所有人就突然安靜了下來，而且紛紛自動往旁邊移動，讓出一條路來讓學妹通過。等學妹走進學長的病房時，連原本守在病床旁的家人，也都停止哭泣而讓出了病床旁的位置，好讓學妹走到學長身邊。

學長當時水腫得厲害，已經很難認出是學長，學妹上前去站在病床的右邊，伸出了雙手握住了學長那隻很大的右手，仍然很溫暖的右手。

整個空氣是萬分凝重卻極度安靜的，像是這一生都在安靜地等待這一幕一樣。

「學長，學妹來了！」

學妹在說了這句話後，思緒陷入一陣混沌，完全不清楚發生了什麼事，只覺得好像已經認識學長很久很久了，一股既哀傷又溫暖的情緒從腹腔湧上，像是將呼吸的空間都佔去了，壓著心臟咚咚地敲著。學妹的情緒一直滿出來，最後終於潰堤，學妹的眼淚終於莫名地、無法控制地，一直落著，一滴一滴地落在學長的手背上。

接著，學妹的記憶陷入一片模糊，她不清楚自己是如何離開醫院，也不記得自己是如何回到家的。

在學妹生命中只說過三次話的學長，並沒有停留在學妹的記憶中，學妹繼續邁向了她的人生，重覆談著一次又一次的戀愛，但卻總是在對方做著最浪漫的事的時候，感覺到最可怕的陌生。

二〇〇二年的秋天，學妹前往某個局勢動盪的國家教書。隔年二月，一個權貴與政商名流聚集的俱樂部發生爆炸案，造成三十六個人死亡與兩百多人受傷。爆炸案發生時，國際學校剛好有一輛校車在兩條街外，一陣巨大聲響後，沒人知道到底發生什麼事，街頭交通陷入癱瘓，整個車頂都是建築物破裂的玻璃落下的叮叮咚咚的聲響。

爆炸案消息傳來，風聲鶴唳，美國直升機直接飛到學校的足球場，將所有美國學生從學校接走，可以先撤退的美國官員家人便先集中在美國大使館，安排美軍飛機來接人。那天，很多同學們穿著足球隊的衣服，拎起書包就直接從足球場離開，來不及跟同學們說再見。

隔天上課，同學們聊著前一日發生的高級俱樂部的爆炸案，心有餘悸，因爲很多同學週末都跟著父母在那裡打球或是游泳。幾位同學討論著爸媽已經打算將他們送到瑞士、西班牙或是送到佛羅里達了。

當時一位巴西與美國混血的男孩豪氣地說：「就算是世界末日，我都要來上課！」

大家都知道爲什麼，因爲他喜歡班上一個西班牙裔的女同學。

就在那電光火石的瞬間，學妹突然明白了學長當年說的那句：

「我現在就在做我最想做的事情！」

學妹突然明白了：

爲什麼學長在能離開醫院的最後兩週會到自己班上來上課？

爲什麼學姊會跑來求自己去醫院一趟？

爲什麼所有人都讓出路來，好讓自己走到學長的身邊？

原來，當年大家都知道學長喜歡學妹，只有學妹不知道而已。

那天晚上，學妹在家裡忍不住的哭了，她終於明白自己是被愛過的。

那一年夏天，學妹收了行李回到了家鄉，她打聽到了學長安葬的地方，想要去看看學長。

學長是用基督教禮儀下葬的，與部落的祖先們葬在一起，部落的墓地周圍是翠綠的竹林，外人不知道是無法進來打擾的。學妹坐在學長的墓碑右前方，說：

「學長，學妹來了！——學長這裡很漂亮啊，倒是不知道學長喝不喝綠茶？」學妹從背包拿出了水壺，喝了一口綠茶後，把綠茶倒在地上。

學妹繼續對著學長說話：「學妹去了很多很遠很遠的地方，就像你爸媽當年交代的一樣，學妹有好好地活著，活得很痛快也很精彩，把你的份一起活下來了，你都是知道的吧，是嗎？」

是啊，我都知道！

細風吹過竹林，翠竹細細簌簌地晃動著，陽光透過了青翠的竹葉點點斑斑的光影打在學妹身上，學妹閉起了雙眼，卻看著學長燦燦地一笑，對自己伸出了手。學妹牽著學長的手起身，跟著學長一起走進滲著白光的神木區，那是由千年祖靈共同護衛著、只有最純淨的靈魂才能進入的神木區。

「學長，我死了嗎？」學妹發現她用意念就可以和學長對話，但傻氣還是在。

「其實，死亡只是一種能量形式的轉移而已，就像電能傳進了熱水器，加熱了水，變成熱能。生命就是能量，能量不滅，生命自然也是不滅的。」

「那我轉移成另外一種形式了嗎？」

「還沒，我們現在都是離開了活著的狀態但沒進入下一個階段，我們只是偷偷地夾在一個小小的空隙裡，就像躺在樹下做夢後去了龍宮的那位樵夫一樣。」

「聽起來好像水被煮沸了，即將離開液體表面，但卻還沒進入空氣裡。」

「妳真會解釋，難怪會去當老師！」

「學長，你怎麼會出現啊？」

「妳召喚著我，我就出現啦！」

學妹笑著說：「聽起來很像在打電動呢，可以隨意召喚神獸來幫忙。」

「其實，人活著差不多就是這樣呢，所有發生在我們身上的事，其實多半是隨著我們意念召喚來的。」

「我不喜歡這說法，這說法好可怕，好像你得癌症是你自找的，好像一個女人被先生毆打是女人自找的。」

「學妹修過物理吧？」

「修過啊，六十分過，我沒學長那麼厲害，身上有個腫瘤都還能拿書卷獎呢！」

「人生中發生的事情其實跟一個物件移動的物理原理差不多。我們其實都只看到一個物體往前移動，但其實我們不知道有多少力施加在這個物體上面，最後這些力都被抵銷了，只剩下我們最後看到的移動方向。譬如：拿我得癌症這件事來說好了，很多人只看到最後我得癌症這件事，但其實，我生命中承受了多少的祝福，多少的愛，我有多好的運動習慣與飲食習慣，最後我才能活到二十歲，說不定我原來只能活到五歲十歲呢？更何況活多久其實根本不是什麼重要的事情，而是在每一個瞬間我們的意念是否正念才是最重要的事。」

「雖這樣說，但你還是死得太早了，早到還沒來得及買你人生的第一支手機呢！」

「我想去哪裡用想的就可以了，要手機幹嘛？」

「那可以帶我去嗎？」學妹嘻嘻笑著。

「當然！」

學長牽著學妹的手，走進光裡，所有學妹一生所見到的風景都化成了一幕幕浮動著的影像，有的模糊，有的清晰。學妹閉著眼睛，進入了一個神奇的同步狀態，她可以同時回顧很多生命中的片段，看似遙遠而非常不眞實，但又好像是昨天才發生過般鮮明。

他們順著時間慢慢地回溯著，回到了學妹在拉丁美洲國家教書的一個陰天午後，學妹一個人坐在足球場上看著學生們踢球比賽，偶爾會有絲絲細雨打在身上。

學妹說：「我好喜歡這一段記憶呢。」

「原來，學妹喜歡足球啊，難怪我打籃球你都不來看，可惜當年學校沒人在踢足球！」

「才不是呢，只要是我學生參加的任何比賽練習，我都會去幫忙加油的。——你是我學長，又不是我學生。」

兩個人坐了下來後，學長向後躺在了草地上，仰著臉笑著說：「我知道，妳所有的愛，都是在學生身上反射出來的！」

「反射？」

「學妹，妳知道在物理學中，沒有所謂的『黑暗』嗎？」

「學長是說，只有光照得到和照不到的地方。」

「物理學中也沒有所謂『寒冷』這件事。」

「也就是說，只有熱能多跟熱能少的差異，流動的是『熱能』，譬如：沒有寒風吹得我一直在發抖這種事，而是我身上的熱能流失了，身體的熱能進入了周圍熱能相對較少的空氣中，而我在發抖是我試圖製造更多熱能！」

「熱力學定律學得不錯啊！」

「謝謝學長稱讚，學妹誠惶誠恐。」學妹笑著。

「那妳現在把愛當成光來看，妳的解讀會是什麼？」

「也就是這世上沒有『仇恨』這件事，只有愛存在或是不存在這件事。」

「不愧是我們念理工出身的小學妹，眞是聰明，還差一點就是了，並不是愛存在不存在，因爲愛是存在的，就像光是存在的，而光前進照在一個物體上就是像愛一個人而展現出的行爲一樣。」

「我還沒想過愛跟物理是有關係的，真有趣！」

「如果用光去解釋，『妳愛學生時，妳的愛會在學生身上反射出來』是什麼意思？」

「嗯，先說光反射的例子，譬如：太陽光打在月亮上，我們才能看到月亮的樣子，所以當我愛學生的時候，我才能看到學生原來的樣子。」

學長哈哈大笑地拍著手，說：「說得太好了，我的好學妹真是聰明。——其實，妳每次來這邊看他們練球，看他們比賽，他們都知道，都特別認真呢。」

「學長，真不好意思，我都沒去看你比賽。」

「妳來過呢，妳只是想不起來而已。」學長坐起身子。

瞬間，學長和學妹並肩坐在看台上，看著二十多年前的一場籃球比賽，那場是化工跟電子的決賽，台下的學長穿著藍底白字的籃球衣，流著大汗在球場上奔跑著，台下的學妹在大聲地為每個人加油著！

「妳加油的樣子真可愛，但是等我下場換下了球衣，妳竟然就認不出我了！」

「學長我是臉盲啊！系上男女比是九比一，我一個人要記得這麼多學長，真的是太困難了！——我們這一場是贏了還是輸了？我這金魚腦，真的是什麼都不記得。」

「輸了，這是我最後一場比賽，所以還去系館堵妳，要妳一定要來看比賽，——妳有沒有看到我只要休息就在捶打著大腿，我那時右大腿已經痛得很不尋常，我直覺這不是肌肉受傷，也不是關節和韌帶的問題，所以這場比賽結束我就去看醫生了，一抽骨髓就知道是得了骨癌了。」

「不能打球，會不會很心痛啊？」

「至少我認真地打了每一場，所以也沒什麼好遺憾的。」

「學長，你當年喜歡我什麼啊？」

「如果用物理學解釋，就是妳散發出來的頻率讓我特別快樂吧。我後來跟著妳在人間到處遊蕩，真的，只要跟妳在一起，就讓我很快樂。」

「可以舉例嗎？」

學長牽著學妹從比賽看台上站了起來，穿過了光，在風雪中走進了維也納一間飯店裡，學妹看到了維也納就開心地大笑了起來。學妹是個懶惰的人，而且還是個路癡，所以學妹訂飯店都必須是訂在大馬路上的飯店，飯店一定要有著亮亮的大招牌，不然學妹會在飯店前經過三、五次都找不到。

學妹訂飯店之前會把周邊所有博物館音樂廳通通先標上畫好，在這些地點的交會處找一個好飯店，她喜歡找一個去哪裡走路都能到的地方，為什麼呢？因為她只要一上車就很容易坐過站或是坐錯車，但走路就不怕錯，因為大型的博物館和音樂廳都是在大馬路上的。

某一年的聖誕節前夕，學妹拖著紅色小行李箱走進維也納的 The Levante Parliament Hotel 時已經接近晚上十二點了，她的長髮被風雪打得狼狽，脖子上圍著一條海洋藍的圍巾，一長一短的披在兩邊，深藍色的風衣和靴子都擋不住該死的寒意，這就是要看白色聖誕節的代價。

學妹翻出了護照交給了櫃檯，哈哈大笑地對著櫃檯說：「不好意思，我剛從熱帶雨林飛過來，現在神智不太清醒，我不知道今天幾月幾號，我也不知道我應該是今天入住還是明天入住，因為就快要過十二點了，可以請你幫我查一下嗎？」

櫃台人員是一位年輕的金髮男士，穿著剪裁合身的西裝，說著沒有特殊口音的標準英文，微笑說：「您應該是明天入住，連續住十二天！」

學妹從一個咖啡色的雙肩背包裡翻出了一張捏得爛爛的A4紙，用手將紙稍微壓平後放在櫃檯：「我離開維也納的班機是凌晨三點起飛，我應該是算哪一天離開飯店啊？我是不是訂錯了？」

「您的確是訂晚了一天，您已經在線上付款了，我們會將您入住和離開的時間都提早一天，這完全沒有問題，您不用擔心！」

「你們真是太好心了，真感謝上帝！」學妹傻傻地說。

「我們目前有好窗景的房間都已經有人入住了，如果您需要的話，我們可以在第四天幫您換房間。」

「您太客氣了，不用麻煩了，我很懶惰，反正我每天睡醒就都是在外面遊蕩，不會在飯店裡躺著，有沒有窗景其實沒有差，何必麻煩你們呢。」學妹嘻嘻哈哈地說完後，另外一位黑髮的櫃檯工作人員也靠過來開心地聊著天，學妹順手拿起櫃檯的巧克力糖吃著。

「妳可以多拿一些。」那位黑色捲髮的櫃檯工作人員說。

「真的嗎？我轉機兩趟，都沒吃到什麼東西，現在還在時差中！」

「儘管拿。」櫃檯人員從下方一個小櫃子拿出了一整袋的巧克力，裝了一個小瓷碗讓學妹帶走。

「你們真好，維也納真好。」學妹笑嘻嘻地從小瓷碗裡拿了第二塊巧克力，感覺到像談戀愛般地幸福著。

學妹和學長在一旁看到這一幕，也忍不住笑了。

「妳知道這傢伙本來今天是休假的，半夜被拖來上班，其實心情很不好的，但是因爲妳讓他覺得今天上夜班其實挺開心的！」

「學長，這些年，你都一直在我身邊嗎？」

「是啊！」

學妹帶著學長走到一間老教堂的門外，那是她在維也納最感動的一段。那一年是莫札特兩百五十歲的生日，維也納的莫札特音樂活動更是從年頭到年尾，櫃檯的先生因爲很喜歡學妹，幫她印了一張地圖，建議學妹週日早上去該教堂望彌撒。

學妹吃完早餐後到教堂的時間已經太晚，只能站在教堂門外聽《維也納少年合唱團》唱歌，學妹並不知道他們唱的是莫札特的《聖體頌》，學妹在維也納連聽了四晚的音樂會，但都是《費加洛的婚禮》、《魔笛》或是《安魂曲》這種著名曲目，《聖體頌》是個幾分鐘短短的小品，學妹從來沒聽過。

那天，教堂迴盪著這天籟，所有人像是看見拍著白色翅膀的天使從天而降的神蹟一樣，紛紛屏住呼吸，抹著眼淚。幾百個人或坐或站，完全不發出一丁點的聲響，感覺像是心跳聲或是呼吸聲都會打擾了這極美的片段。

學妹的右手撫著牆，當彌撒結束後，所有人往外走，此時淚流滿面、精神隨著莫札特進入一種神遊狀況的學妹，卻發現她的身體竟然被定住了，雙腳動彈不得。

「學長，我那時是發生什麼事啊？為什麼會動不了啊？」學妹問。

「學長我也不是什麼都知道的。」

「學長，你爲什麼可以跟著我到處走啊？」學妹問著。

「學妹，妳記得妳在我過世前握著我的手嗎？然後在我手背上落下了眼淚？」

「這我倒是記得，因爲那是我第一次握著男人的手呢！哈哈！」

「從那以後，我發現我就可以留在妳身上了，成爲妳意念中的一部分。」

「眞有趣，那是不是我親吻過的人擁抱過的人，都會互相成爲彼此的一部分呢？」

「我在想，當妳的眼淚落在我的手上時，我承受了妳的意念，再也離不開妳。我在那片刻突然明白爲什麼總說要活著的人不要讓死去的人牽腸掛肚的，要讓他們好好地離開這個臭皮囊和這世界。」

「對不起，那我不是讓你變成孤魂野鬼了？」

「其實我一直跟著妳到處去，也不算孤魂野鬼，我留下來也是挺好玩的，妳也不用說對不起。」

「那現在我們該怎麼辦？」

「現在妳該回去了，等一下會有幾個孩子跑過來看到妳在草地上睡著了。」

「然後呢？」

「然後妳會繼續教書，妳會照顧很多人，妳會變成老太婆。」

「那，你還會在我身邊嗎？我還見得到你嗎？」

學長牽著學妹的手，穿過了光後，回到了白霧裊繞的森林，森林裡有著一整群活了數千年的檜木群，學長將學妹的手交疊地壓在神木上，學妹瞬間進入了通往天地的流裡。神木是乘載了萬千人的意念活著，也是意念的傳送器與擴大器，學長與學妹的意念透過神木，讓一切記憶與所有思緒都變得更加清晰。

「我會一直在妳身邊，但妳不會再見到我！」學長的想法明白地傳給了學妹。

「這樣我會很傷心的！」學妹的傷心似乎也被神木放大了，似乎每一口呼吸都滿是學長被神木放大後的溫暖愛意。

「別傷心，時間到的時候，我會來接妳的，想我的時候就到樹下坐著，然後妳什麼煩惱都會消失的！」

「眞的嗎？」學妹笑得燦爛。

「妳還不信嗎？」

「學長怕我在這天地之間找不到我們存在過的痕跡，所以特地讓我知道，這神木是我們的守護神，我們一呼一吸之間的所有思緒都存在千年神木裡面了。——說到底，我的身體還是碳元素組合而成的，地球所有生命還是碳元素組合而成的，我們每一口呼吸飄散的碳元素都存在這裡了，還眞的是一生二，二生三，三生萬物，我從來沒想到《道德經》裡的一，竟然是碳元素，萬物歸一。——學長，那我們走進光以後，灰飛煙滅後，就不再是碳了嗎？」

「其實，我也不懂，但走進光裡後應該就不是碳了，只知道意念是用純能量的方式存在著。——老子說的是不是碳元素我不知道，但神木可以乘載我們的意念，的確是靠碳元素，學妹也明白了！」

學妹將手掌從樹上放下，牽著學長到半人高的樹根上坐著，說：「學長，你爲什麼會知道以後發生的事呢？」

「如果人生就像一本書好了，妳現在看到第九頁不代表只有第九頁印好而已，其實整本書都已經印好了。有些人在做夢的時候偷偷看到後面幾頁的幾行字，其實也不算能『預測』到未來發生什麼，因爲未來早已經發生了！」

「那你今天這樣跑來見我是爲什麼？」

「因爲我看到妳因爲當年不了解我的心意而苦惱著，我不喜歡妳這樣苦惱著，我喜歡妳一直開心地活著。」

「謝謝學長！」

「謝什麼？」

「謝謝學長你愛過我啊！」

「我還一直愛著妳喔，愛是能量，是不會消失的，只是會轉移而已。」

「我很難過，我們沒來得及談一場戀愛。」

「其實，我們一直都在和這世界談戀愛，妳開開心心地過著每一天的時候，那愛的能量就會傳到身邊的每個人身上，那就是我們在談戀愛的時候。我們看著陽光穿過樹葉的那帶著金綠的光芒，風吹在臉上，會不自主微微地笑著，那就是我們用生命用靈魂在談戀愛的時候！」

「我不太想回去了，覺得和人在一起好累喔。如果人類都是用意念溝通就好了，這樣我就可以明白其他人到底在想什麼。」

此時，一隻綠繡眼從兩人眼前飛過，停在了一枝低枝上。

「學妹啊，我第一次跟妳說話時，妳站在一棵樹下傻笑發呆著。我問：『學妹，妳在看什麼？』然後妳跟我說樹上有一個綠繡眼的鳥巢，妳問我上面那一間是誰的研究室？妳想上去看一下。」

「我記得在學校第一次看到鳥巢這件事，但是倒不記得是學長呢！——學長，我那天去醫院看你的時候，握著你的手，然後我整個人就被一種情緒淹沒了，接著就神智不清了好幾天，恍恍惚惚的。」

「因爲妳承受了我離開時的最後執念，眞是不好意思。」

「我雖然以前臉盲不記得你，但是不知道爲什麼，這次一看到你，就覺得你好親切，覺得很幸福，好像中間這二十年都不存在一樣，讓我覺得很溫暖，讓我想留在你身邊，讓我不想再回去了！」

「時間本來就是虛幻的，時間長短本身就沒有任何意義。等我來接妳這個可愛的老太婆的時候，妳會發現妳這下半輩子也好像才一眨眼而已，又好像才做了個夢而已。妳見到我時就像現在一樣的親切熟悉，我們分開的時間就好像不存在一樣。而且，從能量上來解釋，其實我們只要心裡還掛念著誰，我們與那個人就從來沒分開過。」

「學長，這眞不公平，我爲什麼那時候都不明白你的心意？浪費了你人生最後的兩個星期！」

「傻學妹，不都跟妳說時間的長短沒有意義的嗎？」

「我一定要回去嗎？」

「不是都說人生如夢嗎？妳夢醒的時候，學長會在這裡等妳的。」

學長輕輕地親了學妹一下，學妹醒了過來，她張開眼睛看見四個六、七歲的小女孩眨著靈動有神的大眼睛笑嘻嘻地看著自己！

「妳怎麼在這裡睡覺？」女孩A問著。

「不好意思，這裡實在是太舒服了！——我肚子餓了，妳們要一起吃東西嗎？」學妹問。

「妳背包裡有什麼？——我有洋芋片和包子！」女孩B翻著背包說。

放在草地上。

「我有肉粽和包子，還有很多顆茶葉蛋！哈哈！！」學妹將食物從背包裡一一清點取出，

「妳知道嗎，這裡有很多安娜貝爾喔！」女孩C指著竹林說。

「妳知道安娜貝爾？」學妹忍不住笑起來！

「很多鬼喔！」女孩C繼續用誇張的表情說著。

「眞的嗎？那，安娜貝爾是什麼樣子的？」學妹一邊剝著茶葉蛋一邊笑問著。

學妹和四個小女孩圍成一個小圈圈開始吃吃喝喝地野餐起來，陽光穿過竹林灑在她們五人的身上，就像是那天從共同科館天井的陽光灑在學長和學妹身上一樣。

「我猜啊！當安娜貝爾出現的時候，竹林就會開始搖晃，有風在吹的時候，就是有人想我們的時候！」學妹笑說。

「妳看，有風了！有安娜貝爾想妳了！」女孩B推著女孩C說。

「哪有，是想妳啦！」女孩C說。

「妳是做什麼的？」女孩A問學妹。

「我是老師！」學妹說。

「眞的？那，妳要不要來當我們的老師？」女孩A問學妹。

「老師，我爺爺要我跟妳說：『謝謝妳來當我們的老師！』」女孩C說。

「眞的嗎？——妳爺爺怎麼知道我以後會來當妳們的老師？」學妹問女孩C。

「我爺爺什麼都知道，我爺爺在這裡，妳可以跟他說話！」

女孩C帶著學妹走到一個擺著一些鮮花的墳前坐下，然後倒了一些茶水在土地上。

「爺爺，我把你說的新老師帶來了！」

徐徐的暖暖的風吹動著竹梢，有人在想念我們了，在我們的耳邊呢喃著。

Epilogue

在最後一個人說故事之後

AFTER THE TENTH STORY

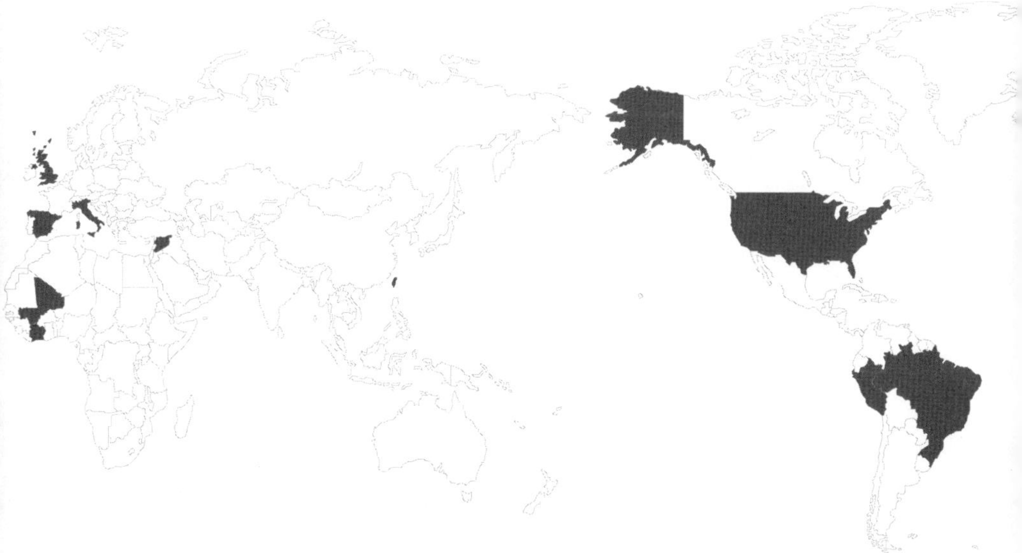

我們既相濡以沫，
也相忘於江湖。

我們「十日談俱樂部」的第一日就在將近六小時的馬拉松故事中結束，我們一起大聲尖叫，有人抱著貓抱著狗來到鏡頭前說再見，最多當然還是拿著酒一起痛快乾杯的，還有幾位大聲地放著音樂，在鏡頭前開心地扭動著。

在今天將近六個小時的馬拉松視訊裡，有人側躺在床上聽著，有人趴在床上聽著，有人將筆電放在院子裡的磚牆上，坐在籐椅上翹著腳聽著。我們帶著各式各樣的食物在鏡頭前吃著喝著，我吃的是一盤又一盤結凍的深色葡萄，這是我最喜歡的吃法。有幾個故事說到網友們一起抹著眼淚，有幾個故事說到一位網友跑去鋼琴旁邊幫忙配樂。外面很多人在跟二〇二〇年的病毒奮鬥著，但我們卻在網路上相逢，十分地親近，十分歡樂地過了一天。

美麗的凱莉女王宣布了明天的女王是在「無國界醫師」服務的安妮，就在安妮戴上了象徵女王的紙皇冠後，我們一起用手機設定了計時器，預計在十六個小時之後回到此處說故事，大家於是在歡愉的氣氛中先後離去。

小愛德華是倫敦的查理十字街的上古董書店第四代接班的小老闆，聊天室裡最後只剩下我們兩個。我並沒有關閉聊天室，我的帳號繼續掛在上面，只是我人離開了電腦，離開了桌前。我將音樂轉大聲一點，在大廳繼續我的地圖大業。我拿出了之前準備十種不同顏色的毛線，開始在地圖上跟著十個故事牽動著。

每條線是每個故事的走向：第一條線，從秘魯拉到柏林；第二條線，從倫敦拉到開羅；第三線條，從馬利拉到巴黎；第四條線，從倫敦拉到敍利亞……

第一天的十個故事的地圖完成後，我向後退了好幾步，看著地圖上十條不同顏色的線，各自出現一些有趣的交集，我微笑著，知道接下來的九天和九十個故事，還會出現更多的交集。

此時，小愛德華在用另外一個私人帳號傳簡訊敲我。

「有空嗎？我爸爸想跟妳打招呼。」

我們兩人開了視訊聊天，小愛德華說在倫敦封城後，他計畫將一些書櫃重新裝訂，重新規劃一下書店裡從地板堆到天花板的古典書籍的擺放方式。我們曾經嬉笑地說他應該將這些珍貴古籍上網競標價錢，但他說其實很多古董書店已經這樣做了，他說希望他的書店還是大活人推門進來找書，畢竟還是很多愛書人喜歡摸書和翻書的感覺，他希望他和他的書店可以繼續爲了不想在網路上購書的愛書人服務。

小愛德華拿著手機帶著我重新在我最心愛的書店走一圈。鏡頭中先出現的是他親愛的爸爸，熱情地跟我打招呼，他有著一頭梳理整齊的漂亮銀髮，穿著淡藍細紋格子襯衫，坐在櫃檯旁的沙發上看著書。櫃檯右轉是六排非字型的書架，右牆一面很大的玻璃窗，窗上有書店的名稱，是用墨綠色油漆漆上，玻璃窗下方是一排提供愛書人閱讀的一組老舊深色皮沙發，另外三面牆全是從地板到天花板高的書架。回到櫃檯後左轉也是一間同樣格局的房間，應該是兩間一樓的房子打通後改建成書店的。小愛德華帶著我到地下室，也是左右打通後合併的。小老闆順手拿起了很多本書介紹著，眉飛色舞地告訴我他心愛的書，我是很棒的觀衆，在一旁拍手鼓掌著。

「妳是我這幾個月的第一位客人，我眞的沒想到沒人再踏進店裡的感覺是這麼難熬。」小愛德華說。

「你如果剛剛是在IG上開直播介紹書和書店內部，會有很多人再踏進店裡的，你介紹書的樣子，眞是充滿熱情呢。」我說。

「我有件事想問妳，希望妳坦白告訴我。」

「請說，」

「妳爲什麼在一月就知道倫敦要封城了？然後來我書店找書？」

「我說什麼你都信嗎？」

「我盡量。」

「我從小就會在夢裡或是清醒時看到一些畫面，那些畫面後來都會成真。我從去年底到今年初就一直反覆夢到倫敦街頭上一個人都沒有，當時病毒還只在亞洲幾個城裡蔓延，我很自然地猜測著兩者之間的關係。想著，如果真的是末日了，也想跟倫敦說再見，所以飛了一趟倫敦。」

「但末日沒發生啊。」

「我只是看到全球著名的大城都是空城了，我沒有辦法猜到，大家其實只是被關在家裡而已，哈哈！」我笑著說。

「妳小時候就看得見？那是什麼樣的童年？」

「我念書時轉了很多學校，住過很多國家，這你也是知道的。通常小孩要搬家前都會問：我們要去哪裡？那地方是怎麼樣的？我不需要問，我通常閉上眼睛躺著，想像著：那個我沒去過的地方是什麼樣的景象，有著什麼樣的人，穿著什麼樣的衣服，說著什麼樣的語言，吃著什麼樣的食物，吹著什麼樣的風。兒童時期，我會閉起眼睛任由自己盡情地神遊著，後來，我也真的去了那些曾經在夢裡見過的地方，出現了與夢裡一模一樣的風，一模一樣的嘈雜聲，一模一樣的味道，接著，完全一樣的人站在同一個地方跟我說著我已經聽過的話。愚昧的我這才明白，原來，我們不用爬上喜馬拉雅山就可以神遊喜馬拉雅山了。」

「所以，這種 Déjà vu（似曾相識），有可能看到的事情會在明天發生，也有可能是在幾年後發生？」小愛德華問。

「有時候就發生在幾天或幾個星期後，有時候發生在幾年後，我也開始習慣安靜地微笑地聽著對方說些我以前已經聽過的每一句話。」

我走回到了桌前，把手機立在桌上，好空出兩隻手倒酒，說：「我開始在打坐中體驗到我的靈體在時間與空間中跳躍，慢慢地體會到時間和空間的存在不過是我們人生走一趟的舞台佈景而已。我在打坐時與我母親重逢，我看到了我母親在我出生時的艱辛與痛苦，我與父親重逢，我感覺到了我四歲時父親帶著我到機場，將我交給另一家人的解脫。如果我的父母無法愛我，無法照顧我，其實是因爲他們沒有能力。我們不會要求一個唐氏症的孩子學習艱難的高等工程數學，但是我們卻很習慣期待完全沒有愛人能力的父母去愛小孩。其實，愛不是與生俱來的，愛跟算數學一樣，是需要一點點一天天的累積與鍛鍊的。沒有被愛過的人，就算生下孩子，怎麼有可能瞬間變成懂得如何愛小孩的人？」

小愛德華聽得專注，見我停了好一陣子，說：「如果妳不介意的話，請繼續說。」

「你讀過《莊子》嗎？」我問小愛德華。

「還沒，但我倒是查到妳之前說的那個做夢變成蝴蝶的故事是《莊子》裡的故事。」

「《莊子》裡面有一句話我很喜歡：『相濡以沫，不如相忘於江湖。』故事是：有個湖乾涸了，湖裡有兩隻魚就要因爲缺水而死了，兩隻魚就靠著分享彼此嘴角裡的那些泡泡活下來，這就好像我們現在因爲這個疫情，很多人死亡，很多人失去工作，我們只能在聊天室靠著彼此來得到一點點的溫暖。但更重要的是這故事的後半段，莊子的意思是：這兩隻魚在困苦中互相扶持，還不如兩隻魚在尋常的湖裡游著，擦肩而過，忘了彼此。」

「我喜歡這故事，我曾經在搭地鐵時遇到之前來買書的客人，我默默地看著客人在地鐵專心地讀著我推薦給他的書，對方雖然忘記了我，但我心中忍不住像是冒出了小煙火般地歡喜著。」

「《莊子》裡的魚兩隻都忘記了彼此，所以你也必須忘記對方才行。」我笑說：「我想起莊子說的，那些尋常的日復一日的日子，是多麼的珍貴啊！等疫情結束了，我們又在世界的哪個角落擦肩而過，卻認不得彼此曾經在聊天室度過這段全球封城的二〇二〇年，這樣的未來，倒是很像莊子說的。」

「我卻覺得，現在的世界是：在聊天室裡『相濡以沫』，但在聊天室外的尋常生活裡是『相忘於江湖』！」小愛德華說。

「好像也是，我們既『相濡以沫』，也『相忘於江湖』！」

「謝謝妳願意坦白回答我的問題，希望沒有太冒犯妳。——我就先去忙了，我們明天見。」小愛德華說。

「明天見！」

二〇二〇年初，我住的這個半荒廢的小村，一共有七十幾間屋子，但我來住的時候只有三戶有老人住著。兩個月後，當中部與北部沿海大城開始感染，舉國封城，這時許多人想到他們在鄉下還有一間閒置許久的空屋，於是慢慢有人開車載著物資回到了鄉下避禍，而病毒就是跟著這些返鄉的人傳給在鄉下過日子的老人家的。我開始在我的谷歌地圖上為這些返鄉的人的住屋標上記號，記錄他們返鄉的日期，確定等他們已經安然度過兩週後再去和他們打交道。

在漫長的封城等待中，我在經過房東的同意後，開始在我住的屋外種上一排油橄欖樹。這樹抗風抗沙，可以在極為貧瘠乾旱的土壤中生存，無需昆蟲授粉，風吹就能結果，還可以榨出油中之王的橄欖油，更重要的是，這樹可以生存數千年。

我不但愛這樹，更對這樹充滿了敬意。

我在一樓的窗台前，利用切下的蔬果，先後種了些好種的胡蘿蔔、馬鈴薯、洋蔥、大蒜、萵苣、西洋芹等等。

二〇二〇年，全球因為病毒爆發而讓人與人之間充滿了無法信任的恐懼，我們終於無法擁抱，無法牽手，無法親吻。在每個人都被關在家中的這段日子，時間因為等待而變得緩慢，變得無止無盡。

我給自己煮了一碗海鮮麵當晚餐，還切了一盤牛油果。然後，我拿出水彩筆和水彩紙，畫了幾張卡片，畫了我住的房子和我的臉，上面寫著：如果需要任何幫助，請打電話給我，我可以為您到隔壁村添購食物，我家也有口罩和酒精，如果您有需要，請不要客氣。

該睡了，我的雙人床是擺在窗口旁的，我開著窗，冰涼的風在繁星點點的天空下吹著。

「晚安！」我對自己也對天地說著。

我不知道今夜會不會做夢，但我知道明天，明天我們還要聽十個故事呢！

2AF511

十日談2020 Day 1

那些發生在瘟疫大流行前的故事

作　　者　俞錦梅 Yu Chin Mei
責任編輯　單春蘭
特約編輯　王韻雅
美術編輯　張哲榮
版面構成　張哲榮
封面設計　兒日設計
行銷企劃　辛政遠、楊惠潔
總 編 輯　姚蜀芸
副 社 長　黃錫鉉

總 經 理　吳濱伶
發 行 人　何飛鵬
出　　版　創意市集
發　　行　城邦文化事業股份有限公司
歡迎光臨城邦讀書花園
網址：www.cite.com.tw

香港發行所　城邦（香港）出版集團有限公司
香港灣仔駱克道193 號東超商業中心1樓
電話：（852）25086231
傳真：（852）25789337
E-mail：hkcite@biznetvigator.com

馬新發行所　城邦(馬新) 出版集團
Cite (M) Sdn Bhd 41, Jalan Radin Anum,
Bandar Baru Sri Petaling,
57000 Kuala Lumpur,Malaysia.
Tel：(603) 90578822
Fax：(603) 90576622
Email：cite@cite.com.my

印　　刷　凱林彩印股份有限公司
初版一刷　2021年（民110）年11月
I S B N　978-986-0769-38-8
定　　價　399元

若書籍外觀有破損、缺頁、裝訂錯誤等不完整現象，想要換書、退書，或您有大量購書的需求服務，都請與客服中心聯繫。

客戶服務中心
地址：10483 台北市中山區民生東路二段141號B1
服務電話：（02）2500-7718
（02）2500-7719
服務時間：周一至周五9：30 ～ 18：00
24 小時傳真專線：（02）2500-1990 ～ 3
E-mail：service@readingclub.com.tw

廠商合作、作者投稿、讀者意見回饋，請至：
FB 粉絲團 http://www.facebook.com /InnoFair
E-mail 信箱 ifbook@hmg.com.tw

國家圖書館出版品預行編目（CIP）資料

十日談2020 Day 1：那些發生在瘟疫大流行前的故事 / 俞錦梅著.
-- 初版 -- 臺北市：創意市集出版：城邦文化發行，民110.11
面；　公分
ISBN 978-986-0769-38-8（平裝）

863.57　　110014413